# マイノグーラ

## 異世界黙示録

**Mynoghra the Apocalypsis**
~World conquest by Civilization of Ruin~ 02

何という人間なのか!

～破滅の文明で始める世界征服～

鹿角フェフ
イラスト：じゅん
author.Fehu Kazuno+illust.Jun

**02**

GC NOVELS

「素晴らしい! 好きだよ?」

「へへっぱれ、」

「彼は凄い距離感近いの」

「馬鹿なんだよ。

うちで一番の大馬鹿者さ!」

「死に死に死んで、
また楽しく死のう!」

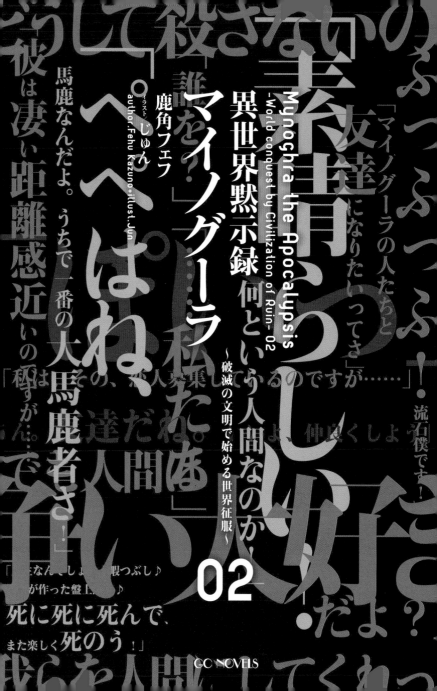

「そ、れ、で、は！ドラゴンタンへの対応に関して協議しますよ！」

ダンと机に資料を叩きつけるアトゥの怒声によって
会議の開催が宣言される。
集まったメンバーはもはや恒例となった面々である。
そこに加えて、最近はマイノグーラの幹部候補として
認められつつある双子が参加していた。

Mynoghr the Apocalypsis

-World conquest by Civilization of Ruin- 02

CONTENTS

Mynoghra the Apocalypsis
-World conquest by Civilization of Ruin- 02

# 異世界黙示録
# マイノグーラ
〜破滅の文明で始める世界征服〜
## 02

鹿角フェフ

イラスト／じゅん

author.Fehu Kazuno+illust.Jun

GC NOVELS

# プロローグ

死後、異世界で目が覚めた伊良拓斗《いらたくと》は『Eternal《エターナル》 Nations《ネイションズ》』というゲームの指導者となっていることに気がつく。

指導する勢力は邪悪国家マイノグーラ。

付き従うは最強の――だが初期能力は最弱の英雄アトゥ。

共にゲームをプレイした知識を持つ彼女とともに平和で穏やかな生活を求めて国家運営を始める。

途中ダークエルフの加入等もあり、順調な国家運営を行うマイノグーラだったが、どうやら運命は混沌を好むらしい。

邪悪属性であるマイノグーラと相性最悪の聖なる国家クオリアと、その地より派遣された聖騎士。

そして魔女厄災という言葉と聖女の存在。

まるで一つの物語に巻き込まれているかのように発生する出来事の数々に、怒濤《どとう》のような日々を思い返す。

「はぁ……それにしてもいろいろあったなぁ。平和に暮らしたいだけなのになんでこうもトラブルが起こるんだろう……」

「イベント目白押しでしたよね……」

拓斗の言葉に、彼が最も信頼し、最も愛した英雄アトゥが答える。

目の前には自らが作り上げた国家が存在し、そしてアトゥがいる。

ゲームでは全てCGで表現されたある種味気ないものだったが、改めて眺めてみるとその存在感と現実感は大きな感動となって拓斗を包み込んでくれる。

彼は一段落ついたとばかりにため息を吐《つ》くと、

お気に入りの玉座に腰掛ける。

ふと、拓斗はアトゥが覗《のぞ》き込むように自分の瞳を見つめていることに気づいた。

「どしたの？」

「いえ、やっぱり私の勘違いだったようです！」

「そっかー！　僕もよく勘違いするし、あるよあるよ」

「はい!!」

何かあったのかな？

最近少し彼女の様子がおかしく、自分を見るその瞳に何か恐れのようなものがあったことを心配していた拓斗だったが、今の様子を見る限りそれも杞憂だったらしい。

またアトゥも自ら抱いていた懸念が気のせいだったことに安堵《あんど》する。

聖王国クオリアの調査隊との遭遇と戦闘。その際に彼より告げられた言葉が棘《とげ》のようにアトゥの心に突き刺さっていた。

特殊な環境で生活していたとは言え、アトゥの知る拓斗はごく平均的な感性を持つ平和な世界に生きた一般人だったはずだ。

にもかかわらずアトゥが人を殺したことに平然とした様子で、あまつさえそれがどうしたと言わんばかりの態度を取っていた。

その瞬間、拓斗が何か異質な存在のように思え、本当に自分の知る拓斗なのかと不安に駆られてしまったのだ。

だがその懸念も今の拓斗を見る限り気のせいだったらしい。

おそらく初めての戦闘で気がつかず緊張していたのだろう。

そう自らを判断したアトゥはこの件についてその後気に留めることはなかった。

こうして、互いが互いの違和感に気づくことなく二人はまた同じようにマイノグーラを運営する。

自らが求める、平和で穏やかな邪悪国家を作り上げるために。

世界は回る。

聖なる勢力、中庸《ちゅうよう》の勢力、そして邪悪なる勢力。

様々な思いが交錯する中、ゲームに似た——それでもゲームとは全く違う世界にて、マイノグーラのターンは進む……。

# 第一話　双子

聖王国クオリアによる調査隊を撃破し、仮初《かりそ》めの日常と幾ばくかの猶予を手に入れたマイノグーラ。

時間は自らの有利に働くという当初の推測どおり、彼らは着々とその力をつけている。

本日もまた一つ、マイノグーラがこの世界での地位を盤石とせんがための施設の建設を終えた。

「ついに完成してしまった！」

「はい!!　《宮殿》が完成しました」

建造が完了した宮殿を前に、拓斗とアトゥはようやく出来上がった国家の象徴に満足げな表情を見せていた。

宮殿という大層な名称だが、実際は最もレベルの低い基本的なものであり、さほど大きさはない。せいぜいが中流貴族の屋敷程度といった広さだ。

だがそもそもむやみに宮殿を広げたところで現状では持て余すばかりで、むしろ維持コストがかさむだけだ。

いずれ国家の規模が大きくなった場合はより巨大に建て直す必要が出てくるであろうが、現状では十分であり、何より生前では自分の部屋すら持てなかった拓斗にとっては満足いくものであった。

採光用の天窓から薄明かりが差し込み、拓斗が見慣れた——だが装飾が施され以前より豪華な印象になった玉座を照らす。

ある種の神秘性さえ感じさせるその玉座に座り、思わず浮かぶにやけ笑いを隠さずふんぞり返る。

すかさずアトゥがいつもどおりのヨイショを入れ、拓斗の機嫌は止まることなく上昇していく。

とはいえいつまでも玉座の感触に酔いしれてい

ては無能の誹《そし》りは免れないだろう。

拓斗は王であり、その責務は国家を運営し平和で穏やかな暮らしを実現することなのだ。

マイノグーラは平和を愛する邪悪な国家。

他者から見た印象や実際の行動がどうかはさておき、拓斗の初心は未《いま》だ変わっていない。

「さて、《軍事魔術》も試験段階に入っているし、これである程度地盤は整ったかな？」

彼が生前プレイしていたゲーム。『Eternal Nations』では軍事魔術という技術が存在している。

これは各種属性に基づいた強力な魔法の使用を可能とする戦略上非常に重要な要素ではあったが、それぞれの属性マナが必要という条件が存在していた。

通常であれば《龍脈穴《りゅうみゃくけつ》》と呼ばれる資源を探し当て、自分たちにとって必要なマナを供給させるのだが、王宮はゲームにおける救済項目としてこのマナを自力で生み出すことができるのだ。

マイノグーラの宮殿が生み出すことができるマナは《破滅のマナ》。

加えていくらかの魔力も生み出すことができる。

建物としてだけ見れば現状無駄の極みではあるが、建築するだけで国家にメリットをもたらす宮殿の建築が採択されたのも当然の判断である。

この時点ですでに序盤の立ち上がりとしては上々の部類に入っている。

特にマイノグーラという国家は序盤の弱さがネックになっていた。

だがダークエルフの参加という思わぬ幸運に恵まれ、聖騎士の襲来というトラブルがあったもののマイノグーラの存在は未だ公《おおやけ》にはなっていない。

予断は許さぬものの、この状況までくれば一息つけるといったものだ。

「とはいえこれからどんどん人材が必要になってきます。それらをどう確保するか……」

「自然と増えるのを待っていたら時間がかかりすぎちゃうよね」

積み上がった問題の山は未だその高い頂きを拓斗たちに見せつけている。

次なる問題は国民の不足だった。

通常ならば長い時間をかけて人口増加を期待するのであるが、現在の大陸情勢を考えるとそれも少々遅きに失している感がある。

固有国民であるニンゲンモドキや英雄《全ての蟲の女王イスラ》が生み出す子蟲《こむし》を利用とした労働力確保はもちろん選択肢として検討しているが、現在必要としているのは知的生産を行う層だ。

つまりちゃんと考えて自ら新しい物を生み出せる知能を有している国民が必要となっている。

「ダークエルフたちには他にも流浪している氏族がいると聞きました。彼らを迎え入れることができればある程度人員は確保できますが、それでも少ないですね」

「何か良い解決方法はないものか……な」

出来上がった宮殿で頭を悩ます二人。

最近ではモルタール老やギア、そしてエムルも様々な仕事に追われて以前ほど頻繁に話ができなくなっている。

単純に知的作業を行う人員が足りなくなっているからという理由であり、国家の運営が本格化するに伴い様々な仕組みの構築が必要になっているという証拠でもある。

見据える世界が偉大であればあるほど、現実として足らない部分が見えてくるという寸法だ。

とはいえ、現状ではあれやこれや考えても仕方がない。

まずは目の前のことから少しずつ解決していけばよいだろう。人口問題はひとまず棚上げとなった。

「しかし荘厳です。ここから私たちの世界が始まるのですね」

行き詰まった話題を変えるようにアトゥが宮殿を見渡す。

初期のレベルのためまだまだ大きくはないが、それでも立派なものだ。

マイノグーラ特有の木材を利用して造られたそれは、独特の建築様式によって幾重にも編み込まれるよう重なり合いを見せ、それだけで一つの芸術作品のようだ。

もちろん施された装飾も負けてはいない。

女衆が作り上げた織物は完璧の一言で、マイノグーラ建国の歴史が刺繍《ししゅう》されたそれは見ているだけで神話の物語を語られているようにも錯覚する。

王が住まう場所としての品格は十分。だがまだこれでも初期の段階だ。

彼らが知る最終段階の宮殿はこれに輪をかけて巨大で美しい。

「うんうん。将来余裕ができたら大きくしよう。でかい宮殿が好きなんだ！」


拓斗もご機嫌だ。

一国一城は男の本懐とはよく言ったもので、宮殿が出来上がってからは新しいおもちゃを買ってもらった子供のように忙《せわ》しなくはしゃぎ回っている。

そんな自らの主《あるじ》を見たアトゥが同じく機嫌を上向きにさせるのも当然といえよう。

「おっしゃるとおりです我が王よ！　天を貫き大地に根を張る我らが宮殿！　傅《かしず》く臣下は勇猛果敢の英傑揃い！　働く侍女は数知れず！」

「おお！　テンション上がる。嫌なことも忘れさせてくれるよ」

わぁ！　っと元気よく両手を広げてアピールした拓斗、機嫌は最高潮で、踊り出さんばかりだ。

その様子を眺めるアトゥもつられるように両手をあげて自らの主と喜びを共有している。

だがその勢いのままに突然放たれたアトゥの叫びによって、楽しげな空間は一変する。

「あああああ！」

「うぉぉぉぉ!?」

あまりの声量に思わずビクリと身体《からだ》を震わせ玉座からずり落ちる拓斗。

一体何が起こったのか？

高鳴る鼓動を落ち着かせながら、ワナワナと震えるアトゥの様子をそろりと窺《うかが》う。

「た、大変なことに気がつきました……」

「な、なぁに？」

「侍女と言えば、拓斗さまのお世話係が全くいないのです!!」

「おー？　そういえばそうだね」

その言葉で拓斗は初めて王というものには侍女が必要不可欠であることに思い至った。

今まではアトゥがあれやこれやと世話を焼いてくれたため良かった。

加えて彼自身も自分のことは自分でするタイプだったので、なんら問題は発生していなかった。

だが新しい彼らの家はそれなりに広い。この広い宮殿に二人きりというのは流石《さすが》にいろいろと不便が生じることは明らかだ。

加えて、ある程度安定した今の状態において以前と同じやり方で過ごすのは少々まずいと思われる。

なぜなら彼はマイノグーラの王であり、ダークエルフたち国民を率いる指導者なのだから。

一国の王が一人で身の回りのことを全てこなすのは流石に問題視される。

少なくとも自らの全てを捧《ささ》げると宣言して憚《はばか》らない少女には耐えがたいことだろう。

「こんな、失格です！　従者として失格です！」

ゆえに、当然の如《ごと》くアトゥがわがままを言い出した。

実際彼女の言い分としては真っ当なものだったが、子供じみた癇癪《かんしゃく》を見せる今の状況はわがままと言って差し支《つか》えないだろう。

そして大抵においてそれを諌《いさ》める役目を司《つかさど》るのは拓斗である。

「そんな大げさな。僕なら気にしてないよ」

「私は気にするのです！　――ご希望はございますか!?」

ずずずいっっと近くまで寄られて質問される。

いつもの調子をアトゥに感じ取った拓斗は、んーっ、と顎に手をやり考えてみる。だが脳裏にパッと浮かぶものはあまりない。

正直なところ侍従といったものに興味はなかった……加えて、知らない人がいきなり来てしまったらちゃんとコミュニケーションが取れるか不安だった。

よって彼の答えは一つである。

「は、話しやすい子がいいです」

「拓斗さまぁぁぁぁぁ!!」

アトゥは泣いた。未だコミュ力の乏しい自らの王に対して泣いた。

彼女は拓斗に寄り添うように慰めの言葉をかけ続ける。

だが一度いじけてしまった拓斗はなかなか機嫌を戻さない。

玉座の上で膝を抱えながら、ブツブツ悲しみの言葉を漏らす。

「うう、ダークエルフの人たちと全然お話できてなくてものすごい疎外感。もっとこう、フレンドリーな王様を目指したい……」

だが拓斗が予想もしていなかった言葉がアトゥより告げられる。

「その、拓斗さまはちょっぴり威厳がありすぎますから……怖がられているかもしれません」

「えええええっ!?」

驚愕《きょうがく》に目を見開く。

なぜ自分がそこまで恐れられる必要があるのだろうか？

むしろ威厳という言葉がわからなかった。

しかし言われてみれば得心する部分もある。

いくらかマシになっているとは言え、ダークエルフたちが彼を見る瞳には一様にして恐怖が混じっていたのだ。

それは彼らがアトゥと会話している時には明らかに存在しないものだ。

拓斗としても気持ちは分かる。

偉い人と会話するのは緊張する。

生前もわざわざ自分を治療するために、どこかの大学病院の偉い先生とやらがやってきたことがある。

その時に感じた心苦しさを記憶していたがゆえに、ダークエルフたちも同じような感覚でいるのだろうと判断する。

だが拓斗はそれが残念でならなかった。ゆえに、

「ぼっち……だ」

さみしげな言葉が口より漏れ出た。

そして自らの主がぼっちであるという事実に血相を変える従者がいた。

「わ、私は……いつでも拓斗さまのおそばにおりますぅぅぅぅ！」

べったり拓斗にくっつきながらわーわー叫ぶアトゥ。

拓斗はアトゥがいてくれなかったら完全に不貞《ふて》腐《くさ》れていたなと思いながらも、この献身的で子供っぽい従者に感謝する。

ああ、自分はなんて恵まれているのだろうか。

これだけ想《おも》ってくれる娘《こ》がいて、本当に幸せものだ。

拓斗の胸中が幸福で満たされる。

「はっ！　私に妙案があります！」

だが幸福は一瞬で霧散し、代わりに嫌な汗が拓斗の額をつつと流れた。

このパターンには覚えがある。

大体においてアトゥが張り切っている時はろくなことにならないのだ。

「お任せ頂けますか？　最高の解決案を思いつきました！」

「え、えっと……ちょ、ちょっと落ち着いて詳細を聞かせて――」

「このアトゥに！　お任せ頂けますか!?」

しかし押し切られる。

何だかんだで拓斗はアトゥに甘い。

これでもかというぐらいに甘いのだ。

ゆえに自信満々な彼女にここまでお願いされてしまえば断れる道理など、どこにもなかった。

だから拓斗は諦めた。その代わり、

「もちろんだよ!!」

笑顔いっぱいで彼女の願いに許可を下し、もうどうにでもなれとさじを投げるのであった。


「モルタール老よ！　小さな女の子をありったけ集めてきなさい！　王がご所望です！」

「「えっ!?」」

玉座の間に驚愕の声が二つ。

突拍子もない命令を聞いたモルタール老と、同じく突拍子もない命令を聞いた拓斗の声である。

「お、お待ちくださいませアトゥ殿！　な、何ゆえそのようなご命令を下されるのか？　王はどのようなお考えでいらっしゃるのでしょうか？」

「王は小さな女の子が好きなのです！」

拓斗は数刻前に全てのさじを投げた自分を盛大に呪った。

呪って、そして頭を抱えてこの事態の打開に全神経を集中させる。

「お、王は小さな女の子が好き……」

視線が自分に集まったことに気づく拓斗。

無論この場にはモルタール老以外にもギアやエムルがいる。

彼らダークエルフたちの視線が全て自分に向い

ているのだ。

何ともいえない視線だ。彼は自分が岐路に立たされていることを理解した。

「アトゥ！」

よって叫ぶ。

ここで否定しておかないと、コミュ障以外にも非常に不名誉な称号を得ることとなるだろう。

出した声は意外にも大きく、拓斗は自分だってやればできることを理解した。

…………

……

…

「――はっはっは！　なるほど。無邪気な子供を側《そば》に置くことによって、常識に囚われぬよう自らを戒めるとは、流石は王ですな！」

「確かに。子供は突拍子もないことを言い出すが、時として大人もハッとさせられることがあります」


それから数十分ほど経《た》ったであろうか？

拓斗本人にとっては永遠にも等しい時間であったが、何はともあれ彼による一世一代の弁明によってロリコン疑惑は無事晴れつつあった。

小さな女の子だと話しやすくてぼっちでもイケるのではないか？

おそらくそのような経緯でアトゥによって採用された作戦ではあろうと思ったが、拓斗の心魂を震え上がらせるには十分なものだ。

一歩間違えれば小児性愛者扱いだ。つまりロリコン王。

拓斗が全力で叫ぶのも無理はなかろう。

ちなみに拓斗が全神経を集中させて考え出し、アトゥに視線で指示しながら必死で説明したシナリオはモルタール老とギアが言ったとおりである。

些《いささ》か違和感が拭えないが、かと言ってあり得ないと断じることもできない。

絶妙なさじ加減ではあった。

「それらに加えてです。あまり労働力を割きたくないという王の配慮でもあります。お世話といってても身の回りに関する簡単な手伝い。幼子であれど簡単な雑事なら十分できるでしょう」

そのように説明をし、モルタール老とギアを納得させるアトゥ。

だがその言葉に拓斗は不安を拭いきれずにいる。

確かに一応筋は通るが、それでもロリコン疑惑が拭えたようには思えなかったためだ。

「おや？　それでは別に女児でなくても良いでは？」

「それだけじゃないよ」

ギアがなんの気無しに口にした疑問に拓斗は光の如き速さで反応する。

このままではロリコン王疑惑が再燃する。ゆえに思わず口をついたでまかせでその場を何とか乗り切ろうとした。

「ふむふむ。王には何かお考えがあるご様子。ぜひとも我らにその深淵《しんえん》の知識の一端をお示しくださいませ」

が、当然のように問いかけが入る。

疑問を投げかけたモルタール老の行動は至極当然で何も非難されるべきいわれはないのだが、この時ばかりは拓斗もこの賢《さか》しい老人に困り果てる。

（な、何も考えていないとは言えないよなぁ……）

期待の瞳でこちらを見つめるモルタール老。

その瞳にたじろぎながら、何とかそれっぽい言い訳を考えるため頭を高速回転させる。

チラリと元凶であるアトゥの様子を窺う。

何やらキラキラした表情を向けてきており、どうやら自分の提案した内容に更に意味を持たせる拓斗の知略にいたく感心している様子だった。

全くもって勘違いである。

（いや待てよ、将来の幹部候補という形ではどうだろうか？）

だが思わせぶりな沈黙で場を繋《つな》ぐことも辛《つら》くなった頃合いで、奇跡的に妙案が浮かんだ。

そもそもマイノグーラの現状は人材不足の一言に尽きる。

モルタール老やギア、そしてエムルが頑張ってくれてはいるが、常に仕事量が人的リソースを上回る状況が続いているのだ。

わずか数百人程度の集団を維持するだけでコレだ。将来マイノグーラが巨大な国家になった場合に必要な知識層の数は膨大になる。

とはいえむやみやたらに人員を補充して国家運営を担わせるわけにもいかない。

すでにダークエルフたちはそれぞれが仕事を任されており、それらは国家を維持するにあたって必要なものとなっている。

その上で文官の仕事も任せるとなると、もはやブラック企業を通り越して奴隷以下の労働条件となってしまうだろう。

それは拓斗の目指すところではない。今の段階ですら仕事の任せすぎで胃の痛い思いをしているのだ。

これ以上ダークエルフたちに負担をかけることは避けたいのが本心であったし、実際彼らに対して休日を取るように通達も行っていた。

つまりマイノグーラに仕事はあれど遊んでいる人はいないのである。

そして仕事を任せられる人材の当ても現状なかった。

であればこそ、幼子を幹部候補として育てるという話は突拍子のないものの一応理に適《かな》ってはいた。

「幹部候補。将来のため、勉強をさせるよ」

「おおっ！　そのようなお考えがあったとは！」

万が一失敗してもダメージは大きくない。

それどころか幼い子供なら今から自分の価値観を教え、あうんの呼吸で指示を理解する人材を作り上げることも夢ではなかった。

（アトゥやダークエルフの皆《みんな》も頑張ってくれているんだけど、少し近視眼的な部分があるからね。万が一の場合に僕に忠言してくれる人は必要だ）

一旦切り口が見つかると、後は湯水が湧く如く作戦のメリットが浮かび上がってきた。

無論、小さい子供で良いのならどうして女の子限定なのか？　という疑問にも答えを作り出せる。

この世界は未だ文明が発達段階で、ゆえに現代的な拓斗の価値観からすると少し違和感を覚える旧時代の価値観がまかり通っている。

つまり男性は働き、女性は家を守るという価値観だ。

王への感謝を忘れずその全てをマイノグーラへの献身に捧げると豪語するダークエルフたちだが、彼らの常識に縛られ先進的な考えが浮かばない場面も出てくる。

ゆえに放っておくと、どうしても女性は一般的な家庭と生活を築きやすいのだ。

無論彼女たちも労働に勤《いそ》しむだろうが、せいぜい農作業の手伝いや内職が関の山だろう。

現にマイノグーラ市民の主婦層もそのような仕事を担っている。

ギアの副官をしていたエムルはかなり珍しかったのだ。

彼女のように特別な才能を持つ者がその才覚を発揮させることはあれど、一般的な女性の社会進出という概念は非常に珍しい。

それが悪いこととは言わないが、現状の人員不足を考えると非常にもったいなかった。

ゆえに少女をお手伝いにするのだと、拓斗は熱烈に、だが不名誉な疑惑が湧かないように語った。

「しかしそれならば拓斗さま。大々的にテストを行い、拓斗さまがその英知を伝えるに相応《ふさわ》しき人員を選出するべきでは？」

「今は人が少ないし、実験的なものだから」

そう、これは実験なのだ。

あくまでテスト。失敗しても問題ないし、成功すれば儲《もう》けもの。

だが拓斗はこの作戦がある程度の成功を収めると確信していた。

ダークエルフの寿命は長い。

彼らは典型的なファンタジー作品のエルフ族のように数千年も生きるわけではない。

だがそれでも二百年程度の寿命がある長命種だ。

何も知らぬ幼子に世話をしてもらうついでに片手間に指導するとはいえ、それだけの時間をじっくりと人材育成に捧げればおそらく優秀な配下が出来上がるだろう。

唯一の懸念はマイノグーラの王となった自分の寿命がどうなっているのか分からないことだが、まぁ人間のままということはないだろう。

この点に関してはその時になったら考えれば良《い》いし、そのための作戦もいくつか思い浮かぶ。


話は戻り人材育成の件だ。

今回の案はいわゆる丁稚《でっち》や徒弟といった制度をマイノグーラ流にアレンジしたものだ。

指導を行うのが王自らという前代未聞の試みではあるが、根拠と必要性、そしてメリットも十分。

ここに完全無欠の対外的言い訳が完成したことを拓斗は確信する。

苦し紛れの中にもキラリと光る作戦を生み出すことができた拓斗は、自分の才能にしばし酔いしれる。

それら次々と湧き起こってくる作戦内容をゆっくりと皆へと説明していく。

アトゥを含め、モルタール老、ギア、エムルから向けられる尊敬と感動の視線が心地よかった。

同時に拓斗も感動していた。

これで女児相手に堂々とコミュ障を直す訓練を行えることになったからだ。

（まぁ、すぐに直さないとダメってわけでもないしね。ある程度頑張れば流石にコミュ障も直るでしょ！）

結局のところ、拓斗の思惑はそこに集約されていた。

アトゥが突拍子もない提案をしてロリコン疑惑が降って湧いたためにあれやこれやと誤魔化《ごまか》したが、彼がその口下手を直したいと考えているのはまごうことなき事実なのだ。

「いやはや、しかし王は様々な妙案を我々に示される。これでは王を支えると啖呵《たんか》を切った我らも形無しでございますな」

「ああ、まさかすでに将来の人材育成にまで視野を広げておられるとは。一体どれほどの光景が王には見えておられるのか……」

「流石王です！　私たちも更に精進します！」

「そうでもないよ」

評価にかなり過剰な部分があるが、一応そういうことにしておかないといろいろとまずい結果になる。

ゆえに拓斗は強引にこのまま推し進める。

だが危機は脱した分、気持ちは晴れやかだ。

侍女というのも慣れない文化だが興味はある。

（それに、確かに女の子もいた方がいいしね）

拓斗も一般的な感性を有している。

男ばかりのむさ苦しい宮殿よりも、多少華があった方が日々の国家運営もやる気が増すというものだ。

いわんや、会話の練習をするのであれば男より女の方が嬉《うれ》しいのは当然だろう。

（よし、頑張ってコミュ障を直すぞ！）

拓斗は己の心に気合いを入れる。

本人は否定するだろうが、意外と彼は今回の提案に乗り気だった。

「楽しみ」

そう呟《つぶや》く拓斗に深々と頭を下げ、彼の配下は早速今回の案を実行に移すため玉座の間を後にした。

「お、王よ……子供がやったことですので」

「大丈夫だよ」

結論から言おう。少女を召し抱えて侍女にするという作戦は失敗に終わろうとしていた。

作戦には何事も予想外というものが存在する。むしろ今回の場合にあたっては当然予想できたことかもしれなかったが、拓斗本人が自己の評価を見誤っているためにこの結果が訪れていた。

つまりは見繕ってきたダークエルフの少女たちが拓斗を見た瞬間怖がって全員泣き出してしまったのだ。

これには流石に拓斗もショックを隠せない。ずーん、と落ち込んだ様子は、いっそ哀れでもあった。

「王はすねておられます！　王を見ても泣かない子はいないのですか!?」

「いえ、国の子供はこれで全員ですじゃ……」

「軟弱！　軟弱ですっ!!」

拓斗が落ち込み、アトゥがわーわー喚《わめ》く。

どうしたものかとほとほと困り果てるモルタール老は、助けを求めるように隣で腕を組んで考え事をしているギアに視線を送る。

「モルタール老、あの双子も謁見させたのか？」

「い、いや……流石にあの子たちでは王に失礼だろう」

「……？　どうしたのです？」

拓斗の隣でジタバタしていたアトゥは、耳ざとく二人のやりとりを聞きつけるや否や目にも留まらぬ速さで目の前までやってくる。

正直なところギアの提案を受け入れたくなかったモルタール老は、しぶしぶといった様子で話題に上った双子の少女について話し始めた。

「な、何と言いますか、身寄りのない双子の少女がおりまして。確かに聡明ではありますが、少々問題がございまして。王の侍女としては些か不適かと思っておるのです」

「うーん？　ヤケに歯切れが悪いですね。賢い子ならうってつけでは？　まぁいいでしょう、とりあえず見て判断します。連れてきてください」

アトゥが決断してしまえばモルタール老に断る権利はない。

彼はぬぅと唸《うな》ると、致し方なしとばかりに礼をして背を向ける。

が、モルタール老が双子を呼びに行こうと退出するより早く、ギアが声を上げる。

「すでに連れてきているぞ」

「ギア！　貴様仕事が速いな！」

「ふっ、老いぼれとは違って俺は王のために常に二手三手先を考えている。耄碌《もうろく》した頭とは違って回転が速いのだ」

「おのれ若造が！」

ギギギと睨《にら》み合いを始める二人にため息を吐《つ》くアトゥ。

このダークエルフの二人が互いに競う合うように王へと献身を捧げている光景はすでに彼らにとって日常だ。

また始まったとばかりに呆《あき》れの表情を浮かべるアトゥは、子供じみた喧嘩《けんか》をする二人を適当にあしらい最後の侍女候補へと興味を移す。

「はいはい、いい歳《とし》して張り合わないでください。――それで、その双子とやらを早速この部屋に呼んでください」

「はっ！　喜んで！」

やがて戦士長ギアに促され、二人の少女が玉座の間へとやってきた。

……その双子の少女が入ってきた瞬間、ピクリと気づかれぬレベルでアトゥが眉を動かす。

年齢はおそらく十二歳～十三歳程度であろうか？

今まで謁見してきた少女たちの中では比較的年齢が上の方ではあったが、そのような評価は一切関係ない。

拓斗を見ても泣かない時点で第一段階は合格。

だが纏《まと》う雰囲気が異質。

否、雰囲気どころかすでに見た目からして彼女たちに特別な事情があることは見て取れた。

「はじめまして偉大なる王さま。キャリーはキャリア＝エルフールといいますです」

仲良さげに両手を繋いで入ってきた双子の少女。

まず右側の少女が丁寧な挨拶とともにお辞儀をした。

ダークエルフ特有の銀髪は短く切りそろえられ、纏う衣装は動きやすさを重視した愛らしい民族衣装。

だがその美しい肌の向かって右面にベッタリとこびりつく赤黒く焼け爛《ただ》れたような傷痕が目につく。

顔面は当然の如く、袖口から見える手も、そして足も。

それらを隠すことなく、まるで見せつけるように少女はその爛れを晒《さら》していた。

「お姉ちゃんだよ」

次いで左側の少女がニコニコと屈託のない笑顔で挨拶をした。

銀髪は長く足元まで、短めの服装の妹とは違ってふわりとしたスカートに身を包んでいる。その装いはどこか純粋さを感じさせ、アトゥは少々眩《まぶ》しさを覚える。

だが言葉遣いに関しては失格も甚だしい。その無礼な言い草に注意をしようかと思ったアトゥだったが、はたと少女の異常さに気づく。

「お姉ちゃんさんはメアリア＝エルフールというのです」

そして彼女を助けるかのように妹——キャリアが姉の名乗りを行ったことで納得する。

屈託のない笑顔に間違いはない。

彼女の心は、おそらく何らかの問題によって見た目以上にずっとずっと幼いのであろうとアトゥは判断し、よしとした。

「はじめまして」

頑張って出しただろう拓斗の声が玉座の間に響く。

彼自身は特に何か心を動かしているわけではないらしく、視線で後はよろしくとアトゥに伝えてきている。

自らの王が双子の少女が抱えるものに頓着していない様子を把握したアトゥは、王の意のままに彼女たちが侍女として適任かどうか判断を始めることとする。

とはいえ、

「白痴と醜女《しこめ》ですか……」

白痴の少女メアリアに、醜形の少女キャリア。


確かに何やら曰《いわ》く有りげな子供たちですね……。

はたして王の侍女として適任かどうか。

そう考えるアトゥの瞳を、二人の少女はじぃっと見つめていた。

## Eterpedia

# マイノグーラの宮殿（Lv 1）

建築物

毎ターン以下のものを得る

魔力資源：10　破滅のマナ：1

※この施設は維持費を必要としない

NO IMAGE

### 解説

～全ての国家は宮殿を持つ。
その威容こそが、国家の栄光と繁栄を遍《あまね》く世界に知らしめるのだ～

宮殿は一つの国家に一つだけ建築できる特殊な施設です。
毎ターン魔力と国家に対応したマナを得ることができ、技術の解禁によってより上位のものにアップグレードできる特殊な施設です。またこの施設が存在する都市が国家の首都として認定され、都市防衛において宮殿が破壊された場合は国民の幸福度が大きく下がります。

拓斗がその采配を振る玉座の間では、ひりついた空気に満たされていた。

双子の少女、妹のキャリアと姉のメアリア。異質ともいえるその二人に小首を傾げるアトゥであったが、彼女とて理《ことわり》の外に存在する化け物。さして物怖《ものお》じせず、少女たちの事情を尋ねる。

「貴方、その爛れはどうしたのですか？」

「病気なのです」

「可哀想《かわいそう》だね」

「王さま……キャリーには、コレがお似合いなのです」

妹のキャリアはただその一言だけを告げると押し黙る。

拓斗もそれ以上は聞くつもりもない様子だ。

モルタール老が双子に代わって説明したが爛れたそれはどうやら疫病に冒された結果のようらしく、完治した今でも痕となっているらしい。

理由はどうあれ、あまり根掘り葉掘り聞き出すのも良くはないかと判断したアトゥはこの件に関してそれで終わりとする。

王に影響がないのであれば彼女にとってはそれで良かったのだ。

「貴方のお姉さんは、どうしたのです？」

「キャリーのお姉ちゃんさんは、辛いことがあって……」

「辛いこと？」

「お母さん、お母さんを食べたの」

「モルタール？」

アトゥの胡乱《うろんげ》気な視線がモルタール老を射貫《いぬ》く。

姉がこぼした言葉はどういう意味か？　と問うているのだ。

もっとも視線による問いはあくまで確認のためであり、アトゥとしては彼らの状況から何が起こったのかはすでに推測を終えていたのだが……。

「不本意な決断でございます。二人の母親は誇り高き者でした。我ら一族、彼女の献身を忘れたことはございませぬ……」

その言葉で拓斗は思い出す。

以前のことだった。食糧生産施設である《人肉の木》についてその効果を説明した時、モルタール老を含めたダークエルフたちが一様に苦々しい表情を見せていた。

当時は実際に人肉を食べていると認識してしまう人肉の木の謎効果について忌避感があるのかと判断していたのだが……。

なんのことはない。事実は小説より奇であり、より残酷だったようだ。

そう、ダークエルフたちは飢えに耐えかね仲間を食ったのだ。

故郷を追われた彼らによる長い旅路。それらはかの種族に極限の選択を強いる苦難を与えた。

もしかしたら他の手段があったのかもしれない。

全員が大呪界《だいじゅかい》まで到達できる方法が残されていたかもしれない。

だがそんなことを今更語ったところで意味もないし価値もない。

そしてアトゥはその決断がどうであったかを判断する立場にないし、興味もなかった。

だが彼らにとってそれは忌むべきことで、苦渋の決断であったことは容易に察することができた。

加えて、その命を繋ぐ行いが二人の少女に拭い去れぬ傷を与えたことも……。

キャリアの肌の爛れは病だけではなく火傷《やけど》によるものもあるのだ。

顔を執拗に焼いているあたり人為的であり強い憎悪が見て取れる。

メアリアの輝きを写さないぼんやりとした瞳は死が色濃く、純粋無垢《むく》な中にも狂気が見て取れた。

……なるほど、どうしてモルタール老が二人の紹介を渋ったのか理解がいったと納得するアトゥ。

血色がそれなりに良いところを見ると厄介者扱いをされていたわけではない。

不幸な過去を隠したいがゆえに双子を表に出したくなかったとも思えない。

問題は彼女たちの心に残った深い傷痕だった。

キャリアは爛れによって酷い見た目をしており、侍女としては不適格だ。

メアリアもまた幼児のような天真爛漫《らんまん》さで任された仕事を満足にできるとも思えない。

王とアトゥの要望には合致している。だが推挙するのもいかがなものか。枯れた老人がこの問題に苦慮していたことが透けて見えるようであった。

アトゥは頭を悩ます。

最終的に王が決めるとは言え、その全権は今のところ彼女にある。

侍女の品が王の器として捉えられる恐れがある中で、少々彼女たちはまずい。

とはいえ物怖じしないその胆力は魅力的であったが……。

「王さま、真っ白」


ふと、アトゥの気づかぬうちに少女の一人——姉のメアリアが拓斗のすぐ側まで近づいていた。

くるりとした瞳で拓斗を覗き込むメアリア。

拓斗も特に何か驚きを覚えた様子はなく、彼女の問いに答えた。

「何が、かな？」

「うーん？　何がだろ？」

答えにはなっていなかったが、どうやらその言葉は拓斗の琴線に触れたらしい。

彼は優しげな笑みを浮かべるとそっとメアリアの頭を撫《な》でる。

「メアリアちゃん、かな。お世話係になってくれる？」

「うん……王さまのおせわする」

「そう、覚えることとか大変なこともあるけど、頑張れる？」

「……多分がんばる」

「では君は今日から偉大なるマイノグーラの幹部

候補生だ。僕は君に期待する。お給料もちゃんと出すね」

「……お菓子買うの」

「お、王が、我が王がちゃんと小さな女の子と会話をしている!!」

アトゥは己の中にあった葛藤がこの瞬間に一切消え去ったことを知る。

自分の判断は正しかった。

小さな女の子とならば我が王はちゃんとおしゃべりができる！

この調子でリハビリを続ければやがて王の憂いであるコミュ障が直る！

すでに彼女の中ではこの双子を採用することは確定していた。

良くも悪くも彼女は実利をより重視し、外面的な要素に興味を持たない性格だった。

「君は怖くないの？」

拓斗の興味が緊急生産で生み出したお菓子を受け取るメアリアから、妹のキャリアに移った。

一瞬ビクリと怯えの表情を見せる妹。

姉とは違って彼女の方は少々拓斗に対する恐れが存在しているらしい。

通常であれば彼女の態度が正しい。むしろ恐怖の中、気丈に耐えているその姿に拓斗は感動を覚えた。

「い、妹であるキャリーには、お姉ちゃんさんと一緒にいる義務があ、あります。お姉ちゃんさんがそうすると望むのであれば、キャリーも一緒にがんばるのです」

「偉いね、凄く偉い。……じゃあ君もいてくれる？」

「お、お任せなのです！」

こうして二人の少女が拓斗の侍女として決定した。

モルタール老たちもどこかほっとした表情を見せながら、二人の奇異なる少女に励むよう伝えている。

「王の裁可も下りました。ではお二人には今後我らが王のお世話係として働いてもらいましょう」

万事上手くいった様子でアトゥも満足げだ。

そして一時はロリコン疑惑が持ち上がりそうになった拓斗もようやく侍女が決まったことに安堵の表情を見せている。

拓斗とアトゥだけが住まう寂しげな王宮は、こうして一つ華やかになった。


さて、それからの話をしよう。

宮殿に二人の侍女が勤めるようになって、拓斗の生活にも余裕ができてきたであろうと思われる頃合いの話だ。

だが事実はどうか。拓斗の生活は以前にも増して問題溢れるものとなっていた。


「王さまー、のみもの」

「ありがと」

「こぼした」

「だ、大丈夫だよ」

ビシャリと拓斗の衣装が濡れ汚れる。

メアリアによる失態だ。毎度のことで最初は驚いていた拓斗ももはや達観の域だ。

とはいえ起こった現実は変えられない。おかげでダークエルフの女衆が手ずから作り上げ献上した衣装は染みだらけ。

もっとも、拓斗としてもあまり注意する気にはなれない。彼女たちの努力を買ってやりたかったし、何より子供のやったことで怒るに怒れないという事情があった。

加えてだ。

「お、王さま！　お召し物をお拭きするのです！」

「ありがと」

血相を変えて妹のキャリアがフォローするので

どうしようもない。

　どうやら姉のメアリアを心底敬愛しているらしいこの妹は、姉のすることの尻拭いを積極的に行おうと姉の何倍も働いている。

　にもかかわらず拓斗への恐怖は相変わらず感じている様子だ。

　ゆえに拓斗も彼女に対してどのような態度をとっていいか測りかねていた。

　だからこそこのような奇妙な態度が日課となっている。

　せっせと少女に世話を焼いてもらっている拓斗は傍《はた》から見れば情けないお兄さんといったところであったが、その実非常に悩ましい状況に立たされていた。

　だがその日は違った。

　いつもなら適当に仕事をした後、フラフラと外へと遊びに行く姉であったが、不思議なことにじぃっと拓斗の瞳を窺うように見つめていた。

「王さま」

「なぁに？」

「王さまは悪い人？」

「属性は邪悪だね」

　拓斗は邪悪属性の文明マイノグーラの指導者としてこの世界にやってきている。

　ゆえにその属性は邪悪となる。よって答えは先のとおりだ。

　もちろん彼女たちもマイノグーラの臣下となっているため属性は邪悪だ。それがどうかしたのかと首を傾げる拓斗。問われた意図は未だよくわからない。

「どうして殺さないの？」

「誰を？」

「……私たち」

「へ？」

「え、えっとですね王さま。お姉ちゃんさんはどうして偉大なる王さまが私たちみたいな子供に慈悲をかけてくださるのかと言っているのです」

キャリアの言葉に拓斗はむむむ！　と思わず腕組みして考え込んでしまう。

慈悲をかけるも何も、彼女たちは臣下だ。そして子供でもある。

端《はな》から何か罰を与えるような考えはないし、いいとこお叱り止まりだ。

殺すだなんて物騒だなぁ。

そこまで怯えさせていたか？　と少々反省しながら、拓斗は努めて優しい声音で先の問いに答える。

「お世話係だから？」

「むー！」

メアリアが怒り出した。

「お姉ちゃんさんは、悪い人なのに優しい王さまに怒っているのです……」

「えー……」

何だかプンスカと憤慨している様子で、拓斗は可愛らしいと思いながらも困惑してしまう。

だが言いたいことは何となく理解できたため、二人に言い聞かせるように静かに語り始める。

おそらく自らの属性変化に混乱しているのだろうと、拓斗は判断した。

「一つ良い話をしよう。よく聞いてね」

コクリと、実に素直に愛らしい返事が二つ拓斗に向けられた。

「善い人は、正しいことしかやっちゃダメなんだ。人を傷つけちゃダメだし、他人のものを盗んでもダメだ。人殺しなんてもっての外《ほか》だね」

「うんっ」

「当然なのです」

「じゃあ悪い人は？　何をすべきだと思う？」

「悪いことしかやっちゃダメー」

「悪逆非道なのです！」

当然とばかりに二人が言葉を返す。そして、伝える拓斗が予想していたとおりだ。

言葉も決まっている。

「違うよ、何をしてもいいんだ」

その瞬間、二人の瞳がまるまると見開かれ、驚きが顕《あら》わになる。

愛らしい態度に思わず笑みがこぼれるが、話を逸《そ》らしてはならぬとばかりに拓斗は話題を続ける。

「善いことをしてもいいし、悪いことをしてもいい。何かをしても、何をしなくても許されるんだ。悪い人っていうのはね、とってもとっても我が儘《まま》で自由なんだ。ただ自分が正しいと思うことを信じ、他人の意見を聞かず決して振り向くことなく突き進む。それが真に邪悪な人だ」

だから僕が二人に優しくしても大丈夫！　と付け加え、拓斗はおどけ気味にウィンクしてみせた。

「それはズルいのです!!」

「当然だよ。だって悪い人だからね」

「いつか罰をうける？」

「罰を与えてくる善い人を先に殺せば、そんなのチャラさ」

「ええええ!!」

やけにスラスラと言葉が出てくる自分に苦笑しながら、拓斗は饒舌《じょうぜつ》に持論を説明する。

その中でふと気づいたことがあった。

彼の推測が当たっているのであったなら、先の質問を姉のメアリアが行った真意が説明できるからだ。

つまりはそれは……。

「今までの失敗は、わざとだね？」

姉のメアリアが澄んだ眼でコクリと頷き、妹キャリアは怯えたように震えた。

その態度で拓斗は己の推測を確信へと昇格させる。

「そっか……」

拓斗はようやく答えに至る。

彼女は、彼女たちは死にたいのだ。

以前の説明において、ダークエルフたちが飢えに耐えかねて食人を行ったことはすでに彼の知るところだ。

そしてその対象が彼女たちの母親であったことも。

家族というものの愛情がいまいち理解できない拓斗であったが、彼女たちの母親が愛を持って二人を助けようと自らを犠牲にしたことは理解していた。

だが当の本人たちがその運命を望むかどうかはまた別の話だ。

彼女たちは、このような未来など望んでいなかったのだろう。

「キャリーと……お姉ちゃんは……」

「死ぬべきだった」

心が壊れているとは思えないほどに理性ある言葉で、姉のメアリアが妹の言葉を継いだ。

否、もしかしたら彼女の心は壊れていないのかもしれない。

ただただ、己への呪いで全てが黒く塗りつぶされ、赤子のような思考しか表面に現れないのだろう。

そう漠然と感じさせるものがあった。

「でも死ぬのは怖い？」

コクリと、またしても小さな返事が二つあった。

母の死によって生きながらえた自分たちを許しがたくて……死にたくて死にたくて、でも怖くて、自分から死ねない。

誰かに殺してくれと乞い願い、ただただ自暴自棄に心を殺して自らを傷つける。

王の怒りを買うような行いをすれば、きっと自分たちを殺してくれると思い、死に救いを求めて日々を生きる。

それが禁忌を犯した二人の少女だった。

拓斗は静かに手招きし、二人を近くへと呼び寄せる。

その瞳の中に隠しきれぬ悲しみの叫びを感じ取

りながら、何とかこの純粋無垢で心優しい二人の悩みに寄り添えないかと必死で言葉を探す。

「君たちがここにいるのは理由があるからだよ。命を繋いでくれた人がいるからだ。それが誰かは分かるよね？」

「苦しいの……」

「辛いのです」

（ああ、なんて愛されている子たちだろう）

拓斗はそのことをなぜか無性に愛《いと》おしく感じた。なんて感動的で、美しい愛なのだろうと。

彼自身家族から愛情を受けたことはない。だからこそあまりピンと来ない部分はあるのだが、だとしてもこの少女たちと母が強い絆《きずな》で結ばれていたことは容易に分かった。

この愛は、このままでは失われてしまうだろう。いずれ彼女たちの心が折れ、本当の意味で壊れてしまう。

倫理観や常識といったくだらないもののために、素晴らしい愛が消え去ってしまうのは、拓斗にとってなぜかとても心苦しく思えた。

「……お母さんは、なんて言ったの？」

「〝生きて〟……」

当然の言葉だと、拓斗は思った。

彼女たちの間にあった愛を考えるのであれば、母親がそう二人に告げるのは当たり前のことだ。

だから彼は二人の言葉に真摯に耳を傾け、そして二人の魂に届くように想《おも》いを込めた言葉を贈る。

「悪いことが間違っているとは限らない。君のお母さんも、そして君たちも、正しい行いをした……。誇りなさい。君たちがここにいるのは、お母さんの愛が運命に勝ったからだ」

その言葉は二人にとって何か絶対的なものを感じさせるものだった。

ただの人が邪悪な指導者の皮を被《かぶ》っていることとは違う、隔絶した雰囲気と威厳がそこにはある。

二人の少女もその言葉に呑《の》み込まれ、まるで魂が失われてしまったような感覚に陥る。

何か認知の範囲外にある巨大な存在に包み込まれ、自我が崩壊してしまうような感覚だ。

それは恐ろしく、そしてとてつもなく甘美な体験だった。

彼女たちは偉大なる王によってその心を蝕《むしば》む自罰の念を消し去られる。

常識や倫理観、不安や喪失が消え去った後には、ただ母の深い愛しかなかった。

「王さま、私たちは……」

「いったい、どうすればいいのです？」

ぽろぽろと二人が涙を流す。

それは悩みが晴れたためのものか、はたまた母の愛を深く感じることができたゆえの感動か。

ただ、二人の少女は泣いた。

拓斗は決して知ることはなかったが……それは彼女たちが母を失ってから初めてこぼした涙だった。


「好きなように生きるといいよ。お母さんの愛に応えられるように。お母さんが誇れるように」

そしてそっと二人を抱きしめる。

「覚えておいて。君たちは自由だ。何をしても、何をしなくても許される。それがお母さんに誇れる行いである限り、僕は君たちの全てを祝福するよ」

無垢なる瞳が拓斗を射貫く。

彼女たちに何か変化があったかどうか拓斗はわからなかった。

だが少しだけその表情に変化が訪れたのを理解した彼は、ほっと胸をなで下ろす。

こうして王たる彼の言葉が影響し、二人の少女は少しだけ救われた。


………

……

…

「拓斗さま！　調査が終わりました――」

「おかえり……」

「むむ？　どうかしましたか？」

「仲良くなった」

雑事を終わらせ宮殿に戻ったアトゥは、王の姿を見て眉を顰《ひそ》めた。

別に何か問題が起きたわけではない。

いや、彼女にしてみれば問題だろうか？

侍女であるはずの少女二人が、玉座に座る拓斗の両隣に座り、幸せそうな表情で寝息を立てていたのだ。

「まさか手を出したりしてませんよね？」

思わず不敬が言葉に出るアトゥ。

じぃっと咎めるような表情で拓斗を見つめるのは単純に二人が羨ましかったからだ。

「してないよ！　それよりも報告！　報告！」

「おっと失礼しました。例の街についてです」

当初より確認されていたマイノグーラに一番近い街。この場所については以前より慎重に調査が行われていた。

できれば友好的な関係を持ちたいという拓斗の意向により、まずはなるべく刺激を与えず悟られない形で情報収集をしていたのだ。

その結果がどうやらまとまったらしい。

他にも詳細はあるだろうが、あらましは口頭でも問題ない。

はたしてどのような街なのだろうか？　逸《はや》る気持ちを抑え、拓斗はアトゥの報告に耳を傾ける。

「――フォーンカヴンという人間と獣人を主とした中立属性の多種族国家の街ですね。名前はドラゴンタンと呼ばれているようです」

「多種族かぁ……」

多種族国家はその性質上、様々な文化や価値観を内包している。

ゆえに場合によっては邪悪属性の国家と交渉などもできるだろう。

少なくとも聖属性の国家のように出会ったら即

戦争とはならないはずだ。

とはいえ相手の方針が分からない以上、楽観視はできない。

相手からの心証によっては、容易く事態がこじれて国家間の戦争に発展する可能性も十分考えられるからだ。

「どのくらいの人口比率なのかな？」

「人族が半分、残り半分はワーウルフやワーキャットといった存在ですね。私たちが知るそれと相違はありません」

「典型的なファンタジーの亜人ってこと？」

「ですね、ただ種類が非常に多いです。あと国家運営は合議制で、杖持《つえも》ちと呼ばれる祈祷師《きとうし》たちが行っているとのことです」

合議制とは複数の人員で国家の運営方針を決める手段だ。

絶対君主制のように王の考えが色濃く出る方式ではないため国家の暴走を防ぎやすいが、反面意見が割れると揉めやすい制度だった。

「文化の発展度としてはそこまで高くありません。自然霊崇拝を主とした土着の宗教を信仰しているため、あまり技術的な発展に熱心ではないようです」

「南部大陸は資源に乏しいからあまり科学技術に割けるリソースがないってのもありそうだけどね。ともあれ脅威度は低そうだ」

先ほどの話を聞く限りはそこまで先進的ではなさそうであった。

むしろ杖持ちという祈祷師による合議制なあたり、未だ古い文化から抜け出していない印象がある。

「エムルがいくつか情報を持っていたので確認したのですが、びっくりするほど穏当な国家みたいですよ。『Eternal Nations』なら開始10ターン後に気がついたら滅亡のメッセージが出てくれる程度には悪辣さが足りません」

そう言いながら地図を広げるアトゥ。

記されたフォーンカヴンの版図を確認しながら、拓斗はおやと首を傾げる。

フォーンカヴンの領地は予想していたよりも東に存在し、ドラゴンタンの街だけがぽつんとハズレに存在していたからだ。

「うーん、かなり飛び地だね。どうしてこんな場所に街を作ったんだろうか？　物資の移動にコストがかかるし、防衛の負担が大きすぎる」

拓斗はこれら情報を吟味しながらふむふむとこれからの予定を組み立てる。

だがふと何やら言いたげなアトゥの表情が目に入り、おやと首を傾げる。

「その点についてですが、一つご報告があります」

「どうしたの真剣な表情で？　何かまずいことでもあった？」

「どうやら街の内部に《龍脈穴》があります」

「へぇ……」


その言葉に拓斗の瞳がすっと細まる。

龍脈穴が存在する箇所に国家の都市が存在する。

それはすなわちかの国が魔術に関するなんらかの軍事技術を有していることに他ならなかった。

## Eterpedia

### 龍脈穴

マップ資源

毎ターン以下のものを得る
純粋マナ：1

---

この特殊な土地は星が持つ大量のマナが吹き出す場所です。

マナを確保することによって、各種魔術ユニットが強力な戦術魔法を使えるようになります。

また、英雄の中にはマナを確保することでより強力になる者もおり、他国より多くのマナを確保することがゲームを有利に進めるため役立つでしょう。

# 第二話　会議

その日の拓斗は珍しく誰にでも分かるほど機嫌が良かった。

それもそのはず、彼が大好きな内政に気持ちを傾ける時間がついに来ていたのだから。

ここ最近は聖王国の調査隊や近隣国家の動向把握など彼の心を悩ませる出来事がいくつも起きていた。

それらの対処が一段落したことによってできた心の余裕は、彼の機嫌を上向きにさせるのに役立っている。

自らが戴《いただ》く王の機嫌を配下たちも感じ取っているのか、今から行われようとしている会議も程よい緊張感がありながらもリラックスした雰囲気で始まろうとしていた。

「皆さん、お忙しい中お集まり頂きありがとうございます」

議長は相変わらずアトゥ。

軽く微笑みを湛《たた》えながら、列席者を見回す。

集まるはこの国の重鎮。

モルタール老、戦士長ギア、ギアの副官から拓斗の秘書官となったエムル。

加えて拓斗のお世話係のメアリアとキャリア。

そして当然のことながらアトゥと拓斗がいる。

「それでは、楽しい楽しい内政の始まりです。ではまずは現状報告から行きましょう。建築担当」

「はい、建築担当のエムルです。現在宮殿の建設が完了しており、労働力には余裕があります。手の空いた期間は材木の補充に専念しておりましたので資材も十分です。新たな建設に着手可能となっております」

「なるほど、ありがとうございます。余裕があるうちに何か新しい施設を建築したいですね」

打てば響くとはまさにこのことで、自分が求めていた情報をすぐさま返してくる有能さにアトゥも満足しながら頷く。

エムルの言葉どおり現在は都市の建築能力に余裕がある状態だ。

貴重な労働力を余らせておく手はないという部分もあるのだが、実際のところマイノグーラという文明が有する施設は様々な恩恵を国家にもたらす。

何をもってもまずは施設の充実を図りたいという思惑があった。

「拓斗さま、次の建造物は以前の打ち合わせどおりでよろしいでしょうか」

「うん」

アトゥの問いに拓斗が頷く。

実のところ、マイノグーラの方針に関しては事前に拓斗と話を詰めている。

にもかかわらずこのように会議を行うのにはいくつか理由がある。

まずは臣下に仕事を割り振り拓斗たちの労力を減らし、問題点の見逃しを防ぐという目的。

次いで彼らの意見を聞くことによって新たな視点や気づきを得るという目的。

加えて彼らを会議に参加させることによって、国家の一員であるという当事者意識を強くし、より職務に邁進《まいしん》してもらうという目的。

これらの理由により、時間のない中でもこれらの会議は開かれている。

現在の規模ならまだしも、より国家が大きくなった場合は拓斗一人では手に余る。

ゲームとは違って膨大な量の情報を処理しないとならないという現実的な制約が、拓斗たちにこのような手段を選ばせていた。

「ではエムル。次は《診療所》を建築してください。現状において市民である貴方《あなた》たちの喪失はなんとしても避けたいこと。軍事施設も重要ですが、働く人がいなければ何も始まりません」

「かしこまりました。では会議が終わり次第、実務担当者に伝えます」

建築物の候補は実際頭を悩ませたところだった。食糧消費が増加する代わりに人口増加率を上げる《酒池肉林》や、敵に都市攻めを行われた時に防御ボーナスが得られる《生きている葦《あし》》など候補として魅力的なものはいくつもあったのだ。

だがどちらも効果が出るには時間がかかるとして却下された。

ゆえに目に見えて国家の繁栄に寄与し、国民の安全を担保する《診療所》が選択された。

実のところ魔術ユニットを生産可能とし都市の魔力産出を増加させる《魔法研究所》も最後まで候補に挙がっていた。

だが配備する人員の選定が追いついていないので一旦保留となっている。

そもそも《診療所》の建築コストが低く比較的すぐ建築できるのも今回の決定理由の一つだった。

無論次に取りかかる予定の建築物は《魔法研究所》である。

「次は内政――資源状況に関してですが……担当は？」

「兼務させていただいておりますエムルです。国内の食糧供給は順調です。木材や石材の供給はもちろん、生産不可能な鉄製品なども王のお力添えにより供給されております。ただやはり魔力を消費している以上、少々収支のバランスとしては悪いかと」

身の回りのものを最低限を持って来ただけのダークエルフたちがこれだけ短時間に都市の形を作り上げることができた理由が、拓斗の物質召喚能力にあった。

ここと は違う、元いた世界の物資を生み出せる彼の力によって通常では手に入りにくい鉄製品や衣服、その他様々な道具が彼らに供給されているのだ。

もちろん魔力はそれなりに消費するのだが現在のマイノグーラは人口にして五百人ほど。

この程度に対する供給であればコスト的には問題にならない。

とはいえ、この手法もまた人口が少ないがゆえに通用する強引な解決法だった。

「魔力による緊急生産が便利すぎるんですよね。とはいえ必要な経費ですのでじゃんじゃん使いますが。そうなるとやはり魔力生産能力を上げる施設や研究の優先度はどうしても高くなりますね。あと貴方には給料多めに出しておきますね、兼務ご苦労様です……」

「ありがとうございます」

ペコリと頭を下げるエムルを見ながら、人材の不足を痛感するアトゥ。

とはいえその件は未《いま》だ棚上げだ。

双子を幹部候補生として指導しているが、ものになるには年単位の時間がかかるだろう。

現状では何か劇的な状況変化が問題を解決してくれることを期待する他ない。

「では魔力に関する話題も出ましたし、研究の方について報告を受けましょうか」

「ワシですな。今回研究を終えた《軍事魔術》にて、軍事レベルでの魔術の使用が可能となりました。現状では使えるのはワシだけですが……宮殿から供給される《破滅のマナ》で強力な攻撃魔法が可能ですぞ！　まぁ王の方針からすると積極的に使うことはないとは思いますがのぅ」

「そうですね。破滅の魔法は便利なんですが内政で役に立つことが一切ないんですよね……」

モルタール老を中心として研究していた《軍事魔術》の技術はすでに実戦での運用が可能となっている。

タイミング良く――否、計算されたタイミングで完成されたそれは、相乗効果によってすぐさま利用できる強力な軍事カードをマイノグーラにもたらした。

　また《魔法研究所》が完成した暁には、魔術ユニットが生産できる。そうなればさらなる戦力向上を期待できるというものだ。

　もっとも、アトゥが悩ましげな顔をするとおり破滅の魔法は攻撃目的にしか使えないため内政を重視するマイノグーラとしては悩ましいところではあったが……。

「研究に関しても当初の予定どおり魔法系の《六大元素》にしましょう。こちらは少し時間がかかるかもしれませんが、他の研究を選択してもあまりメリットはありませんからね……」

　今の国力で《精錬》や《城砦建築《じょうさい》》の技術を研究したところでメリットが少ないし、活《い》かす場面が少なすぎる。

　それよりもやはり魔法の研究が魅力的だと拓斗とアトゥは考えている。

　これによってどんどんマイノグーラが魔法に偏重した国家となってしまうのだが、特定分野への特化もまたオーソドックスな国家戦略なので良しとされた。

「では最後、軍事担当」

「戦士長の私ギアより報告申し上げます。新たに生まれた兵力は足長蟲《あしながむし》が総勢五体。主として大呪界外周における未開地域の調査任務についております。ただ大呪界とは違って森の外側は平地となっております。隠密性を重視しておりますのであまり大胆に調査できない現状です」

「ふむ。周辺の情報は逐一我が王に報告されております。隠密性を保ちながらこれ以上調査を継続するのも少し危険ですね。足長蟲は国家周辺の哨《しょう》戒《かい》にまわしてください」

「御意《ぎょい》に……また僭越《せんえつ》ながら一点。研究に関しては以前お聞かせ頂いた《先進狩猟》の採択を提案いたします。この技術を完成させれば足長蟲が《首狩り蟲》へと進化可能となり、より強力な軍事力を確保できるかと愚考しますが……」

　ギアの提案に拓斗とアトゥは内心で唸《うな》る。

　一度決まった事柄をかき回す。タイミングとしては愚に等しい献策であったが、内容としては十分考慮に値するものであり、また臣下に自発的に考える土壌が育ってきている証左でもあるからだ。

　実際《先進狩猟》は事前の相談において候補として上がっていた。むしろ通常ならば採用されて然《しか》るべき研究対象だ。

　ならばなぜ採用されなかったのか？　理由は簡単。この森には動物が一切いなかったからだ。

　その点を考慮できないあたり、ギアもまだまだといったところである。

　アトゥは後ほど少しばかりの小言と多めの賞賛を与えることを決め、ギアからの提案を却下する。


「魅力的な案ではありますが、研究は現状どおり魔法中心で進めましょう。総合的に魔法関連技術の増強を行うことが急務です。イスラの生産状況はどのようになっていますか？」

「そちらはワシから報告申し上げます。すでに木材、食糧資源は十分に確保できております。《人肉の木》による生産と、王が生み出された高栄養価の果実が良い結果をもたらしておりますな。ただ魔力に関しては少々予定より遅れている状況でありますな」

「拓斗さま、いかがでしょうか？」

　全ての報告や方針決定が行われ、問題ないだろうかと伺いが投げかけられる。

　拓斗はその様子を感動の面持ちで眺めていた。

　アトゥには大まかな流れを説明しているが、全ては彼女たちの相談によって進められているのだ。

　彼らが国家に対して忠誠を持ち、かつ己の全力をもってその責務を果たそうとしているその光景は喜びの一言であり、愛《いと》しさすら感じるものだ。

「このままで問題無いよ。皆凄く頑張ってる」

珍しく長い言葉に臣下の全てが深く頭を垂れる。

王があまり口を開かないことは全ての臣下と国民が理解している。ゆえにその言葉に込められた重みを感じ取れたのだ。

彼らは胸の中に湧き上がる喜びに満たされながら、会議はより一層その内容に深みを増していった。


やがて内政の時間は終わり、あまり認めたくない現実に関する議題をあげる時がきた。

つまりは彼らの頭を悩ませる問題の数々だ。

「さて、少し国外について話をすりあわせておきましょう。聖王国クオリアの動きも今のところはないのですね」

「はい、現状では怪しい動きは見られません。やはり北方州で起きた問題に戸惑っている様子」

確認するようにギアへと問うた質問であったが、返ってきた答えも彼女の予想どおり現状を確認するかのようなものだった。

「それは僥倖《ぎょうこう》。では多少の遅れはあれどこのペースで行けばイスラの生産も問題なく完了しそうですね。敵対国家候補についても今のところ安泰。となると気になる問題は人口の増強ですが、これについては何か意見はありますか？」

「我々の同胞がいずこに逃げ落ちているかと考えております。それらの同胞を迎え入れる形なればある程度王が抱く憂慮を晴らすことができるかと
――説得はこのモルタールに任せていただければ、必ずや同胞たちも我が王の偉大さと慈悲深さに頭《こうべ》を垂れるでしょう」

「ええ、我が王もあなた方ダークエルフの境遇には深く同情の念を抱いています。見捨てはしませ

んのでその点はご安心ください。それで、貴方の同胞はどの程度いると予想されますか？」

「そう多くはありません。おそらく千、二千の数でしょうな……」

「ふむ、なるほど……その者たちを受け入れたとしても、全然数は足りないですねぇ。――拓斗さま。この件について何かお知恵をいただければ」

ここでバトンが拓斗に移った。

当初の予定では最低でも五千ほどは国民が欲しかった。それだけいれば圧倒的に不足している知識層の充実を図ることができ、より国家の規模を大きくすることができる。

だが想像以上にダークエルフというのは数が少ないらしい。

加えて、モルタール老はあまり認めたくなかったようだが、全員が生き残っている保証もないのだ。

立場の弱いダークエルフを受け入れて恩を売る作戦が予想以上に上手くいき味を占めていた拓斗。残念ながら二匹目のドジョウを得るには少々運が足りないらしかった。

「やっぱり保留」

双子に何やら説明をしていた拓斗は、アトゥに話を振られたことでようやくフムと顎に手をやると一言だけそのように答えた。

どうやら彼が持つ経験と頭脳をもってしてもこの問題は解決が難しいらしい。

むしろ逆にこの状況が異常ともいえる。

何せ通常のゲームであれば何十年、何百年という単位でプレイするのだ。

人口とはそのような長いゲーム内時間で自然と増えていくのが当然の認識だった。

いきなり人手が足りないから手っ取り早く人口を増やす方法を考えろというのも無理な話だ。

「やはりそうそう上手くはいきませんか。貴方たちもっと子供作ってくださいよ」

人口は国力に直結する。一番のネックが大きく存在しているにもかかわらず解決の糸口が見えない状況にアトゥはじとーっとした目でモルタール老とギアに不満を投げつける。

だが時として現実は厳しく彼女にのしかかる。つまりは代わりとばかりにエムルによって答えられたとおりだ。

「アトゥ殿。この二人……結婚していないんです」

「『仕事が家族ですので』」

呆れたようにエムルがため息を吐《つ》き、二人は自信に満ちた顔で胸を叩く。

ああこれは独身を謳歌《おうか》しているタイプだな。いわゆる結婚する気が全くない人種。

そのように判断し早々に諦めたアトゥは、この場で可能性のありそうなエムルに同意を求める。

「そうですか。ならエムル、貴方が頑張るしかありませんね……」

「私は、その、恋人募集しているのですが……」

「…………」

もうどうしようもないなこれ。

アトゥの判断はそれに尽きた。思うにエムルという女性はモテそうな雰囲気があるのだが、今の立場を考えるといろいろと難しいものがあるのだろう。

ダークエルフたちの恋愛事情という藪《やぶ》を下手に突いてしまったことを後悔し始めたアトゥは、慌てて話題を変更する。

「こ、この話題はやめましょう！　脱線しました！　では次！　次！　中立国家フォーンカヴンについての方針を決めます！　本題ですよ！」

一時緩んだ緊張感が一気に引き締まる。

喫緊の問題としてこの大呪界のすぐ外にあるこの街の対処こそが彼らの運命を決めるともいえた。

対応を誤れば最悪戦争もありうるのだ。相手の国力が未知数な現状、その選択だけは何としても避けなくてはならなかった。

「そちらに関してですが、私より報告を。どうやら件《くだん》の都市は何やら厳戒態勢にあります」

戦士長として軍事の全てを取り仕切るギアから報告があがった。

その内容が事態の複雑さを示していることに気づいた一同は、一様にして眉を顰《ひそ》める。

「厳戒態勢？　我々の存在が露呈しているということでしょうか？」

「いいえ、遠目での確認になりますが、散発的にゴブリンの襲撃を確認しました。どうやら敵性亜人等の蛮族に対する警戒を厳にしているようです」

蛮族とは基本的に国家に所属しない敵対者のことを指す。

『Eternal Nations』では初期の段階で多く見られるお邪魔虫のような存在だったのだが、モルタール老に聞いたところどうやらこの世界でも似たようなものらしいとアトゥは説明を聞きつつ判断した。

撃破するのはさほど難しくないが、それでも斥候などが襲われるとひとたまりもない。

対処するにも軍を編成しなければならない。

どこかからともなく現れ、放置すると村や集落に被害をもたらす。

いろいろ面倒な存在だ。

ただ蛮族の中には特殊な能力を有しているものもある。

殺したところで喜ばれはされれど、どこかの勢力の怒りを買うというものでもない。タイミングが合えば撃破しても良いのではとアトゥは内心で企みを膨らませる。

多種多様なユニットの撃破はアトゥの力を増大させる。

何をもってしても彼女は強力でなければいけないのだ。それが彼女が自らに課した使命であるがゆえに。

「ただ対応に関しては非常に難儀している様子で、見ているこちらがヒヤヒヤしました」

あれ？　とアトゥは首を傾《かし》げた。

確か襲撃はゴブリンと言ったはずだ。であればこの世界における技術レベルを考えると撃破は容《た》易《やす》いはず。

その不可思議な状況が彼女の頭を悩ませる。

「フォーンカヴン本国から援軍は来ないのでしょうか」

「確認した範囲ではない様子。飛び地のような形の街ですので、おいそれと援軍を派遣できないのでしょう。もしくは本国も同じような状況……などと推測されます」

「ふむ……飛び地がゆえに派兵が厳しいと。この地域ってそんなに蛮族の危険が高いのですか？」

「未開地域ゆえ比較的多くの亜人がおります。人に害をなす種ではゴブリンやオーク、あとはコボルトなどが良く聞くものですな」

「しかし蛮族が都市を襲うなどとは考えにくいぞモルタール老。行軍中の軍隊が偶発的に遭遇するならともかく、彼らとて都市を襲う無謀を心得ているだろうよ」

あれやこれやとギアとモルタール老が意見を飛ばし始める。

ただあまり建設的な結論が出ているようではなく、結局よくわからないということだけが判明する。

「現状では情報が足りませんね。それよりも蛮族に攻撃を受けているというのなら、難民が発生している可能性があります。首尾良くそれらを受け入れることができれば、人口が増やせるかもしれませんね」

通常、国家において全ての街や村が適切な防衛能力を有しているとは限らない。

ある程度の大きさを持つ都市なら堅牢な石の外壁などで外敵を防ぐことができるが、これが農牧を主とする村などであれば無防備にも等しい。

当然蛮族の駆逐が満足に行えないなら被害を真っ先に受けるのは彼らであり、運良く逃げ延びたとしても行く当てのない難民が生まれるという至極当然の理論だ。

普通、国家ですら持て余す難民ではあるが、幸いなことにこちらは土地も食糧も仕事も余っている。

邪悪になることさえ受け入れられるのであれば、あとは必要なものは本人の覚悟だけだろう。

もっとも、したり顔で説明したこの案はアトゥが拓斗からこっそり授かったものであったが。

「アトゥ殿、それらの難民が裏切る可能性はありませんか？」

「監視すればいいのです。都市に兵力を配置すれば国民の反乱を抑えることができますから。マイノグーラのユニット……未だ召喚されぬ拓斗さまの配下にはそういう役にうってつけの存在がいます」

「おお！　それは頼もしい！」

見た目は少しアレだが……という説明をあえて省いた。

アトゥの中ではギリギリセーフだったからだ。

もちろんそれがダークエルフたちの感性と一緒かどうかは未知数だ。

とはいえその性能は折り紙付きであったので、いずれ生産したいと拓斗とは相談はしていた。

「それに自分たちの平穏が約束されているのであれば、そうそう裏切るなんて考えは起きませんよ。そうでしょう？」

「おっしゃるとおりかと」

「どちらにしろ、かの国とはそろそろ友好的に接触して話を進めたいですね。恩を売れるならよし、敵対するのならまぁその時です。なんらかの方法で手に入るのならぜひとも欲しい街ですが、高望みはやめておきましょう」

その言葉に全員が頷いた。

アトゥに同意し、方針への賛同を示す。

それは会議の終わりを告げるものだ。

「ではまとまりましたね。次のターン――おっと、次の方針はかの中立国フォーンカヴンへの使者派遣です。急《せ》かしはしませんので、できる限り友好的に接触できる方法を考えてください」

あえて話題には出さなかったが、アトゥ――否、拓斗がこれほどまで件の街にこだわる理由は単純だ。

都市に龍脈穴が存在している。

マナを産出するマップ資源である龍脈穴は何をもってても手に入れなければいけない。

できれば友好的に終われば良いが、いろいろと方法はあるだろう。

珍しく積極的な方針を選択に加える拓斗。

マイノグーラが初めて国家として認識されるその時は、すぐそこまで来ていた。

**SYSTEM MESSAGE**

建築施設、研究項目が新たに選択されました。


建築中！《診療所》

研究中！《六大元素》

生産中！《全ての蟲の女王イスラ》

OK

# 第三話　遭遇

フォーンカヴンは独特の風習を持つ、人間種を主とした多種族国家である。

その成立時期は定かではないが、イドラギィア大陸南部——通称暗黒大陸に散在する国家の中では二番目に広い国土を持つ。

文明レベルとしては大陸北部より一段階ほど劣り、ようやく鉄器などの生産が始まり初歩的な国家運営の仕組みが出来上がってきた程度だ。

主な特徴として古くから伝わる精霊を信仰しているが、エルフが信仰する元素霊とは異なった、もっと土着のものだ。

動物や昆虫、木や植物、果ては岩や大地といったものの霊を信仰し、骨や皮で占いを行う。

文明レベルとしてはさほど高くはないが、国全体に広がるどこか牧歌的な雰囲気が功を奏しているのか、多種族国家にもかかわらず軋轢《あつれき》などはなく緩やかな繁栄を享受していた。

その時までは。

「丘巨人だっ！　丘巨人が現れたぞ！」

フォーンカヴンの首都、クレセントムーンでは連日の亜人種の襲撃で多大なる損害を被っていた。

元々が戦争とは無縁の暮らしをしてきた彼らだ。ある程度の戦力は保有しているものの精強とはほど遠い練度。

武器も急ごしらえの粗末なものだ。

外壁も敵の侵攻をさほど考慮されていない土壁に、内部の都市は土と枯れ草で造られた脆弱《ぜいじゃく》な建築物群。

対する相手は文明に敵対的な亜人種、通称蛮族。ゴブリンを筆頭にオークやコボルト、時に滅多に見られない危険な存在までがクレセントムーンへ襲撃をかけ、彼らの生存権を脅かそうとしている。

本日の襲撃は、その中でも一番に危険な存在——ヒルジャイアントだった。

「誰か！　杖持ちの司祭さまに伝えろ！　また丘巨人が現れた！」

「弓兵を出せ！　街に侵入させるな！」

身長にしていかほどか、住民の家を優に見下ろせるほどの巨人は、彼らが丘巨人と呼ぶ巨大な人型の怪物であった。

のっぺりとした気味の悪い肌。筋骨隆々の体躯《たいく》。ぎょろりと充血した双眸《そうぼう》に、口よりこぼれる鋭く尖った牙。

知能は限りなく低いが、それを補って余りあるほどの怪力。

手に持つ棍棒から繰り出される一撃を受ければ、生半可な兵士では一瞬で肉塊と化してしまうだろう。

巨人種の上位種族であるサイクロプスほどではないが、それでも強力な亜人である。

通常ならば人里から離れた地帯にのみ生息し、自分たちの縄張りから出てくるはずのない彼らがどうして都市に襲撃を行うのか？

その疑問に答えるものは当然おらず、されど否応なしに対応は迫られる。

「くっ！　前回の襲撃で破壊された土壁の補修が間に合っていない！　このままじゃ都市に入り込まれる!!」

鼻が利くことから早期警戒役として配備されていた獣人の男が苦虫を噛《か》み潰したような表情で吐き捨てる。

すでに物見櫓《ものみやぐら》からは弓兵による必死の攻撃が行われているが、それでもこの巨人を止めるには足りない。

都市との距離は驚くほど近い。

どこかからともなく現れる蛮族は獣人族の探知能力をもってしてもその襲撃を予測することが困難であり、ゆえにこれほどまで苦戦を強いられている。

前回の襲撃からすでに一週間。

総勢三体のヒルジャイアントによって破壊された土壁は散発的に行われるゴブリンの襲撃への対処によって未だ修復が完了していない。

何とか撃退しようと槍兵《そうへい》が果敢に突撃しているが、その体格差は如実に戦力差へと直結している。

戦闘能力に長《た》けた種族であっても攻撃をいなすのがせいぜいで、到底その進撃を止めるには至らない。

ヒルジャイアントが目指すは修復が終わっていない土壁の隙間。そして向こうに見えるクレセントムーン市街地。

まるでその隙を狙っていたかのような攻撃に誰しもがヒルジャイアントの市街地侵入、そして発生するであろう被害に絶望的な未来を脳裏に描いたその時だった。

「草腕《そうわん》の魔術です！　これで……どうだ！」

幼い少年の声が一際はっきりと辺りに聞こえ、次いでヒルジャイアントの足元に異変が生じた。

「グォォォ！」

「これは！　杖持ち様の魔術！　援軍か!?」

ヒルジャイアントが何やらもがき始め、そしてその動きが止まる。

やがて何かに躓《つまず》いたように地面に伏し、その体躯に無数の草が伸び集まるを見て獣人の男はその顔に喜びの色を浮かべた。

巨人の足下から伸びる草が、意思があるかのように絡みその動きをがっちりと留めていたからだ。

「もう安心したまえ勇敢なるフォーンカヴンの兵士諸君！　杖持ちたる僕が来たからにはもうなんか凄いぞ!!」

「おお！　ぺぺ様!!」

崩れた土壁の隙間から姿を現し兵士たちの下へとやってきた少年は、スキップ混じりに駆けると魔術の草によって身動きできないヒルジャイアントへとよじ登った。

「ふっふっふ！　流石《さすが》僕です！　僕は凄いのです！　うおー!!」

幼い少年の声が高らかに戦場に満ちる。

着こなせていないのか裾が地面まで垂れるローブを羽織り、半ズボンからだらしなくシャツの裾を出すその少年こそ、彼らが待ち望んだ司祭だ。

フォーンカヴンにおいて祭祀《さいし》を司《つかさど》り奇跡を行使する司祭。

その中でも最高位に達する杖持ち。

すなわちフォーンカヴンにおける絶対権力者である、指導者である。

十二人存在している彼らは大地と獣の霊に愛され、その御業《みわざ》を使うことができる。

繰り出される強力な魔術、そして彼らだけに許された宗教的意味を持つ長杖の所持。

尊敬と信奉の念を込め、彼らは『杖持ち』と呼ばれていた。

ぺぺはその最年少。最も若く、最も将来が期待される少年だ。

此度《こたび》の異変にもいの一番に駆けつけ、苦戦を強いられる兵士たちを助け、見事ヒルジャイアントを撃破せしめた。

その頼もしい鼓舞と勝ちどきに兵士たちも否応なしに興奮を高められる。

気づけばヒルジャイアントの上で高らかに叫ぶぺぺを取り囲むように、熱狂的な声援を送っていた。

「「司祭！　司祭！」」

「わ――――っ！　もっと大きな声で！」

だが残念なことに一つだけ問題があった。

この場にいた全員の兵士が忘れていたのだ。

他の杖持ちによってつけられた彼の二つ名が

『お馬鹿』であることに……。

「グォォォォ!!!」

「ぎゃあああす!!」

「「司祭ぃぃぃぃぃ!!」」

草腕の魔術によって動きを封じ込められていたヒルジャイアントが、その全力をもってして拘束を引きちぎった。

当然上に乗るペペは放り出される。

調子に乗ってトドメを刺さなかったツケが来た。

ギロリと巨大な双眸が地面で転がるペペをにらみつけ、その小さな身体を踏みつけようとした時。

本当の援軍がようやく到着した。

「――土沼の魔術」

「グ？　グォォ……」

タイミングは完璧。

発動は隼の如く。

ヒルジャイアントが足を振り上げた瞬間、軸足の下に突如できた泥沼によって再度巨人は地面の冷たさを味わうことになる。

「――草腕の魔術」

加えて絡みつく草の拘束。

その隙を逃がすほど、後からやってきた杖持ちは愚かではなかった。

「何をぼさっとしてるんだい！　今のうちにやりな！　目を狙うんだよ!!」

「「は、はいっ!!」」

「ギィィィアアア!!!!」

断末魔一つ。

弱点である眼球を狙って射《う》ち放たれた矢と槍は確かに巨大な怪物の脳を穿《うが》ち、その生命を停止に追いやる。

兵士たちの視線が新たなる杖持ちへと向く。

シャキシャキと歩きながら、どこか不機嫌そうな表情。

日頃から厳しく苛烈であると評判のその人物。

現れたるは、牛の頭を持つ獣人の老婆であった。

牛頭《ごず》の老婆は遠目からヒルジャイアントの様子を確認する。

足の速い若い兵士に絶命を確認させると、ようやく此度の襲撃が終わったことを兵士たちへ告げねぎらいの言葉をかけた。

もっとも、彼らとてこれで終わりというわけにはいかない。

負傷した兵士の治療や、放った矢の回収。ヒルジャイアントの死体処理などやるべきことが山積されている。

そして今回の戦いにおける最大の功労者でもある牛頭の老婆には、彼女にしかできない非常に重要な仕事が待っていた。

つまりはお馬鹿で考えなしな、杖持ちへの説教だ。

「ふぎゅっ！」

「なんてザマだいぺぺ！　杖持ちが情けない！」

「んんっ!?　あっ！　トヌカポリお婆《ばあ》ちゃん！」

年季を感じさせる自然木の杖によって盛大に頭を小突かれたぺぺは、その叱責をもってようやく自分がヒルジャイアントに振り落とされて目を回していたことに気がついた。

開けた視界に映りたるは同じ杖持ちで、小さい時から世話になっている師匠のトヌカポリ。

その態度からこれからキツイ小言を受けることがありありと分かる。

だが彼はあっけらかんとした表情で――むしろ人好きのする笑みすら浮かべながら元気に返事をした。

「丘巨人を草腕の魔術で搦《から》め捕《と》ったまではいいさ。でも何だいあれは！　暢気《のんき》に勝ちどきなんて上げてからに！　巨人種は《怪力》を持ってるから手早く急所を狙って殺せっていつも言ってるだろう！」

「う――ん……？　はっ！　そ、そうだった!!　僕としたことが忘れてた！」

「あいたっ！」

「このお馬鹿！　死んだら元も子もないんだよ！　なんでそんな大事なことを忘れるんだい!?」

叱責二回目。今度は大きなたんこぶができている。

何度言っても一向に理解しないこの少年に、毎度のことでありながらトヌカポリも苛立《いらだ》ちを募らせる。

孫ほどの年齢で赤子の時からの付き合いだ。無論愛情はあるのだが、それよりも呆《あき》れの方が一層強い。

ペペは誰しもが認めるお馬鹿なのだ。フォーンカヴンでそれを認めていないのはペペ本人だけなのだが、それだけにこの厄介な少年が毎度引き起こす問題はトヌカポリにとって悩みの種だった。

「うう、だってお婆ちゃん……」

「そのお婆ちゃんってのも止《や》めな！　あんたも杖持ちの司祭になったんだ！　いつまでもそんなんじゃ情けないったらありゃしない！」

「えー……。でもぉ……」

「それに――アタシャまだ二百四十歳のピチピチだよっ!!」

――それだけ生きてたら大お婆ちゃんだよ。

本日三度目の小突きを受けることになったペペの、直前の言葉である。


ヒルジャイアントの襲撃も終わり、トヌカポリとペペはことのあらましを残りの杖持ちへと報告に来ていた。

街の中央にある藁葺《わらぶ》きの建物。

住居や施設というよりは古い儀式場といった方が良い場所。

ろうそくの明かりだけが静かに灯《とも》るその場所で、幾人かの古老たちがトヌカポリとペペの奮戦をねぎらった。

「ご苦労だったぁ。あ～、トヌカポリ、ぺぺ。すまんのぅ。わしらがもう少し若かったらぁ……」

「いいんですよ！　長老の皆さんはもう長くないんですから無理しないでください！　肩もみましょうか？」

作法なし、そしてうるさい。失礼極まりなく、加えて肩もみも下手くそ。

お馬鹿なぺぺの本領が早速発揮された。

国中の民が敬い尊敬する杖持ちである。同じ位とはいえこうもズケズケと言いたい放題な彼に古老たちもほとほとあきれ顔だ。

「相変わらずいろんな意味で酷《ひど》いの、この子ぉ……。おぉいトヌカポリ。おぉぬしの教育、どうなっておるぅ？」

「はん！　アタシだって困ってんだよ、このお馬鹿には！」

「しかしだぁ。わしらが見込んだ後継だろぅてぇ。この子以外に、杖持ちになれる素質の者はおらんかったんだよぅ……」

杖持ちはフォーンカヴンにおいて特別な意味を持つ。

彼らが信仰する神々である自然霊の言葉を聞くことができる人材というのは、実のところ非常に貴重だ。

古老たちが老齢にもかかわらず杖持ちを引退していないのも長らく後継が現れていなかったことの証明である。

ゆえにその才能から稀代《きたい》の天才と謳《うた》われたぺぺが現れたことは彼らにとって望外の喜びだったのだ。

もっとも、行き過ぎた天才は一周ほど回っておバカになってしまったようだが……。

「ふん！　とことん運がないね、うちの国は!!」

「同感さなぁ……」

「うふふ、皆《みんな》冗談がお上手ですね！」

「本気で言ってるんだよぺぺ！」

ご覧のとおりである。

才能はあるのだが、致命的に考えなしなところが彼らの悩みの種だった。

もっともフォーンカヴンが立たされている状況はそのような細事にかまけていられるほど楽観的なものではない。

事実、今回の襲撃においては一歩間違えれば犠牲者すら出ていたのだ。

だからこそだろう。ぺぺについての話題もすぐに終わり本題へと入る。

杖持ちたる古老は、すでに白濁し半分も見えていないであろう目をカッと見開きトヌカポリに告げた。

「ドラゴンタンの街に行ってもらうぅ」

「おや？　ついに重い腰を上げるんだね。何度も援軍の陳情が来ていたのを放《ほ》ったらかしていたから、てっきり見殺しにするかと思ったよ」

「言うなぁトヌカポリ。わしらもぎりぎりのところなんじゃぁ……」

ドラゴンタンの街。

大呪界に最も近い場所に作られた街だ。

かねてより防衛力不足を危惧していたが、されど杖持ちたちは他の街への防衛で手一杯。

蛮族の襲撃が比較的弱いことを幸いにと何とか持ちこたえるよう伝えていたが、いよいよもって危機的状況になってきたらしい。

「ふん！　欲を出して龍脈穴なんて囲おうとするからさ！」

トヌカポリが吐き捨てるが、彼女とて龍脈穴の重要さは理解している。

彼らが現在研究している《戦術魔法》。その技術が完成した暁には、国家を肥沃化させる強力な《大地のマナ》を龍脈穴より精製することが可能になると予想されていたのだ。

ゆえに多少の遠方なれど強引に都市を建設した。

だが今はその判断が彼らの仲間を窮地に立たせている。

「ここはどうするのさ？　他の街から援軍を呼ぼうにも、どこもいっぱいいっぱいさね」

「何とかわしらで踏ん張るさなぁ。こう見えても、杖持ちなんだぞぅ」

「何だかそのまま戦場で死にそうな台詞《せりふ》ですね！　――あいたぁっ!!」

ポカリと一発。

古老はこうやって何度も小突くからぺぺが馬鹿になるのではないか？　と思いつつも、より重要な問題へと思考を向ける。

次の一手はすでに考えてある。だがそれを伝えるのは彼らにとっても苦々しいものだ。

「ついでにだがぁ、頼み事があるんじゃぁ……」

「……何だい、さっさと言いなよ気持ち悪い」

嫌に言葉を濁す古老にトヌカポリも眉を顰《ひそ》めた。

彼女が快活な性格で、ハッキリとした物言いを好むことを知っているにもかかわらずこの言い草。

何かとんでもない面倒ごとを押し付けられるのを覚悟し、彼女は耳を傾ける。

「占術によって大呪界に災厄ありと出たぁ。ぺぺと一緒に、調べてきてくれぇ」

その言葉が何を意味するかを理解し、トヌカポリは目をつむって大きく息を吸い込むとゆっくりと吐き出した。

トヌカポリとぺぺは、今のフォーンカヴンにおいて一位と二位の実力を有する。

本来であれば実力者である二人を防衛任務から外すことは国家崩壊の危険性を孕《はら》む愚策である。

加えて情報が一切ない大呪界に二人を調査へ送り込むことも非常に危険度の高い愚策である。

だが万が一にも蛮族襲撃の原因が大呪界にあり、二人がその原因に対処できたなら。

フォーンカヴンを取り巻く問題を一気に解決することができるのである。

時間をかけ、じっくりと大呪界に関する情報を収集するのが無難な判断であろう。

だが悠長に構える時間はどこにも残されていない。

危険性は高く、蛮族襲撃の原因である可能性も不明だ。それどころか帰ってこられる保証もない。

つまりフォーンカヴンという国は、ここで大きな賭に出ることにしたのだ。

「場合によっちゃあ蛮族襲撃の元凶を一網打尽ってわけか。何だい、案外こっちも命がけじゃないかい」

「すまんのぅ。損な役回りをさせるぅ」

「まぁ最悪なことになるって決まったわけじゃないさ！　せいぜい獣と大地の神々がお守りくださるよう祈ってるさね！」

旅路は良かれど、その終点は過酷なものとなるだろう。

何もぺぺまで巻き込むことはないじゃあないかとトヌカポリは珍しく弱音を吐きそうになったが、すんでのところで呑《の》み込む。

彼女も、そしてぺぺも杖持ち。地位と権力には、当然のように責任が伴う。

その責任を果たすべき時が今というだけの話だ。

「壮健でなぁ。トヌカポリ」

「アンタこそ、くたばるんじゃないぞ！」

相変わらず威勢の良い声で減らず口を叩くトヌカポリ。

だが彼女とて死ぬつもりは毛頭ない。

むしろ完璧完全に責務を果たし、一生かけても返しきれぬ貸しを古老たちに作ってやろうとさえ思っていた。

「じゃあ早速用意するさね！　久しぶりのことで今から杖が奮い立つよ！」

「気をつけて行ってらっしゃいませ、トヌカポリお婆ちゃん！」

「さては話を聞いてなかったね！　お前も一緒に

行くんだよ、このお馬鹿!!」

「あいたぁっ！」

………

……

そんなどこか愉快なやりとりが一週間ほど前のことであった。

そしてトヌカポリは先日の自分の判断を嫌というほど後悔していた。

馬鹿な子ほど可愛いとは言う。

トヌカポリにとってのぺぺも、例外に漏れずそうだ。

危険な任務になるとは覚悟していたが、些《いささ》か甘かった。

まさか死地になるとは予想もしていなかったのだ。

自らの力への過信もあったのだろう。

最悪多少の損害が随伴の兵たちに出る程度だろうとどこか楽観的な考えを抱いていた。

牧歌的性質を持つフォーンカヴンの国民の、良くない面が今回の遠征において出たとも言える。


トヌカポリたちフォーンカヴンは、この日初めてマイノグーラと接触した。


「ダークエルフ？　しかしこの気配はちょぉっとまずいねぇ……」

「あら？　貴方たちは……」

龍脈穴を囲うように作られた街ドラゴンタン。

街で少しばかり休憩を取り、援軍かと喜ぶ都市長に絶望的な事実を打ち明けて大呪界へ向けて出発し、さほどしない内にその遭遇は発生した。

相手は異様な雰囲気の少女。そして付き従うダークエルフの戦士団。

北部大陸の人々と違い、多種族国家のフォーンカヴンではダークエルフも差別に遭うようなことはない。

だがそれは彼らが知るダークエルフの話だ……。

目の前の集団は、一目で分かるほどに濃厚な闇の気配を纏《まと》っていた。

特に先頭に立つ少女。

それが一際異彩を放っている。

今まで見たヒルジャイアントなどまるで赤子だと言わんばかりに、トヌカポリの本能が警鐘を鳴らす。

チラリと少女たちの背後にそびえる大呪界を視界に入れ、牛頭の司祭は事態がすでに自分の手に余ることを理解した。

上手く隠しているようであったが、彼女ほどの達人であれば大呪界がすでに魔のものたちによって汚染され尽くしていることは火を見るより明らかだ。

語るも悍《おぞ》ましい濃密な邪悪が、その森から彼らのもとへとやってきたのだ。


「アンタ、人じゃないね……」

「……ご名答」

トヌカポリの問いに、少女が静かに答えた。

その言葉だけで底冷えのする恐怖に包まれる。

愛らしい少女の声音にもかかわらず、ただただ恐ろしさしか含まれていない。

「トヌカポリさま！　こ、この者たちは!?」

「アタシだって聞きたいよ！　いいかい、手を出すんじゃないよ！」

トヌカポリが慌てたように兵士に指示を出す。

膂力《りょりょく》に優れる獣人のみで構成された精鋭部隊を――通称牙隊《きばたい》を連れてきたのがまずかった。

初歩的な魔術も使えず自然霊との交信も覚束《おぼつか》ない者たちだが、獣の本能で魔を察知し動揺を見せている。

全員が闇の気配に怯えており、警戒心と本能からすぐにでも暴走してしまいそうだ。

闇の者どもは人を憎み、全ての生命《いのち》を滅ぼそうとしていると聞く。

生きとし生けるものもまた、闇の存在に本能的な忌避感を覚えるのだ。

彼らが蛮族を扇動しているのかは不明。

その力量は未知数。だがトヌカポリの勘が告げている。

戦うべきではないと。

戦って勝てる相手ではないと。今すぐ逃げるべきだと。

ゆっくりと、そして粘つくように流れる時間の中、トヌカポリは必死で対応を考える。

「ギア、私の命があるまで全員を待機させなさい」

「御意に」

……アトゥもまた、静かな声でギアに指示を出した。

基本的にアトゥはマイノグーラ以外の存在を信用していない。


加えて聖王国の調査隊を思い起こさせる遭遇。

予想される展開は明らかだが、されど王である拓斗に命じられた任務は別。

街に行くにあたっていくらかの作戦は練っていた。だが不意な遭遇に関しては想定外であった。

拓斗へ作戦の失敗は報告できぬとばかりに、街でのやりとりを必死に脳内でシミュレーションしていたことも不味かった。

集中するあまり周囲への警戒が疎かになっていたのだ。

何とか緊張した雰囲気を解消したいが、相手――特に獣人の兵士たちの警戒が強く、下手な行動に出ると一触即発の雰囲気がある。

それだけは避けねばならぬ。

アトゥたちとて内に抱く緊張は同じであった。

緊張が緊張を呼び、望まぬ未来への恐れから互いの行動を拘束する。

言葉を発することすら、何かとてつもない過ちを誘発してしまうのではないかという不安が、両軍に指先一つ動かすことすら憚《はばか》らせている。

このまま緊張が限界に達し、戦闘が起きてしまうのではないかと思われたその時だった。

「ちょっといいでしょうか！」

薄氷を全力で踏み抜くかの如き、無遠慮な声があがった。

視線が一人に集中する。

シュタッと挙手しながらアトゥたちの前へと躍り出る影。

この場で一番背が低いであろう彼は、目立つ位置へ移動すると何が嬉しいのか満面の笑みを浮かべる。

……お馬鹿なぺぺだ。

お目付役のトヌカポリでさえその突拍子もない行動に口をぽかんと開けるばかり。

やがて事態の急変に全員の脳が追いつき、慌てて両集団が彼への対応を行おうとするより一瞬早く。

「こんにちは！　僕の名前はぺぺです！　お名前教えてもらっていいですか⁉」

ただ一人どこまでも空気の読めていない少年による、元気な挨拶が響き渡った。

Eterpedia

## お馬鹿なペペ

指導者

～馬鹿だから差別しないし、馬鹿だから物怖じしない。
そして馬鹿だから誰とでも仲良くなる。
我らはもっと彼に学ぶべきだ～

| | |
|---|---|
| 《友好志向》 | 全指導者に対する印象＋２ポイント |
| | 全指導者に与える印象増加率＋ 50％ |
| 《平等主義志向》 | 種族及び属性による印象変動が発生しない |
| 《貿易志向》 | 貿易によって得られる全利益＋ 20％ |

数分前の緊張とは別に、今の彼らは言葉での表現に困る空気を感じていた。

先ほどまで互いに睨み合い臨戦態勢を取っていた両軍。

すなわちマイノグーラの精鋭と、フォーンカヴンの精鋭。

彼らは今、大呪界の道なき道を共に歩んでいる。もちろん向かうはマイノグーラの首都。

拓斗に面会をしたいと望むフォーンカヴンの指導者たちを案内するため先導するアトゥたちであったが、国家の未来を左右する重要な任務とは裏腹に彼らは酷く微妙な表情を見せていた。

「それで僕は言ってやったんですよ！　フォーンカヴンを荒らす不届き者め！　僕の魔術を喰らえ！　ってね。聞いてますかアトゥさん！」

「はい、聞いています」

「いやぁ、それにしてもほんとあの亜人たちには苦労させられます！　僕がいなかったら今頃フォーンカヴンは滅んでいたと思います！　間違いない!!」

　無垢な少年の、聞いてもいない武勇伝に思わず顔を顰《しか》めてしまうアトゥ。

　別段不愉快というほどでもないが、さりとて先ほどから絶え間なく繰り返される話に辟易としてしまう。

「そ、そうですか……それは大変でしたね。文明を持たぬ野蛮人は時として平和に暮らす人々を襲います。害あれど益になることは決してない厄介者です」

「そうなんです！　そうなんですよアトゥさん！　うわぁ！　分かってもらえてくれて僕嬉しいです！　何だか初めて会った気がしません！」

　わっはっは！　と盛大に笑うぺぺ。

　この奇特で奇抜な少年の挨拶によって劇的な進展を見せた両者は、ついに平和の内にその邂逅《かいこう》を果たした。

　危機的状況にあった両者にあって、その間を取り持つという多大なる功績を果たした彼であったが、この場におけるぺぺの評価は微妙なものだ。

　むしろ若干の呆れが両者にあったと言っても過言ではない。

　彼は初めての挨拶を交わしてから終始この態度だった。

　聞かれてもいないのに、この調子だったのだ。

「あの、トヌカポリさま？　彼は凄い距離感近いのですが……」

「すまないねアトゥ殿。馬鹿なんだよ、この子は」

「はぁ、なるほど……」

　アトゥは、彼女にしては珍しく気の抜けた返事をする。

　それほどまでにぺぺという人物を測りかねている部分があった。

　どうにも自分のペースを崩される。

　未だ交渉の前段階という慎重さが求められる状

況ではあるが、何か平時の昼下がりのような朗らかで気の抜けた雰囲気が漂っている。

原因は分かっている。この空気が読めずどこかトリッキーな雰囲気を持つ少年のせいだ。

何か特異な能力をもって場の空気を和ませているのかとすら錯覚してしまう。

さりとてこの状況がまずいものであるというわけでもない。

奇異なる経緯ではあるがひとまず戦闘の危機は過ぎ去った。その後どのような状況になるかは未知数ではあるが、現状は上手く行っているのだ。

ゆえに、世の中いろいろな人間がいるものだとアトゥは若干強引に自らを納得させた。

「しかし瘴気《しょうき》が濃いさね。流石のアタシも少しキツイよ」

「これればかりはどうしようもないのですトヌカポリさま。国家の性質ですので、……辛《つら》かったら遠慮なくおっしゃってください。日を改めて――別の場所での会合でも問題ありませんが」

アトゥとしてはもう少し互いの状況を確かめてから両指導者の会合としたかったのだが、向こうが拓斗との面会を急《せ》いてきたのだ。

何か企みがあるのかと一瞬警戒したアトゥだったが、その考えも精神的に繋がっている拓斗からの説明によって考えを改める。

おそらく、街を襲う蛮族についてなんらかの確認や援助を早急に求めたいのだろう……と。

であれば得心がいく。

街の状況が逼迫《ひっぱく》しているものであるという情報は確かなものとして、彼女たちマイノグーラ首脳陣の耳に届いている。

なんらかの物資の援助か、それとも別の物か……。フォーンカヴンが何を求めているのかは不明ではあるが、少なくともマイノグーラと事を構えるほど余裕があるというわけでもなかろう。

そしてアトゥが信頼する拓斗の予想どおり、トヌカポリの態度には隠しきれぬ焦りが見え隠れしていた。

「いいや、何事も早い方がいいってことさね。流石に随伴の兵たちは厳しいから殆《ほとん》ど置いてきたが。なぁに無理を聞いてもらったんだ、このくらい我慢してちゃんと挨拶に伺うのが道理さね」

「多大なるご配慮感謝いたします。我が王も皆様のご来訪を心より歓迎しております」

焦りを隠せぬのは逼迫した事態ゆえか、それとも単純に謀《たばか》りごとに慣れていないのか。

いずれだとしても詮無きこと。指導者である彼らがこの地に来た時点ですでにこちら側に有利な状況となっている。

すでにアトゥの戦闘力に関しても、決戦兵力と呼べるほどまでには上昇している。

万が一彼らがなんらかの企みを持っていたとしても、真正面から粉砕してみせるだけの自信が今の彼女には存在していた。


「何だかお腹が空いてきましたね！　気のせいか足取りも重くなっちゃいます！」

「トヌカポリさま？　その、彼は何ともないのでしょうか？」

彼女たちが連れてきた兵は、その大部分が大呪界の外で待機している。

あまりの瘴気に体調を崩しかねないからだ。

彼らの中でもより精強な者たちが気力を振り絞って同行しているが、一様に顔色は悪い。

ダークエルフの戦士団とも対等に渡りあえるであろう力量と推測される彼らでもそうなのだ。

先ほどから元気よく話題の花を咲かせるこの少年がなぜ平然としているのか不思議でならない。

「馬鹿だから鈍いんだよ」

とはいえ、その答えは同じ杖持ちであり師匠であるトヌカポリですら分からぬ様子だった。

るんるんとご機嫌に道なき道を歩むぺぺ。

どこかで拾った木の枝を振り回しながら、ヤケに上機嫌な態度で目につくダークエルフたちに片っ端から話しかけている。

余計な話は控えたく――されど正式な来賓であるため無下にもできぬ。

困惑したダークエルフたちの表情に同情しながら、もうしばらくお馬鹿のお守りを頼むとトヌカポリはアトゥへと向き直った。

「そうだ、アトゥ殿。マイノグーラの王について、どのような御仁かもう少し話を聞かせておくれでないかい？　文化の違いで失礼があったらたまったもんじゃないからね」

「ええ！　もちろん！　では早速王の偉大さと格好良さと優しさと素晴らしさについてご説明しましょう！」

難しげな表情を時折見せていたアトゥは、その言葉でぱぁっと態度を変えた。

その様子から少女がどれほど自らの王を敬愛しているのかを自ずと理解するトヌカポリ。

楽しそうに王の素晴らしさを語る少女――アトゥはトヌカポリが判断する限り特級の化け物だ。

見た目の愛らしさとは裏腹に、内に秘めたる力は比類なきものだろう。

伝承や神話に残っていても不思議ではない化け物。

そんな少女が慕い仕える王。

瘴気が濃くなるにつれ、底冷えのするような不安がトヌカポリを襲う。

（さて、ナニが待ち受けているのやら……）

ふと大呪界に封印されていると言われる「破滅の王」についての伝承を思い出したトヌカポリ。

自分たちの選択は正しいのだろうか？　ぺぺの勢いに流されるようにここまで来てしまったが、とんでもないやらかしをしていないだろうか？

内に湧く不安を拭い去るように、牛頭の老婆は頭《かぶり》を振った。

その存在を前に、トヌカポリという名の老婆はいかに自分という存在が矮小で、吹けば飛んで消えてしまうかの如き儚《はかな》いものであるかを思い知らされていた。

謁見の間、玉座に座るそれはこの世のありとあらゆる生命とかけ離れた気配をその身に纏っており、ただただ深く吸い込まれそうな暗き闇を彼女の魂に刻みつけている。

(こりゃあとんでもないのが近所に引っ越してきたもんだい……)

容姿は一見すると人のそれ。だがまるで子供が戯れに世界に落書きを施したように塗《ぬ》りつぶされた黒は、触れただけで精神をズタズタに引き裂かれそうな恐怖を感じさせる。

アトゥと呼ばれた少女が崇める王。

化け物が崇め奉《たてまつ》る本物の化け物。

自らの知識、想像、予想を優に超えた存在にトヌカポリは息をするのも忘れ、ただ叫びそうになる己の心を叱咤《しった》し平静を保つことに己の全力を傾ける。

(闇の気配が宮殿中に満ちているね。逃げられないわこりゃ。上級悪魔……もしくは軍勢を率いる魔王。ああ、違う認めるさ、どうみてもありゃあ邪神の類いじゃないかい)

静かに視線が交差する。

相手は本来神話の世界に住まうはずの存在。さりとて不用意に頭を下げるような真似はしない。

悍ましい邪神とはいえ、これから交渉を持とうとする国の長なのだ。

そして自分はフォーンカヴンの代表者として来ている。

立場は対等。ゆえにトヌカポリは静かに相手を見つめ、恐怖を押し殺し相手の紹介が行われるのを待つ。

「偉大なる我らが王、イラ＝タクトさまです。拓斗さま、彼らがお伝えしたフォーンカヴンの指導者、杖持ちのトヌカポリさまに、ペペさまです」

「うん」

心臓を鷲掴《わしづか》みにされ、無造作に潰された。

否――幻覚にすぎない。

言葉は太古から伝わる呪の技法だ。

古き人々は言葉が持つ力を理解していたため、真に必要な時以外一切口を開かなかったと伝え聞く。

何を世迷い言をと若き日のトヌカポリはその言い伝えを笑ったが、今なら言葉の力強さを教えた先代杖持ちの話を真剣に聞けるだろう。

王の言葉は、たった一言にもかかわらずそれほどまでに危険な物だった。

このまま逃げ帰り、何も見なかった振りをして全てを忘れ去りたい。

弱い心が鎌首をもたげ、トヌカポリの鍛え抜かれた精神に揺さぶりをかける。

されど彼女とてフォーンカヴンを統べる十二の杖持ちが一人。

国の誇りと、自然の神々の名において決して臆することなく啖呵《たんか》を切ってみせる。

「偉大なる王よ。お初にお目にかかる。先ほど紹介いただいたフォーンカヴンが十二杖。巻き角のトヌカポリだ。このたびは――」

……が。

「はじめまして！　僕の名前はペペ、フォーンカヴンからやってきました、よろしくお願いします！　ぜひお友達になってください」

「ぬおぉぉぉぉ！　ペペぇぇぇ！　このお馬鹿がぁぁぁぁ!!」

このタイミングで予想しなかった横槍。

空気が読めないとはまさにこのこと。

思わず叫び、慌ててしまったとばかりに口元を押さえる。

二百年という時を経た自分ですら臆したマイノグーラの王に気軽に挨拶する度胸は、トヌカポリとて驚嘆するものだ。

だができればそんな気安い挨拶は止めて欲しかった。

流石のペペも同じく怯え震えているだろうと考えたトヌカポリの、一世一代の失態であった。

「お友達……？」

「い、いや失礼したイラ＝タクト王！　ペペは緊張ゆえ少々言葉を間違えただけなのさ。若輩の無作法と笑って許していただければありがたいさね」

拓斗の言葉を待たずに取り繕うトヌカポリ。

流石にこれで激怒するほど狭量ではないとは思っているが、されど舐められる可能性は十分にある。

国家の指導者同士が対面してお友達になろうなどとは笑止千万、指導者としての品格を問われ、ひいては国家が軽んじられる。

これから行われるのは国家と国家が己の主張をぶつけ合う机上の戦争。

剣や矢を交えることはないが、それでも結果如何では国民の生死に関わる。

そのような重要な場で何を世迷い言を。

真っ暗になりそうな視界と意識を保ち、自らの教育が疎かであったためペペがこのような奇行に走ってしまったと後悔するトヌカポリ。

何とかこの失態を払拭しようと言葉を選んだはずだったが……。

「うん。友達だね。いいよ、仲良くしよう」

「やったぁ！」

「ええっ!?」

どうやらトヌカポリの予想とは裏腹に、その答えは実に予想外で、そして実に奇想天外であった。

国家の指導者が友達同士？　馬鹿を言うにも程

がある。

何を企んでいる？　何が目的だ？

答えの出ない疑問を反芻《はんすう》しながら、トヌカポリはチラリと視線を逸《そ》らす。

向かうは王の腹心であるアトゥだ。

ここに来るまでの間でこの少女の性格はおおよそ判断がついている。

性質こそ邪悪な部分があるものの、その考えや作法などは至って一般的な範疇《はんちゅう》に存在しているものだとトヌカポリは判断していたのだ。

であればこの状況になんらかの疑念を持っていてもおかしくはない。むしろ自分と同じく驚いているだろうと共感を求めたのだったが……。

だが彼女は彼女で様子がおかしかった。

感極まった様子で口元に手を当てながら、ウルウルと瞳を潤ませているのだ。

「おお！　何ということでしょう！」

「あ、あの、アトゥ殿？」

「初めての友達おめでとうございます拓斗さま!!　ほら、何をしているのです、拍手!!」

王の側《そば》に仕えていた警備のダークエルフたちが一斉に手を打ち鳴らした。

次いでアトゥも感極まった表情でパチパチと拍手する。

祝福される王は何やら照れくさそうに頭を掻《か》いている。

意味がわからない。

なのでトヌカポリも拍手した。

すでにぺぺが盛大に拍手をしているので、自分だけが取り残される状況だったからだ。

謁見の間に朗らかな空気が流れる。

緊張は一気に霧散し、何だこれ？　といった困惑がトヌカポリの全身を包んで離さない。

（と、とんでもないことになってしまったね、これは……）

あえてぺぺの失態に乗って緊張をほぐそうとし

ているのか、それともこちらをからかっているのか。

もしかしたら本気で友達になろうとしているのかもしれない。

だがイラ＝タクト王の表情は感じ取ることができず、ただただ漆黒の闇が人の真似をして恥ずかしげに照れているようにしか見えない。

自分たちは、ただ何もない虚空に向かって拍手し祝福しているのではないか？

そんな底冷えのする考えがトヌカポリを襲う。

マイノグーラの王イラ＝タクトという存在は、到底自分如きでは計り知ることができる存在ではない。

そのことだけが、今の彼女に唯一分かることであった。

## Eterpedia

### 魔導師（巻き角のトヌカポリ）
魔術ユニット

戦闘力：3　移動力：1

《賢人》
《自然霊魔術》
《獣人》

NO IMAGE

#### 解説

**～牛頭の杖持ちを怒らせてはいけない。**

**彼女こそ自然の体現。彼女の怒りはすなわち自然の怒りである～**


---

魔導師は熟練の魔術ユニットで、《魔術師》の上位ユニットになります。

適切なマナ源があればLV2までの戦術魔術を覚えることができ、戦闘を有利に運ぶことができるでしょう。

一方戦闘能力はさほどお高くないため、基本的に護衛を伴う必要があります。

また、一部の魔術ユニットは《賢人》の能力を取得することがあります。

# 第四話　歓待

トヌカポリは困惑していた。

なんやかんやで宴《うたげ》になったからだ。

ぺぺと拓斗の間に友情が生まれたことを記念して、とのことだ。

謀《たばか》られているのだろうかとも思ったが、魔の少女であるアトゥが心底嬉しそうにこの出来事を祝福しているので、本当にただ祝賀の催しを開きたいだけなのだろうと納得してしまう。

そうこうしているうちにテーブルにはどんどん料理が運ばれてくる。

それらは見たことも聞いたこともないものだ。

ただ香りは特上、普段はさほど食に頓着しないトヌカポリですら思わずゴクリと唾を飲み込んでしまう。

「どんどん食べてください！　今日はめでたい日です！　さぁさぁ、トヌカポリさまも！」

「あ、ああ。ありがとうさね」

言われるまま、まずは果物を手に取る。

肉や穀物はあまり食さないゆえの選択だ。

丁寧に切り分けられたそれはみずみずしいオレンジ色をしており、甘く漂うその香りを嗅ぐだけで極上のそれと分かる。

この世にこれほどまでに洗練された果実が存在していることに驚愕を隠せないトヌカポリ。

配膳を手伝っていたダークエルフの少女――顔面の半分が爛《ただ》れた奇妙な娘に尋ねてみる。すると彼女は血色の良い愛らしい顔でニッコリ微笑《ほほえ》み「太陽の子」と呼ばれる特別な食べ物だと教えてくれた。

なるほど、空に浮かぶ太陽から授かった贈り物と称するとは大胆にて不敵ではあるが、これほどのものであればその名乗りは不遜とは言えぬだろう。

とはいえ、食してみるまで判断はできぬ。

手近にあった銀製のフォークを手に取ったトヌカポリは、まじまじと果汁滴る果肉を見つめ、やがて意を決して口へと放り込む。

（な、何だいこれは!!）

瞬間。

今まで食べてきたありとあらゆる甘味がただの砂利へと成り果てた。

何という味わい！　何という至宝！

広がる甘味は想像外のもの。舌先で軽く転がすだけで崩れてしまうほどの軟らかさと、噛みしめるたびにこみ上げてくる果汁。

何より口から鼻腔を通して伝わる香りは、それだけで心を溶かしてしまうかの如き魅惑がある。

周りから歓喜の声があがる。

トヌカポリに付き従ってきた精鋭たちだ。

先ほどまで瘴気の濃さに青ざめていた彼らだったが、今はそんなことを感じさせぬ様子で出された食事に手を付けている。

この非現実的なまでの味わいを知ってしまっては、彼らの態度を現金だと叱責することもできはしない。

歳のせいか食が細くなっていたはずの胃が突如若かりし日を思い出したかのように活動を始め、もっとよこせと主張を始める。

思わず次の皿へと伸ばしかけた手を、だが意志の力で強引に押し留め……。

トヌカポリは今まさに体感した現象を静かに分析し、鋭い瞳でマイノグーラの面々を射貫《いぬ》いた。

「これは……失礼を承知で尋ねるよ。堕落の食物かい？」

バクバクとさっきから遠慮なく食事を口に運んでいるぺぺを横目に見ながら、トヌカポリはなるべく表情を変化させぬようアトゥへと問いかける。

魔の存在は人を堕落させるという。

それは人が営む生活のあらゆる面に静かに入り込み、決して逃れられぬようその精神を搦《から》め捕《と》るのだ。

例えば一生かけても使い切れないほどの眩しいばかりの財宝。

例えば一目見るだけでもはや他の者が視界に映らぬほどの傾城《けいせい》の美姫。

……例えば一口食べただけで、生涯忘れられない体験をしてしまう食物など。

狂わされるほど耄碌《もうろく》はしていないが、されど彼女ですら品なく貪りついて追加を求めたくなるほどに、その果実は食べるという行為の極致にあった。

ゆえに問うたのだ。

何を食わせたのかと。

このような食事が、この世に存在して良いはずがないと。

だが緊張と警戒をもって投げかけられたはずの質問は、少しばかり驚いた表情を見せるアトゥによってすぐさま否定された。

「堕落の食物？　ああ！　なるほど、あまりの美味《おい》しさに何か良くない作用があるのかとお考えになったのですね。それは大丈夫です」

パタパタと手を振りながら否定するアトゥ。

トヌカポリもその態度に「おや？」と内心で首を傾《かし》げるが、さりとて追及の手を休めることはしない。

何せここに非現実的で悪魔的で、人を誑《たぶら》かす食事があるのだ。

テーブルに載る料理だけでも場合によっては争いによる殺人が起きてしまいそうなほどの価値を持つ食事。

クオリア辺りの強欲な聖職者にでも放り投げれば、それだけで笑えるほどの諍《いさか》いを起こしてくれるだろう。

そう断言できるほどの代物なのだ。

これらが一体どのような由来のものであるかを説明されるまで、到底納得いかないことは当然とも言えた。

「うーん。どう説明すれば良いでしょうか？　これら食物は我が国家でのみ生育が可能な特産といったところです。詳細は国家機密ゆえお答えいたしかねますが、人種にとって安全な物であることは保証します」

アトゥも警戒するトヌカポリを慮《おもんぱか》ってくれたのか、やや過剰なまでに説明を加えてくれる。

国家機密と言われてしまえばトヌカポリとてこれ以上は追及もできない。

あり得ないほどに美味ではあるが、現にテーブルの上に存在している以上は幻の類いとも言えない。

「おいしいよ」

「美味しすぎて食べ過ぎてお腹《なか》パンパンになるのです！」

「そうかいそうかい、そりゃあ凄いねぇ」

給仕をしているダークエルフの少女二人が無邪気な笑みを浮かべながらトヌカポリに追加の皿を持ってくる。

それらを受け取りながら、彼女は魔の配下にもかかわらずまるで天使と見紛《みまが》うばかりの無垢な少女たちに思わず笑みをこぼす。

（うちの馬鹿ぺぺと取り替えたい子だねぇ……）

チラリと横目に見たぺぺは、何やら肉をパンで挟み込んだものにかぶり付いている。

さっきから美味しい美味しいとしか言っていないが、彼は元々何を食べても美味しいしか言わないので本当にこの食事の異常さを理解しているのかは怪しい。

ともあれぺぺが安心して食べているのであれば、そうなのだろう。

トヌカポリは自分の懸念が杞憂であったことに大きな安堵のため息を吐く。

その上で、マイノグーラを疑ってしまったことへの謝罪と、愚かな疑いを抱いてしまうほどに素晴らしい食事であったとの賛辞を送る。

その言葉にアトゥらマイノグーラの面々も気を良くしたのか、更に追加の皿をトヌカポリのところへ持ってきた。

しかしながら驚嘆の一言である。

これほどの果実、そして食糧を生産できるということはそれだけ国家の技術力が高いことを指し示している。

加えて国家が豊かであることもだ。

基本的に食糧という物は、食えれば良いという認識だ。食物の育成が困難なここ暗黒大陸では特にその傾向が顕著だ。

ゆえに食に贅を尽くせるのは生産力に余裕がある証拠。双子の少女にもそれとなく聞いたが彼女たちも普段から食べているという。

宮殿の給仕になるほどだ。それなりに重用されているであろうとは思ったが、それにしても普通では考えられない。

気になったので更に聞いてみると、この食事は特別であるものの全ての国民が食す機会を得ることができるのだという。

だとすればどれほど幸運で恵まれた国民なのだろうか。

今まで自分たちが食っていた物がいかに食として位の低い物かを理解させられた。

同時に、これほどまでの美味を知ってしまってこれからどうやって祖国の飯を食えというのか、とも考えてしまう。

それほどまでに、先ほどの一口は衝撃的だったのだ。

「王の威光によるものです。全ての国民に最上の食糧を、食べきれないほどに。どうぞ満足いくまでお楽しみください。我らマイノグーラが誇る、この世で一番美味しい料理です」

「ああ、確かに世界一さね。今まで大言壮語はいろんな場所で聞いたことがあるが、事実に言葉が追いついてないのは初めてだよ。ここ最近食が細くなっていたんだが、こりゃあアタシもいよいよ体重を気にしないといけないかもねぇ……」

　気がつけば、相当に胃袋が膨らんでいることにトヌカポリは気づいた。

　果物以外の他の料理もいくつか手を付けたのだが、どれもこれもが初めてでかつ味わったことのないようなものだった。

　そのためあれもこれもと舌鼓を打つうちに相当な量を食べていたらしい。

　いい歳してお呼ばれした国でバカ食いして体重増やした。なんて言えば祖国の杖持ちたちにどんな嫌味とからかいを受けるかわかったものではない。

　少々気恥ずかしい気持ちになりながら、これが最後の一口だからと自分に言い訳を聞かせて紫色の小さな果実を口に放り込む。……が、もう少し欲しくなる。

　これは祖国への報告の際に小言は覚悟せねばならぬだろうとトヌカポリは諦めた。

「お婆ちゃんは別に太ったとしても気にする人なんていないから大丈夫ですよ――あいたぁっ！　いつもより痛い！」

「大丈夫？」

「凄い音がなりましたです……」

　もっとも、祖国の杖持ちたちよりも先にぺぺの失言に対して報復せねばならなかったが……。

　普段より二割増しの勢いで小突かれ涙を浮かべているぺぺを尻目に、トヌカポリはマイノグーラと呼ばれる国家、その王たるイラ＝タクトに視線を移す。

　平然と会食の場に存在しているそれは、いくら見ても一向に慣れることはない。

それも当然だろう。

何せ邪神と思わしき存在なのだ。この場で平静にいられる方が奇跡に近いのだ。

とはいえ賽《さい》は投げられた。

ドラゴンの巣穴に潜らねば財宝は得られぬという古い諺《ことわざ》がある。

誑かされる危険性はあるが、彼らと友好を結べるのであれば実に有益なものとなるだろう。

王がどのような存在かは分からない。

それは不気味で、邪悪で、おおよそ人に近しい感情を有しているとは思えない。

現に今も椅子の上に佇《たたず》み、ユラユラと得体のしれない恐怖だけを無造作に撒《ま》き散らしている。

王は何を考え、何をしようとしているのか？

だが現状、何となくではあるが機嫌を良くしているということだけは理解できた。

その理由がペペの言葉によるものだという事実だけは、到底理解することはできなかったが……。

ともあれお馬鹿なペペはお馬鹿なりにフォーンカヴンに尽くしてくれたらしい。

孫の成長を喜ぶ気持ちを抱きながら、ようやくトヌカポリも緊張の糸を少しばかり緩め始めた。

「そうだ！　この食べ物を売ってもらいましょう！　皆もきっと喜ぶと思います！」

が、ちょうど良いタイミングで追加の燃料が放り込まれた。

ペペが何やら瞳をキラキラと輝かせてとんでもないことを言い始めたのだ。

またぞろ面倒なことを……。

トヌカポリは頭を抱えたが、もはやどうしようもない。

会食の後に彼らが最も懸念する件について話を持ちかけようと勘案していたところに、空気を読まない発言。

これ以上思いつきで発言しないでくれと、このお馬鹿をどうにかしてくれと信仰する大地の霊に祈りながら、トヌカポリはやんわりとペペへと注意する。

「売ってもらうって言ったって、これほどのものだ。おいそれと他所《よそ》には出してくれないだろうよ。気持ちは分かるが話が早いさねペペ」

それにまだうちとは交流を持ったばかりだよ。気持ちは分かるが話が早いさねペペ」

実際この食料は魅力的だ。

全ての国民が上質な食事を摂ることができるというのなら、食糧生産にある程度の余剰があって然《しか》るべきである。

フォーンカヴンの食糧状況は事情があって厳しい。上質でなくともある程度交易で入手することが可能なら国家にとって非常に有益となるだろう。

とはいえペペに注意したとおりマイノグーラとは交流を持ち始めたばかりなのだ。

初対面に等しい段階で交渉することではない。

「いいよ」

「い、いいのかいイラ＝タクト王！」

「うん」

しかしながらペペがフォーンカヴンにおける非常識であるのならば、マイノグーラにおける非常識は彼らそのものであったらしい。

イラ＝タクト王は実にあっけなくペペの提案に乗り、まるで良い話を持ちかけられたとばかりに大げさに頷いている。

「流石拓斗さま！　良い案ですね！」

「後ほど素案を練りましょう！」

普通に考えれば異議を唱えそれとなく再考を促す従者すら、妙案とばかりに追従している。

なぜここまで大胆な手を打てるのか謎は深まるばかりではあるが、さりとて交渉は行わなくてはならない。

せっかくのチャンスである。できるだけ良い条件で交渉をまとめ上げなければとトヌカポリは自らの国が輸出できそうな品目を思い浮かべる。

「して、とても良い話にアタシも喜びを隠しきれないが、御国は何を求めるのだい？　言っておくが、ウチはこれといった特産も何もないよ。これだけ素晴らしい食料と同等の価値を持つものなんて、到底考えられないんだがね」

「そうですね……特別なものは必要ないのです。金属備品や日常雑貨。娯楽品や紙に布といった消耗品。それらを対価として頂きましょう。こちらから出す食料もそれなりにお安くしておきますよ」

消耗品。

トヌカポリは思わず眉を顰《ひそ》めた。その必要がどこかにあるのだろうか？　という疑問が湧いたからだ。

雑貨や消耗品を輸出するにはなんら問題はない。機密に当たるような代物でもない。

しかしながらそれらをマイノグーラが必要とする理由が分からなかったのだ。

「ふむ、それならうちにも輸出できる程度には余裕があるね。しかしだ、見たところあまり困っていないように思うがねぇ。特にこの美しい食器の品々。見たこともない上質なものだ。技術の進んだクオリアでもここまでのものはないだろうさ。当然うちに至ってはお察しだよ」

テーブルの上に並んだ皿、燭台《しょくだい》。用意されたスプーンやフォークといった器具を見つめながら、トヌカポリは純粋に己の疑問を口にした。

だがその問いに対してアトゥは笑みを浮かべ小さく首を傾げ、ただ「他の国の物も需要がありますので」とだけ答える。

その笑みの奥にどのような意図が隠されているのか、トヌカポリはじぃっと彼女の表情を見つめてみるが何も分からなかった。

数百年を生きる老獪《ろうかい》なる魔術師とて相手は人外の化生。やがてため息を吐いたトヌカポリは諦めたとばかりに両手をあげる。

悪い話ではないのだ。フォーンカヴンでは蛮族の襲撃により農地が破壊されている。防衛戦力のため人員を割かないといけないこともあり、実のところ食糧の供給に問題が発生していた。

重要でもなくいくらでも生産が可能な雑貨程度で腹が満たされるのなら願ったり叶ったりだった。

「まぁいいさね、こっちとしても問題ない。双方が納得する良い取り引きさね」

結局、いくつかの大まかな取り決めがその場においてなされ、トヌカポリとしては望外の収穫を得ることができた。

正直なところ出会ったばかりの国家から食料を輸入することとは毒物混入などの危険性もあるのだが、その辺りは検査などを行いおいおい解決すればよいだろうと判断する。

兎《と》にも角にもマイノグーラの食糧は魅力的だ。些細《ささい》な労力を負担したところで余りある恩恵があった。


やがて食事も終わり、料理がテーブルから下げられる。

食後の飲み物などが供され皆々が一息ついた後に、アトゥはゆっくりと本題を切り出した。

「それで、先ほどはあまり詳しく話せませんでしたが、今回我らの領地にいらっしゃった理由をお尋ねしたいのです」

「ああ、当然さね。そのあたりの話はアタシからさせてもらうよ。何せぺぺには些《いささ》か難しすぎるからね。」

さて、本題だ。

現在フォーンカヴンを悩ませる現象。その一端でも掴めれば御の字、加えて交渉によってなんらかの協力を得られれば最上だろう。

今までの会話から突発的な蛮族発生に関して彼らの関連性は非常に薄いと考えている。

マイノグーラ自身も蛮族に対して懸念を抱いているようであったし、こちらを誑かして右往左往する様を眺めて楽しむほど悪趣味であるとも思えない。

アトゥと呼ばれるこの恐ろしい少女を見る限り、どちらかというと自らの誇りに基づいて契約などを遵守するプライドの高いタイプにも思える。

……であれば協力できるはずだ。たとえそれが魔なる存在であったとしても。

そしてその交渉は自分たちしかできない。

まさに正念場だ。

トヌカポリは和やかな場にしてくれたぺぺと、そしてイラ＝タクト王に感謝する。

あまり堅苦しい場でなかったのが幸いだ。

彼女とて国家の交渉事に関しては素人。

緊張した状態ではどのようなミスを犯すか分かったものではない。

とはいえ気が緩みすぎるのも問題。

これから行う会話に集中するため手元のグラスに入った液体を飲み込む。

当然のように初めて味わう未知の歓喜が舌の上を滑りながら喉の奥へと流れていくが、不思議とこの時ばかりはその味をはっきりと楽しむことはできなかった。

両者の話はついに本題へと入る。つまりは今回フォーンカヴンが大呪界へとやってきた理由であり、何を目的として行動しているかだ。

もちろんトヌカポリとて真の目的――蛮族の発生源に関する調査とその解決に関して全てを明らかにすることはしない。

自らの手の内を見せることは相手に弱みを見せることと同義であり、いくら友好的な相手とは言え交渉において不利に立たされることとなる。

ゆえに彼らはいくらかのブラフを入れ、あくまで蛮族に対して懸念を抱いており、具体的な根本原因の排除を含めた対策を採るための事前調査として大呪界を調査している、との説明に留めている。

最も悟られてはいけないことは、蛮族の対応について後手に回っていること。戦力が不足しドラゴンタンへの支援が十分に行き届いていないこと。

この点だけは細心の注意をもって説明された。

にもかかわらず。

「やっぱり戦力に不足があるんだね」

イラ＝タクトの言葉は彼らの状況を正確に見抜いていた。

直球で放たれた言葉は普通に考えるならば相手に対して最大の侮辱であり、事実であるとは言え――否、事実であるがゆえに激昂《げきこう》してもおかしくはないものだった。

ただトヌカポリはこの言葉に特に心を揺らすことはなかった。

そもそもかの存在が一般的な人とは隔絶したものであることは理解している。

通常人が持つような感性で放たれた言葉ではないのだろう。

むしろただ感じた想いを、自ら口にしただけだ。であれば一々憤慨するのは無駄にも等しい。それどころかこちらが動揺するだけ、相手につけ入る隙を与えることになる。

とはいえ、その感想――戦力に不足があることを看過されることはまずい。

ここは一手打たなくては。

トヌカポリはなるべく柔和で落ち着いた表情を作りながら、ゆっくり静かに返答する。

「いやいや、別にアタシらが本気を出せばどうにでもなるさね。現に撃退はできている。ただ突発的に発生する蛮族はやはり脅威で、万が一ってこともある。まずは事前調査が必要ってのが頭の固い他の杖持ちたちの見解なのさ」

ドラゴンタンの現状を見るに少々苦しい言い訳かもしれないが、道理には適《かな》っているとも思われた。

特に具体的な行動を起こせない理由を内部意思決定の遅さに起因させるあたり、それなりに説得力があるだろう。

加えて蛮族の脅威もマイノグーラの面々に伝える。

突発的に発生する蛮族というのは今まで確認されたことはない。大抵が、というより常識的に考えてそれらは遠方から来る。であれば視認できるし、大量に発生するのであれば事前の兆候がある。

国内の領地に突然湧くように現れる危険生物など国家として考えるなら最大級の厄介事だろう。

その点を強調しつつ、マイノグーラの興味を自らの国力から逸《そ》らすよう熱弁を振るう。

「確かに蛮族は厄介ですねトヌカポリ様。特に突然発生するという現象が解せません。対処は容易なれど、さりとて根本の解決は難解——といったところでしょうか？」

「そうなんだよアトゥ殿。だからこそ今は蛮族どもがなぜ突然発生するのか……について調査していたところさね。まぁ御国との出会いまでは予想していなかったがね」

「我々も驚きでした。交流を持つための使節団を送るところではありましたが……」

しめた。とトヌカポリは内心で自らに賛辞を送った。

実に上手に躱《かわ》すことができた。

案の定マイノグーラの興味は蛮族に移っている。これでフォーンカヴンの国力低下について良からぬ企みをされる可能性がなくなった。

後はいくらかの支援を引き出せれば万々歳。

実際マイノグーラが存在する大呪界はドラゴンタンの街とも近く、蛮族の発生が起きてもおかしくない場所だ。

おそらく大呪界が複雑に入り組んだ場所のため現状蛮族がこちらに向かってはいないが、今後も彼らが安全に過ごせるという保証はどこにもないのだ。

　加えて、万が一ドラゴンタンが落ちれば蛮族がその地を拠点にする可能性がある。

　そうなった場合の脅威度は突発的な襲撃の比ではない。

　自分たちの街であるがゆえ絶対落とさせはしないという自負がトヌカポリにはあったが、マイノグーラがどう考えるかはまた別である。

　つまり、マイノグーラも他人事《ひとごと》ではないのだ。フォーンカヴンの代表トヌカポリはそこを上手《うま》くつけた。

「それにしてもドラゴンタンの街が存在する場所も少々厄介ですね。他国のことに口を挟むつもりはありませんが、あのような飛び地だとフォーンカヴンの皆様としても少々守りが難しいでしょう」

「ん？　ああ、まぁいろいろ事情があってね。あの場所に根を張ることにしたのさ」

　更にトヌカポリは誤魔化《ごまか》さねばならない事案がある。

　ドラゴンタンの街には龍脈穴が存在している。純粋マナが吹き出すその場所は、彼らが土地の探索中に偶然見つけた奇跡の地だ。

　人には到底御しきれぬ量の魔力。儀式魔法等でもこれほどまでに大規模なマナは必要ない。

　現状ではそれらを利用する手立てはないが、逆に言えば研究中である龍脈穴のマナを活用する技術が完成すれば他の国家を一気に引き離すだけの力が手に入る。

　そのため強引にドラゴンタンの街を築き上げ、密《ひそ》かに研究を続けてきた。

　蛮族の問題が発生しなければ、今頃その技術《軍事魔術》も完成していただろう。

　どうにも上手く行かぬ世の理不尽さに嘆きながら、トヌカポリは至って変わらぬ声音で嘘をついた。

「そうなのですか。まぁ少し離れた場所に街を築けば、それだけ周辺含めた土地の所有権が主張しやすいですからね。事情もおありとのこと、常に合理的に物事が進まないのもまた世の常です」

「まったくの同意さ。アタシもあの蛮族が出てこなかったら今頃祖国でのんびり茶でも飲んでるところだったんだがねぇ……とはいえ、アトゥ殿やマイノグーラ、何よりイラ＝タクト王と出会えたんだから、不幸の中にも幸運はあるってもんさ。……まっ、最高戦力である杖持ちを二人も周辺調査に送ることができる。この事実を我が国の余裕と見て欲しいさね」

「フォーンカヴンと会えて、良かったよ」

「ええ、ええ、そのとおりでございますね拓斗さま！　世の中フォーンカヴンの皆様のように言葉を交わせる方ばかりだと我々も心穏やかに過ごせるのですが」

話し合いの雰囲気は至極和やかだ。

この綱渡りもどうやら無事やり過ごせたらしい。ぺぺが交渉に余計な口を挟まなかったことも幸いした。彼が積極的に会話に交ざっていればこうはいかなかっただろう。

トヌカポリはこの瞬間、何か胸の奥から奇妙な違和感を受け取った。

ふと、ぺぺが静かにしていることを疑問に思ったのだ。

「あれ!?」

「「「？？？」」」

全員が素っ頓狂な声の主へと視線を移す。

そこにいるのは今まで一切口を挟まなかったぺぺだ。

彼はその童顔に何やら難しい表情を浮かべながら、両腕を組んで考えこんでいる。

はたして何があったのだろうか？

先ほどの会話で難しい部分でもあったのだろう

か？

「どうかしたの？」

トヌカポリが尋ねる前に、拓斗が問うた。

この場においてペペ以外の誰しもが尋ねるであろう言葉を受け、ペペは相変わらず難しい表情のまま小さく頷き、自分の考えをそのまま口に出した。

「このままだとうちの国が滅びるから、何とかピンチを脱出するために大呪界を調査するんじゃなかったの？」

「ペペ……アンタって奴は」

「あれ？　僕何か間違ったこと言いました？」

「えっと、その。トヌカポリ様、何と申しますか、同情します……」

「…………」

そうして静かな時が訪れる。誰しもが沈黙しか術《すべ》を持たなかった。

トヌカポリに至っては頭を抱えるばかりだ。


それもそうだろう。国家の機密をこうもホイホイと交渉の場でぶちまけられてしまったのだ。流石の彼女とてこの場を取り繕うほど弁舌に優れているわけではない。

むしろどのような人物であっても、たとえ稀代の才能をもってしてもこの難局を乗り越えることは難しいだろう。

そう断じてしまうほどに、ペペが漏らした言葉はフォーンカヴンを窮地に立たせた。

だがたとえ失言によって窮地に陥ったとしても、相手がどのような反応を見せるかによって描かれる未来は様々な顔色を見せる。

「アトゥ」

「はい、拓斗さま」

……そしてどうやらフォーンカヴンの未来に関しては、意外なことに歓迎すべき方向に向かおうとしていた。

「トヌカポリ様。我々はフォーンカヴンに対してなんらかの悪意や害意を有しているわけではないのでご安心ください」

まるで見えない繋がりで自らの主と意志を疎通しているかの如き態度で、目の前の少女はマイノグーラの見解を述べた。

その表情はどこか困り顔。自分たちの失態に同情を見せているのであろうということは理解できたが、その奥にある真剣な眼差《まなざ》しから侮辱や冗談で先の言葉を言っているのではないことは明らかだった。

「あまり信じられないかもしれませんが、我々の興味は常に内側に向いております。魔たる存在である我々が外部に対して悪意を持たないのは奇異に思われるでしょうが、それが我々の、ひいては拓斗さまの望みなのです」

到底信じられない言葉が彼女の口からもたらされた。

魔たるものは生きとし生けるもの全ての苦しみと、世界の破滅を望んでいると一般的には言われている。

そのような定説の中にあって異常ともいえる主張。

だが嘘だと切り捨てることもできぬのは、今までの歓迎や彼らに付き従うダークエルフたちを見れば明らかだ。

困惑と動揺を隠すこともなく、トヌカポリは頭《かぶり》を振りながら拓斗へと視線を向け問いただす。

「しかし魔という存在は……いや、確かに、ウチらもまぁ、何事もないのが一番だと思っちゃいるが……」

「平和が一番」

「……むぅ」

そう言われてしまってはもはやどうしようもない。

この場でイラ＝タクトに対して追及の言葉をぶつけられるほどトヌカポリは心臓が鋼でできてい

るわけでもないし、無知蒙昧《もうまい》な愚か者というわけでもない。

　しかしながら平和と来た。

　正直怪しさはこれでもかというほどあるのだが、万が一事実であるのならこれほど自分たちの思惑と合致していることもない。

「ただ日々を穏やかに、ひっそりと。むしろ他所の国にいらぬちょっかいを出されてこの平穏が崩されることの方を心配しております」

「ああ、クオリアとかエル＝ナーなとか話すらできなさそうだからねぇ……」

「わかっていただけますか」

「ウチもいろいろ言われて迷惑してるさね」

　当然だろうなとトヌカポリは納得する。

　いくら彼らが平穏を愛し他国への侵略を露ほども考えていなかったとしても、他の国々はそうもいかない。

　一応様々な種族が混在しており、多種多様な文化に理解のある多民族国家であるフォーンカヴンとて判断に窮しているのだ。

　神や精霊の善性をこれでもかと盲信して、暇さえあれば祈りを捧《ささ》げているような者たちではどのような反応を見せるか火を見るより明らかだろう。

　ふむ、とトヌカポリは先を見据えた思考に入り込む。

　いずれ事が露見した時、フォーンカヴンは決断せねばならぬだろう。

　善なる秩序の徒を標榜し、服従と恭順を求め彼らの法を押し付ける善なる勢力。

　そして平和と安寧を望むと宣言し、友好と対話を求める邪悪なる勢力。

　どちらについたとしてもなかなかどうして、面倒なことだけは明らかで今から頭が痛くなってくる。

「しかしなるほど。此度《こたび》の件、いよいよもって我々も無関係とは言えなくなりましたね。なんらかの対処が必要かと思われます。王よ……いかがでしょうか？」

「友達とは助け合わないと」

「さっすがイラ＝タクトくんです!!」

「お前はもう少し黙っていなペペ！」

「あいたぁ！　今日はいつもより叩かれる！」

トヌカポリが頭を悩ませている間に支援は決まってしまった。

もうどうにでもなれと思った彼女は、このまま流れに身を任せることにした。

もはや自分如き器の小ささで大局を見定めようとしたところで頭痛を引き起こすだけだ。

大切な場において全ての思考を放棄するとは些かを超えて愚挙に等しい行いではあるが、彼女とて伊達《だて》に年を経てはいない。

最後の切り札はちゃんと残しており、現状それは上手く機能していた。

「ふむ、王もこのようにおっしゃっています。ドラゴンタンの件に関してならお手伝いできるかもしれません。それに様々な能力を有する蛮族は我々にとっても有意義な敵ですので……」

「やったぁ!!」

喜び両手をあげるペペの表情をじぃっと観察しながら、トヌカポリはマイノグーラの支援に手応えを感じる。

彼らの力量を見定めてはいないが、それでも側近であるアトゥを見る限り安心できるだろう。蛮族程度では手も足も出ないのは間違いない。

となれば防衛一辺倒だった方針も転換でき、蛮族の発生に関して大規模な調査も行える。

この状況下ではドラゴンタンの放棄も視野に入れねばならぬと考えていたところだ。都市の存続が確定に等しい状況になったばかりか、光明が見えたのは実に素晴らしい。

ペペの失言には肝を冷やしたが、結果として良い方向に進んでいるのではないか？

もっとも、弱みを握られた上にこれだけのものを引き出したのだ。

こちらもそれ相応の礼をして然るべきだろう。

少なくとも、先の貿易交渉で要求された日用雑貨程度では不足は明らかだ。

さて何を言われるか。

トヌカポリは覚悟を決め、彼らの判断を聞き出す。

「ありがたい話だね。だが世の中善意という言葉ほど胡散臭《うさんくさ》いことはないさね。アンタたちも国家なんだ。利益なしでは動かない。馬鹿のおかげでうちの足元も見放題――対価として何を望むんだい？」

「では龍脈穴を」

ニコニコと屈託のない笑顔で答えるアトゥ。

間髪いれずの返答に、一瞬にして全てを悟る。

この時ばかりは本心から己の浅慮と迂闊《うかつ》さを呪うトヌカポリ。

どうやら相手の方が何倍も上手だったらしい。

「やっぱり、お見通しってわけだねぇ……」

そういえば自分は今まで他所と交渉なんてことをしたことがなかった。

そのことに気づき、どこか心の中に己の能力に対する驕《おご》りがあったのだと理解する。

とはいえ、万全を期していたとしてもかの国相手に対等に立ち回れるかは微妙だと、同時に彼女は諦めもした。

(何だい、アタシもぺぺのことを馬鹿にできないものだねぇ)

自嘲気味に笑う。

状況は最悪に等しい。龍脈穴はフォーンカヴンにとって最重要ともいえる機密事項だ。

暗黒大陸の過酷な環境にあってなお未来に希望を持てるのも、龍脈穴がもたらす膨大なマナに期待を寄せていたからでもある。

まさしくフォーンカヴンの急所ともいえる場所。

その場所を要求されては今後国力で他国と対等に立つことは難しくなる。少なくとも、マイノグーラには頭が上がらないだろう。

「共同管理でも構いませんよ？　現状そこまで大規模にマナが必要なわけではありませんから。ただ変換元素はこちらで指定させていただきます」

「龍脈穴から出る純粋マナを元素変換……ねぇ。我が国で研究中の技術だが、なるほど御国はすでにお持ちなのかい」

「おや。これは一本取られましたか？」

その言葉でトヌカポリは自分たちがすでに歴史の大きなうねりの中にいることを理解する。

初めから彼らを欺こうなど土台無理な話であったし、かと言って仲違《なかたが》いすることも難しい。

どうやら自分たちの数歩先を行く魔法技術を有していているらしい彼らと手を組むしか、道は残されていないのだろう。

であればだ、腹をくくればよい。

毒をくらわば皿まで、だ。

トヌカポリは先ほどまで見せていたやや神経質で気難しい表情を崩すと、カカッと笑いながら気が抜けたように椅子へとゆったりもたれ掛かる。

覚悟を決めたのだ。

「イラ＝タクト王、そしてアトゥ殿。ぺぺはね、馬鹿なんだよ。うちで一番の大馬鹿者さ！」

肩をすくめながらおかしそうに、だがどこか誇らしげに、トヌカポリは語る。

突然の告白にさしものアトゥや拓斗もぎょっとし、言葉を探しているようだ。

ちなみに大馬鹿者と評されたぺぺ本人は何がおかしいのかコロコロ笑っている。

「えっと……それに関しては私からは何とも」

「意地悪言っちゃダメだよ」

やんわりと注意をするマイノグーラの二人。

最大限に気を使った邪悪なる存在らしからぬその態度に、トヌカポリは大声で笑いながら「しかしだ」と付け加える。

「ペペのヤツはね。人を見る目は一等にいいんだよ。うちの国で誰よりも……一番人を見る目があるんだ。今まで間違えたことはない。一度もだ」

フォーンカヴンはカードを切った。

この場でペペが持つ才能にかけることにした。

国家が誇る、歴代最高の杖持ち。

国難の時代を切り開く、偉大なる指導者の才能を。

――全ての勢力にはその命運を左右するほどの効力を発揮する最終手段が存在する。

その能力がどのような形であるかはその時代や国家の方針によって様々ではあるが、フォーンカヴンとて例外ではない。

世界の誰も――外側の存在である拓斗たちですら知らないその法則。

「ペペ！　アンタが判断しな。杖持ちにはその権限がある」


なぜ拓斗がこうも簡単に友情を結ぶことを了承したのか。

なぜアトゥが偉大なる王が気安く呼ばれることに反感を覚えなかったのか。

その秘密がここにある。

「もう、お婆ちゃん。僕最初から言ってるじゃない……」

この場の誰にも――世界中の誰にも知られることなく密かに発動したそれは……。

「マイノグーラの人たちと友達になりたいってさ」

それは『大儀式』と呼ばれていた。

「……そういうわけだ。杖持ちのトヌカポリ並びにペペの名において、御国マイノグーラと我が国フォーンカヴンに置ける正式な友好関係を求める。いいね？」

「喜んで」

ここに同盟は成った。

全てトヌカポリとペペの独断だ。

これほどの案件、本来ならば国へと帰り他の杖持ちと意見を交わさなければならないだろう。

むしろそうすることが当然であり、ここまでの独断専行は杖持ちとしての権力の濫用であると糾弾されてもおかしくはない。

だが彼らは決断した。

その結果が何をもたらすのかは未知数であったが、なぜかこれが最善であるという不思議な確信がフォーンカヴンより訪れた二人の胸中にはあった。

## Eterpedia

### 完全なる交渉（フォーンカウン）

大儀式

国家の命運を決する重要な交渉において、可能性を超えた結果をもたらす。
あらゆるマイナス要素をプラスに転じ、最高ともいえる成果に塗《ぬ》り替える。

※この効果は指導者が『お馬鹿なぺぺ』の時にのみ使用可能です。
※一度使用されると二度と発動しません。

**SYSTEM MESSAGE**

大儀式【完全なる交渉】が発動しました。

今後フォーンカウンとマイノグーラの国家間友好値が『好意的』より下がることはありません。

※フォーンカウン側による故意の裏切り行為によって発生するマイノグーラの好感度低下は除きます。
※この交渉結果がフォーンカウンの未来に与える影響は『甚大』です。

OK

# 第五話　検討

突発的な他国との遭遇。そして友好的な対話。

つまりフォーンカヴンの使節団との会合が終わった直後、拓斗らマイノグーラの重鎮は肩の荷を下ろした様子で先の出来事を話し合っていた。

「流石《さすが》に一気にここまで話が進むとは思いませんでしたね。嬉しい反面、いろいろと検討しなければならない材料が多く大変です。貴方にも骨を折ってもらいますよモルタール老」

「もちろんですじゃ。それにしても、ふむ。交易品となる食料の選定や、その対価となる物資の確認。今後の交流も含めどのように互いの連絡手段を確保するか……いやはやその前に相手方へ送る防衛戦力の選定ですかのぅ」

「はい。話の内容を加味するとそこが喫緊《きっきん》の問題です。龍脈穴の確保は我らにとっても非常に重要。大地のマナを生み出すことは我々にとって重要な意味を持ちます。食糧の生産から資源産出量の増産。ぶっちゃけあるとないとでは戦略に大きな差が出てくるのも事実です」

マイノグーラの知恵者であるモルタール老を交え、早速対応についての精査が行われている。

他にも戦士長のギアや、今や秘書官から内政担当大臣となったエムルもこの場に呼び出されて忌《き》憚《たん》なき意見を交わしていた。

実際のところ、拓斗とアトゥが交渉を行っていたために余計な口出しは一切しなかったが、彼らも会談の席には控えていた。

ゆえに内容について改めて説明する必要はないのだが、とはいえ今回の交渉と取り決めは急な締結である。

内容を相談する時間など取れるはずもなく、事後的にはなるが方針の詳細を決めているところだ。

「ふむ。フォーンカヴンの方がたも大層な失態を犯しましたのぅ。まさかあのような稚拙な交渉を我々にしてくるとは」

「ええ、ええ。まさにそのとおりです。ぺぺさんはトヌカポリ殿が言われるとおり、ちょっと、いえ、かなりあれな方でしたね。まぁ憎めない方ではあるのですが」

憎めない。愚かであり、稚拙であり、あらゆる面で落第の印を押されそうな連中ではあったが、唯一自分たちに敵対しなかった点においては評価すべきであり、ゆえに及第点であろうとアトゥは思っていた。

その感覚はモルタール老や他のダークエルフたちの見解とも一致し、ゆえに彼らに対しては何とも言えない微妙な反応となっている。

「しかし我らが王よ。決定に口を挟むわけではございませんが、今回交渉に来たうちの一人、ぺぺ殿はかなり迂闊《うかつ》な御仁の様子。そのような者が指導者で何か間違いが起きませんでしょうか？」

モルタール老は控えめに拓斗へと問いを投げかける。

変に黙って懸念を抱え込むより、言いたいことは言えと普段から口うるさく指示されている。

そのためこの場において先の発言を王への無礼と咎《とが》めるものは一人もいない。

だがギアやエムル、そしてアトゥまでもが拓斗へと視線を向けるあたり、彼らの懸念は一致しているようであった。

「うーん」

（はたしてあれは、全部が全部本心からのものだったのかな？）

拓斗は黙考する。

確かにぺぺはあれだ。彼らが危惧するとおりかなりお馬鹿で、考えなしだ。

特に会談の最後に放たれた失言。

あれによってマイノグーラはかなり有利な状況で交渉を締結させることができた。

結果として戦力の抽出は必要なものの、当初予定していた龍脈穴も穏便に手に入れることができる。

翻ってフォーンカヴンだ。

彼らの状況を考えてみてもまた状況は最良と言ってよいだろう。

元々が蛮族の対応に苦慮していた様子であったし、ドラゴンタンに至っては予想どおり手が回っていなかった様子。

ぺぺの失言によって協力軍の派兵まで決定したが、そうでなければ互いに軍事的な情報を交換する程度に留《とど》められていただろう。

つまり、友好的に出会いましたけど、とりあえずお互い時間が必要ですね。といった形で。

そうなった場合、フォーンカヴンにドラゴンタンの街を守る体力が残っていたかどうか……。

(考えてみればあのタイミングでわざと大声を出すのは不自然……うーん、けどなぁ。本当にお馬鹿なんだよなぁ、ぺぺくん)

ともあれ彼と友人になったことは、まぁ悪くはないと拓斗は考えていた。

お互いの国の状況を考えればそう敵対する理由もないし、クオリアの聖騎士たちとは違って今回は穏便に話が進んでいる。

邪悪文明と中立文明となれば多少の軋轢《あつれき》はあれど、全く手を取れないというほどの差でもない。

むしろ俯瞰《ふかん》的に見てみると望外の結果を手に入れられたと言っても過言ではなかった。

特に拓斗はぺぺと友人になれたことに感動していた。

元々病院が実家みたいな人物だ。友達などいるはずもなく、またそういったものも絵空事のように考えていた。

その友人が不意に手に入ったのだ。喜ばぬはずがない。

（蛮族は気になるけど、このままフォーンカヴンと仲良く過ごすことができれば最高だよね）

もっとも、何もかもまだ始まったばかりである。

国家の交流に真の友好はあり得ないとは誰が言ったか。状況が変わればフォーンカヴンやぺぺとてマイノグーラと敵対する手段を取るだろう。

交流のある友好国と守るべき臣民。

二者択一となった時にどちらを取るのかなど聞くまでもない愚問だ。もちろん拓斗にとっても同じ状況になった際にどちらを取るかなどわかりきっている。

ともあれ、現状は至って平穏なのだ。

そう平穏。

二国間に限定されるが、拓斗が最も欲して願っているものが実現しているのだ。

注視はすれど嫌悪する理由などどこにもない。


つまり答えは……。

「拓斗さま？　何かお考え事を？」

「うん、ぺぺくんに関しては保留。おそらく――大丈夫」

「御意に」

拓斗が短く下した決断にその場にいた全員が深々と頭を下げる。

破滅の王であり、マイノグーラの指導者たるイラ＝タクトが最終的に判断し、決断したのだ。

であれば彼の言葉は何物にも勝る至言であり、そこに否定の感情を挟む余地はおろか意味すら存在しない。

拓斗は自らの配下たちが持つ鋼の如き忠誠心の発露を目にしながら、満足げに頷いた。

徹底された上意下達こそが健全な組織を運営するために必要なことだ。

頭が考えたことを寸分違《たが》わず実行する手足。それこそが国家という巨大な怪物を動かすのに最も必要なことである。

ゲームとは違って人の感情がある以上、認識の相違や指示の誤解など様々なヒューマンエラーを危惧していた拓斗ではあったが、今のマイノグーラは彼の手足として満足に足る成果をその実績をもって示していた。

であればこそ拓斗は様々な戦略を存分に練ることができる。

まずは目の前の仕事を片付けよう。

蛮族の問題だ。

通常とは違う発生の方法。その一点が異質であり、脅威であった。

（敵が突然現れるだなんて、まるで――）

頭の中に滑稽な夢想が湧き上がる。

それが形になる前に、拓斗はわずかばかり苦笑して思考の奥へと押しやった。

無事に終わったフォーンカヴンとの会談。

初めての経験ばかりで拓斗たちも多くのことを学び、その糧としていた。

王宮に作られた大会議室。

会談の内容とフォーンカヴンの情報が記載された書類の山を前に、拓斗たちは今後の方針についてその詳細を検討していた。

「さて皆様、昨日はお疲れ様です。いろいろと想定外が多かったですが、何とかフォーンカヴンと友好的な関係を結ぶことができました。これは平和を愛するマイノグーラにとって必ずや益となるでしょう。王よ」

「うん、皆《みんな》お疲れ様」

その言葉で感激した表情で深々と礼をするダークエルフたち。

このような小さなやりとりが指導者として堅牢な忠誠を得るために必要だという事を、拓斗はこの世界に来てから学んだ。

当初は褒美といえば物とか地位とかお金とかが

良いのではと考えていたが、時として名誉や賞賛が何よりの褒美になる場合もあるらしい。

確かに頑張っていることを褒められるのは嬉しいし、それが尊敬する王からであればその感激もひとしおだろう。

その崇敬を向けられるのが自分であるという事実がむず痒くもあったが、コミュ障を直すためにも、今後も皆へとよく声かけしようと決心し、大きく頷く拓斗。

その動作を見たエムルが、話の続きを促されていると受け取り会議の進行を始める。

「ではフォーンカヴンとの交渉について決定した事柄について再確認と検討を行いたいと思います。まず大きく分けて第一に国交の樹立。第二に相互貿易協定。第三に防衛協定ですね」

「ふむふむ。今回も実りある時間になりそうですね」

国交を樹立し、いよいよ国家としての体裁が整いつつあるマイノグーラに満足したアトゥが機嫌良く頷く。

使節団との会談という正念場を乗り越えたダークエルフたちも幾分その表情に余裕が見える。

「では一つ一つ細かく分析しながら方針を決定していきましょうか。まずは国交の樹立ですが、こちらに関して何かご意見や懸念事項等はありますか？」

手慣れた様子でエムルが仕切る。

すでに視線は手元の資料とメモ用紙に移っており、眼鏡をくいっと直しながら真剣な表情で誰かしらの発言を待っていた。

「…………」

「…………」

「…………」

だが反応は沈黙。

というよりも誰もがこの議題について会話の糸口を探しているようであった。

そして沈黙は沈黙を呼ぶ。

おそらく拓斗を含め、この場にいる全員がある問題点に気づいていた。

だが自らがその問題を指摘することを躊躇《ためら》ったのだ。

あまりにも初歩的かつ馬鹿らしい理由だったから。

だがこのまま沈黙が続くのも時間の無駄である。そろそろ誰かしらが発言をしなければと全員が口を開いた瞬間。

「あの……」

一手早く静寂を打ち破る者がいた。

それはこの場において最も幼い少女、キャリアだった。

姉のメアリアもニコニコと挙手をしていることから、二人で何やら尋ねたいことがあるらしい。

「何か気になることがあった？　二人も立派な参加者ですから、疑問に思ったことは何でも言ってね」

すかさずエムルがフォローの言葉を述べ、全員が同意するかのようにうんうんと頷く。

本来なら停滞していた空気を打破するのは自分たちの役目だ。

にもかかわらずこのような少女にその役を負わせる負い目が全員にあった。

と、同時によくぞ声をあげてくれたとも思う。

付け加えて、この場における全員が抱くであろうある想《おも》いを代弁してくれるのであればなおのことよしである。

そして情けない大人たちの視線が一点に注ぐ中、根本的問題が指摘される。

「フォーンカヴンってどんな国なのです？」

「知らないの」

バツの悪い空気が会議室を支配する。

いつものほほんとした雰囲気でマイペースなメアリアはともかく、キャリアに至っては恐縮しっぱなしだ。

　だがその場にいた全員がよくぞ言ってくれたと内心で二人に拍手する。

「……そこからだよね」

　拓斗が小さく、だがハッキリと聞こえる声で呟き、全員が無言でぶんぶんと頭を縦に振る。

　そう、気まずい雰囲気で非常に言いづらい事実であったのだが……。

　彼らはフォーンカヴンという国について殆ど何も知らなかったのだ。

「いや、まことそのとおり。確かに我らはフォーンカヴンのことを知らぬ。もちろんある程度の情報は収集しておりそれらは王に献上済みじゃ。だが現状がどうなっているか？　知らぬ中で国家の取り決めについて詳細を詰めるなど不可能であることは道理。まずは相手の国家についてつぶさに見ることが必要ですな」

　モルタール老の言葉で会議の炉に火が入る。


　恥ずかしい事実を認めたことで、本当の意味でようやく会議が始まった。

「いや誠お恥ずかしい限り。めでたき取り決めの喜びに目がくらみ、我らダークエルフ一同足下が疎《おろそ》かになっておりました」

　モルタール老が、そしてギアやエムルたちがその場で深々と頭を下げる。

　この点に関して自らも全く気づいて居なかった拓斗は気まずそうに視線を逸らすと顔を上げるよう手で合図する。

「僕も気がつかなかったからいいよ」

「そ、そうですね……まぁこういうこともあるでしょう。誰が悪いというわけではありません。むしろ今気づけてよかったですよ」

「ありがたきお言葉……」

　拓斗とアトゥの寛大な言葉に感じ入るように目をつむり再度頭を下げるダークエルフたち。

　正直なところ拓斗とアトゥも同罪なのでこの件

に関してはうやむやにして先に進みたかったのが実情だ。

『ゲ、ゲームでは国家のステータス画面で設定特産品とか治安度とか出てたから……』

『細かい描写や内情はゲームでは表現されない部分ですからね。盲点でした……』

この問題の原因を一つ述べるとするのならば、それはひとえに全員の経験不足であった。

拓斗とアトゥはこの世界がゲームとは全く違って、細かな部分で差異があるという点で、ダークエルフたちは王への盲信と怒濤《どとう》のように押し寄せた出来事に翻弄され視野が狭まっていたことで。

これらが原因となって今回の問題を引き起こしていたのだ。

とはいえ何か致命的なミスをしたというわけではない。

むしろこの段階で自分たちが持つ迂闊さに気がつけたのは自分たちにとって得がたい経験になるだろう。

奇《く》しくも全員が同じ決意を抱き、浮ついていた心に活を入れる。

「となるとまずはフォーンカヴンの調査が必要ですね。とはいえ防衛協定の取り決めがあり、ドラゴンタンの街への協力が必要な現状、あまり時間はかけられないかと……」

「情報収集と派兵作戦の策定は同時に行った方が良さそうですね」

「はいアトゥさん。反対に貿易に関しては一旦棚上げでも良いかと思います。蛮族の襲来頻度が話に聞いたとおりであるなら、商品のやりとりも困難なはずですから」

「命に関わる問題ではありませんからね。ドラゴンタンでの食糧備蓄が少ない場合は問題ですが、そもそもそれを知るためにも調査が必要ですからね……」

結論として、一度ドラゴンタンの街へ赴き情報を得ておくことが最適であるとの判断が下された。

何もスパイを送って立ち入り禁止区域から書類を持って帰ってくることだけが情報収集ではない。

むしろ堂々と一般的な滞在者と同じように街を見て回るだけでも様々なことが分かる。

閉鎖的な軍事国家ではジャーナリストの活動に大きな制限がかかることからも分かるように、一見して誰でもアクセスできる情報こそが時として最も重要な意味を占めていることもある。

そしてフォーンカヴンとマイノグーラの状況を考えるのならば、この自らの眼で見て確認する行動が一番無難かつ効率的であった。

では誰をどのようにして送り込むのが適切か？

次いでの議題はその点に移る。

「ふむ。使節団を派遣するのはどうでしょうか？」

ギアが先陣を切るように提案した。

元々マイノグーラはドラゴンタンへと使節団を送る予定だった。

その部隊編成や計画をそのまま持っていけばすぐさま出立できると考えたのだ。

無論代表であるアトゥに動いてもらう必要があるのだが、彼女なら否とは言わぬと考えていた。

「それについては懸念が」

だがその提案に待ったがかかる。

元ギアの副官だったエムルだ。

議論とは様々な意見を吟味して最終的な判断を下す。

そのことを良く理解しているギアは、元上司である自分に視線を向けることもなく書類を凝視している彼女に気を悪くすることもなくその言葉を待つ。

「先のフォーンカヴンとの会談では、首都を含めた国内で蛮族の大発生という異常な事態が起きていることが判明しました。これがどの程度事実かの確認は必要ですが、あまり戦力を抽出するのはいかがかと」

「万が一の際に王の御身を守るための戦力が必要……ということか」

フォーンカヴンとの対話で得られた情報はマイノグーラにとって重要なものであった。

だがそれが自分たちにとって吉報となるか悲報かどうかはまた別の話である。

むしろ今回の情報は後者。

以前よりこの地に根を張る国家のフォーンカヴンが未《いま》だ経験したことのない異常に襲われている。

それだけで警戒レベルを上げるには十分すぎる情報だった。

マイノグーラの柱は王であるイラ＝タクトと英雄であるアトゥ。

次いで彼らが住まう都市。

ここの防衛を疎かにして万が一があっては取り返しがつかない。

エムルの指摘は至極真っ当なものであった。

では適当な人員を送って見て回らせれば良いのか？

それもまた問題である。

今回の調査は国家の中枢が決定し、王であるイラ＝タクトが承認して人員を派遣するものだ。

無論同盟国である相手の顔を立てることが必要であるし、生半可な人員を送って軋轢を作り出すわけにはいかない。

いきなり他国の人間がやってきて街を見て回りたいと言っては相手も困惑するだろう。

何分同盟国になりたてなのだ。

何か不意のトラブルに巻き込まれてもドラゴンタンの街と問題無く関係を維持できると信頼できる人材が必要だった。

だがそうなるとドラゴンタンの街を確認する手段がいよいよなくなってしまう。

「けど街は見ておきたいね」

戦時における情報の不足は兵の損耗によってその対価とされるのが通例だ。

現段階でもある程度の情報があるとはいえ、その状態でいきなり協力の兵を派遣するのマイノグーラ防衛の観点からも避けたかった。

（一度でいいから視界共有を通じて現場を確認しておきたいんだよなぁ……）

使節団の編成は却下。

とはいえわざわざ向こうの街へ行くのだからなんらかの体裁と人員は必要だ。

時間がない以上そこまで大げさではなくてよい、むしろ少数で相手にとって失礼にならない理由があれば良かった。

何か手はないか？

全員が難しい表情を見せ、長考に入る。

その空気を破壊したのはまたもや双子の少女だった。

「遊びにいくの」

手を挙げたのは先ほどまでぼんやり窓の外を眺めていた双子の少女メアリア。

会議に飽きてしまったのだろうか？

幼子程の精神ゆえに強く叱責するわけにもいかず、どうしたものかと面倒見の良いエムルが考えていると、姉の肩をトントンと叩《たた》きながら妹のキャリアが姉へと小さく注意をする。

「お姉ちゃんさん。今は会議の時間ですから遊ぶのは後で――ああ、そういうことですか？」

「あら、何か案があるかしら？」

どうやら少女の言葉には別の意図があったらしい。

どうにも捉えづらく、時として意味の伝わらないことを言い出す少女に少し困りながらも、エムルはその妹が翻訳作業をしてくれるよう視線を向けて促す。

「お姉ちゃんさんは観光という形で手の空いている者を向かわせてはどうかと言っていますです。えと……ぺぺ様は遊びに来ていいと言ってたんですよね、王さま」

「うん。ぺぺくんは遊びに来ていいって言ってたよ」

「じゃあ遊びに行っても怒られることはないと思うのです」

その言葉を聞いた瞬間、エムルは慌てて目の前の資料を捲《めく》る。

確かに会議の際に拓斗とぺぺの間でそのようなやりとりがあったのは確かだった。

殆どが雑談で社交辞令にも満たぬような会話ではあったが、確かにぺぺは言った。

加えてあの場にいた者に向け「皆さんならいつでも歓迎ですよ！」とも。

「ふむ……そのあたりどうですかエムル」

アトゥの質問にエムルは大きく頷く。

解決の糸口が見えたとはまさにこのことだった。

「はい。都市長への挨拶と顔つなぎという体《てい》なら少数人が事前に都市に赴くのもありかと。あらかじめ都市長とパイプを作っておくという点については好意的に捉えてくれます。この場合随行の人数は少数でも問題ありません。加えてぺぺ様のお言葉がありますので体裁としても十分です」

ついに理由がそろった。

乱読家であり、国家間のやりとりに関する作法についても多少の見識を持っているエムルのお墨付きも得ている。

後は実際に挨拶に向かわせる人員を検討するだけだ。

ちょっと街を見せてもらうだけでもこれだけ面倒なあれこれが必要なのか。

ゲームでは描写されなかった部分をまざまざと見せつけられた拓斗は、少々辟易しながらも国家運営に必要な要素を着実に学んでいく。

「ではどの方が向かいますか？　おそらく二日三日もあれば終わるでしょうから、本当に観光がてらに行っても良いと思いますけどね」

「では、ワシが向かう形でいかがでしょうか？

向こうの都市長との面会もあるでしょうし、僭越《せんえつ》ながら適任かと」

アトゥの言葉にモルタール老が挙手する。

確かに彼ほどの知恵者なら要求に合致している し、幸い仕事に関しても現在は重要案件は受け持っておらず他の者に割り振ることができる。

皆が皆、大きく頷き彼を拓斗へと推薦しようとしたところ。

「ダメかな」

当の拓斗より否の判断が下った。

「これは、差し出がましいことを申しました」

「適任かと思ったのですが、何かあるのですか拓斗さま?」

予想していなかった言葉にアトゥが代表してその真意を問う。

無論嫌がらせだったりモルタール老の力量に不足を感じているという線はあり得ない。

であるなら自分たちが気づかなかった点があるはずだ。

その点について確認したのだ。

「モルタールは偉すぎるんだよね」

拓斗の一言で、何人かが首を傾《かし》げる。

とうのモルタール老も顎鬚《あごひげ》を撫でながら虚空を眺めて何やら考え込んでいる様子だった。

そして拓斗の言葉をいち早く理解したのは、珍しいことに戦士長であるギアだった。

「なるほど、確かに老は我らにとってはただの賢《さか》しい爺ではあるが、他国から見れば宰相兼魔法大臣と言った立ち位置。都市長への挨拶に伺う人材となればかなり大げさですな」

「ぬぅ、一言余計だぞギアよ。しかし貴様の言うとおりだ。いやはや王の慧敏《けいびん》さには感服するばかり。となるとギアは将軍。エムルは国務大臣といったところ。役職が高すぎる」

ギアとモルタール老の説明でようやく全員が合点する。

そう、未だ少数精鋭で人数が少ないとはいえ、マイノグーラは国家なのだ。

そしてフォーンカヴンとの交渉において拓斗はその威光を存分に示した。

であるならその国家で辣腕を振るう中枢の者たちも相手にとって重要人物となるのは当然だった。

「私はどうでしょう？」

「アトゥ殿は王が最も信を置く腹心。英雄たるアトゥ殿が出るのは一番問題ですぞ」

「まぁ仕方ないですね！　腹心ですからね！」

名前が出なかったアトゥが自分の立ち位置を確認する意味を込めて質問する。

返ってくる言葉は満足に足るものであったが、同時に今回の任においてアトゥが役に立たないことをも証明している。

マイノグーラの国家運営員の状況は歪《いびつ》だ。

モルタール老たちを国家の大臣クラスと仮に位置づけるのであれば、それに次ぐ次官クラスの人材が全くいないのだ。

これは人材不足に悩まされていることもさながら、モルタール老たちが有能すぎて他のダークエルフたちが拓斗とアトゥが求めるレベルに到達していない事実の証左でもある。

では誰を選ぶか。

適任を探すようにそれぞれの瞳が会議室を見回す。

そしてほぼ全員の瞳がある一点へと集中した。

「はいっ」

「あ、あの……キャリーたちが行きます」

むぅ、と誰かが唸《うな》った。

確かに双子の少女に視線が向いたのは事実だ。だが流石にどうだろうという考えもまた同時に抱いたのだ。

「がんばる」

「がんばりますですっ！」

二人のやる気は十分だ。この二人の少女はダークエルフの子供たちの中でも特に拓斗とマイノグラへの忠誠心が強い。

日頃から恩返しをしたいと頑張る二人がぜひ自分たちに大任をと気勢を出すのも当然とは言える。

だが。

「危なくない？」

拓斗の本心はそれだった。

普段から少女たちにお世話されている彼はすでにこの二人を身内認定している。

加えてまだ小さな子供であるということからあまり乗り気ではなかった。

「危険なのもそうですが、二人では今度は逆に役職が弱いような。それに流石に若すぎて相手が困惑するかと……」

双子甘やかし派である拓斗を援護するかのように、同じく双子甘やかし派であるエムルがその言葉を補足する。

「いえ、むしろちょうどよいですな」

だが可愛《かわい》い子には旅をさせろ派であるモルタール老の見解は違った。

「えっと、それはどうしてでしょうか？」

「二人は王が自ら指導し、国家運営の次期幹部として育てると決定された人材ですじゃ。そのことはすでに会談の場にてフォーンカヴンの方々にもお伝え済み。であれば格としては十分。むしろ子供ということで相手側も政治的な裏を邪推することなく歓迎してくれましょうぞ」

「うぅ……確かにそれは一理ありますね」

忘れてはならないことは、今回の訪問は大げさにならないこと、そして失礼にならないこと、の二点である。

奇しくも二人はその点に関してまさに現状における適任と言ってよかった。

子供ゆえに大げさではなく、かつ王てずからの指導を受ける次期幹部候補ゆえに格があり失礼にもあたらない。

逆にこれ以上の適任を探せと言われる方が難しい。

「実際の権限が与えられていない部分も好印象ですね。相手に気負わせることなく、同時に相手を軽んじていないことを伝えることができます」

本心では双子を危険な目に遭わせたくないエムルであったが、さしもの彼女も反論する余地がなく悔しそうに押し黙る。

「なるほどなるほど、実によい案ですね。私もそのあたりはすでに推察していました。ですが貴方がたの力量を計るためあえて口を挟むことを控えていたのです。実に素晴らしいです!!」

話題について行けなかったアトゥのあからさまな誤魔化《ごまか》しを軽やかに流し、拓斗は再度自らの懸念を表明する。

「やっぱり危なくない？」

一応の友好国とは言え、いわゆる外国である。

もちろん護衛の人材を同行させることは当然であるが、幼い二人を向かわせて万が一でもあったらどうすればよいのか。

国家のユニット——この場合国家に所属する市民であればその能力でおおよその位置を把握することができる拓斗だが、なんらかの被害を受けてからでは遅いのだ。

そしてマイノグーラからでは少女たちの危機に気づいたとしても無事救出するにはあまりに遠く、現地の護衛に期待するしかない。

その博打《ばくち》は少々不安が残る。

拓斗は双子の少女に対して過保護であった。

そしてアトゥは拓斗に対して過保護だった。

自らの王が気難しい表情をしていることに気づいたのか、彼女はまさにここぞ自分の出番だとばかりにバンとテーブルを叩き勢いよく立ち上がる。

「王は心配しております！　二人をお使いに出すのはまだ早いです！　誘拐されたらどうするので

すか!?」

わーわーと癇癪《かんしゃく》にも似た態度で文句を言い出すアトゥ。

だが割と頻繁に目撃する光景なのでダークエルフたちにも動揺はさほどない。

「ああっ！　何と恐ろしい！　この作戦はボツですね、ボツ！」

とはいえこの調子なら先の作戦はアトゥの言うとおり中止になる可能性が高かった。

全ての決定権は拓斗にある。

アトゥの文句はさておき、彼が懸念を表明しているのであればそれを覆す手段はそう多くはない。

ただ、その一つがここに存在していた。

「王さま。いずれはやらないといけないのです。それに王さまはキャリーたちに自由にしろと言ってくれました。王さまの役に立つことがキャリーとお姉ちゃんさんが願う自由の一つなのです。どうかお許しください」

双子の片割れ、キャリアが真剣な表情で拓斗へと訴えかける。

何度も記すが拓斗は双子の少女に対して過保護である。加えてかなり甘かった。

少女の真摯な願いによって先ほどまで見せていた頑なな態度が早速崩れかけていく。

「けど……もし何かあったら」

「覚悟の上なのです」

「むむむ」

腕を組みながら唸る拓斗。

全ての決定権は王に委ねられる。

そして王である拓斗は悩んでいる最中だ。

アトゥらはその様子を見守ることしかできなかった。

そしてそんな状況を逆手にとった小悪魔的な技が拓斗を襲う。

「王さま。おねがい」

「あわわわわ」

先ほどまで沈黙を保っていた姉のメアリアが静かに席を移動して拓斗の隣に立ち、その腕を取りながら上目遣いに見つめてきたのだ。

「お願いなのです、王さま」

「う、ううう」

今度は反対側に妹のキャリアだ。

二人は左右から上目遣いにおねだり攻撃を拓斗にぶつける。

「「王さま」」

二人の言葉が重なる。どこか甘い声音に聞こえるのは気のせいだろうか??

ともあれ拓斗には効果てきめんだったようだ。

流石にどうかとアトゥが声をかける前に、拓斗は大きく息を吸い、吐き出す。

そして穏やかな微笑《ほほえ》みを浮かべ……。

「いいよ」

「「やった♪」」

あっさりと陥落した。

「我が王がおねだりに屈した!!」

わーっとアトゥが騒ぐ。

あまり大きな声で言わないで欲しいとばかりに視線を逸らす拓斗。

実際二人のおねだりで陥落した自覚があるゆえにアトゥの指摘はバツが悪かった。

とはいえ許可したものは仕方がない。

拓斗は気持ちを切り替えると、彼女たちが自らの願いどおりその責務を果たせるよう助力することを心に決める。

「しかし王よ、二人の護衛はどうしましょう？ 誘拐はないと思いますが、流石にこの子たちだけには任せられません……」

エムルが不安げに質問をする。

その指摘はもっともだ。

だが少女たちの安全に関して、実のところは目処《めど》が立っていた。

保護者兼護衛となれるような優秀な駒の心当た

りが拓斗にはあったのだ。

「僕に心当たりがあるよ」

マイノグーラには人を遊ばせておく余裕はない。

ちょうど彼らに任せる仕事を考えていた拓斗は、これが天啓かと考えながらエムルがこれ以上心配しないよう穏やかな口調で告げた。


「いやねアトゥ。小さい女の子のおねだりに屈したわけじゃないよ。僕としても二人の意思は尊重したかったたし、それに二人が視察にうってつけって話もまぁ確かなんだ。彼女たちを代表としてサポートする人材を付ければ今回の話は悪くないんだよ」

拓斗は久しぶりに早口で喋《しゃべ》った。

それはまさに言い訳のようであり、事実言い訳であった。


理由は言わずもがな。

双子の少女を甘やかした結果、完全にへそを曲げてしまったアトゥの機嫌を取るためである。

「むがーっ！　けれども！　私は、納得していません！」

アトゥとて理性の部分では今回の決定に大きな問題がないことを理解している。

そして同時に拓斗を敬愛しその全てを捧《ささ》げんとする臣下であるため、役に立ちたいと願う双子の気持ちもよく理解できた。

ただ理性の部分で納得しても感情の部分では少しも納得できない。

今のアトゥの不機嫌は、ひとえに拓斗が他の少女に鼻の下を伸ばしたことにあった。

その主張は完全に恋する乙女のそれであった。

「王さまは悪くありませんアトゥさん。私たちがわがままを言ったのです」

流石に気まずい雰囲気を感じ取ったのか、キャリアがアトゥの機嫌を直そうと必死に拓斗を擁護する。

「つーんっ！　拓斗さまなんてこのまま幼女ハーレム作ったらいいんですぅ！　英雄アトゥはお払い箱なんですぅ！」

だがそれは悪手。余計アトゥの機嫌を損ねるだけだ。

「あわわ……」

そして破滅の王はとことん情けなかった。

この世界に甲斐性《かいしょう》というステータスが存在するのであれば、現時点での拓斗のそれはまさしくゼロポイントであろう。

オロオロと右往左往するその様は威厳など全くなく、ただの気の弱い男子のそれだ。

「王さま……」

「ん？」

そんな彼にちょいちょいと手招きをする者がいた。

姉のメアリアである。

何事かと呼ばれるまま近くに移動した拓斗は彼女からとある作戦について耳打ちをされる。

しばらくうんうんと頷いていた拓斗であったが、話が終わると何やら決心した様子で大きく頷き、変わらずへそを曲げるアトゥのもとへとやってきた。

「アトゥ……」

「な、なんでしょうか？」

有無を言わさぬ態度に思わずアトゥもたじろぐ。

癇癪じみた態度を流石に叱責されるのかと思ったのだ。

だがアトゥの様相とは裏腹に、拓斗の口から出たのは酷《ひど》く優しい言葉だった。

「僕のこと考えてくれてありがとう」

「えっ!?　えっと……」

思わず聞き返すアトゥ。彼女は突然のことに反応ができずにいた。

だがそんなアトゥを安心させるように、拓斗は彼女の手を取り言葉を紡ぐ。

「アトゥがいつもいてくれたから僕がここまで来られたんだ。そんな君を怒らせてしまうなんて、今は凄《すご》く反省してる」

コクコクコクと凄い勢いで首を上下に振るアトゥ。瞳は大きく見開かれ、突然の拓斗の態度に酷く緊張している様子だった。

「僕には君が必要なんだ。どうか機嫌を直してくれないかい、アトゥ」

拓斗は大丈夫かなコレ？　と思いながらも一番伝えたかった言葉を伝える。

すなわち感謝の気持ちと謝罪だ。

そしてその気持ちはちゃんと伝わっているようだった。

「君しかいないんだ、アトゥ」

「は、はい。拓斗さまぁ……」

否、伝わりすぎたようだった。


ボンッと音が聞こえてきそうなほど急激にアトゥの顔が朱に染まる。

胸元まで真っ赤になっていることから彼女の動揺と歓喜がありありと分かる。

変に誤魔化さずちゃんと思ってることを伝えた方が良い。

メアリアからこっそり教えてもらったアドバイスはそのような内容のものだった。

拓斗としてはその言葉のとおりに自分の想いをありったけぶつけたつもりだったが、どうやら刺激が強すぎたらしい。

「えっと、アトゥ？」

「うふふ、どうかしましたか？　私の拓斗さま」

ぽわぽわした、私幸せですといったオーラがこれ見よがしにアトゥより振りまかれる。

まるでここだけ穏やかな春の昼下がりのような空気を醸し出しながら、両手に頬を当てて自らの世界に入り込むアトゥ。

「あっ、いえ、許してくれたのかなって……」

「何をでしょうか？　そもそも私が私の拓斗さまのことを否定することなんてあり得ませんよ。おかしな拓斗さまですっ」

「そ、そっか！　ならいいんだ！」

アトゥはチョロかった。

拓斗至上主義の彼女は少し優しい態度を取られただけで相手を許してしまうような都合の良い女なのだ。

相手が相手なら便利に遊ばれたあげく手ひどく振られたであろう。

無論情が深いほど揺り返しが苛烈であることは世の理《ことわり》なので、その場合相手の男性の命は保証しかねるが。

もっとも、拓斗に至ってはその心配はない。

情が深すぎるタイプの女性は、男性が誠実である限り実に上手《うま》くいくのであった。

一方メアリアのアドバイスによって九死に一生を得た拓斗。

アトゥの頭の中では絶賛拓斗との新婚生活が妄想されていることなどつゆ知らず、とりあえず無事機嫌が直ってよかったと胸をなで下ろす。

女性に思わせぶりな態度をとってその心をもて遊んだ対価は必ず回収されるのが世の常だが、その時が今でないことは彼にとってはたして幸か不幸か……。

まさに神のみぞ知るという表現が適切だった。

「とはいえ拓斗さま。彼女たちの護衛兼お目付役は誰にするのですか？　正直ダークエルフたちの中に適任がいるとは思えないのですが……」

アトゥの妄想も一区切り付いたのだろう。

話題は双子の同行者へと向かった。

どうやらエムルたちダークエルフはおろか、アトゥもどの者になるか予想がつかなかったらしい。

そのことに少しばかりの優越感を覚えながら、拓斗はアトゥへと向き直り指をピンと立てて見せる。

「実はね、この前生産したあのユニットだよ」

「……ま、まさか。彼らですか？」

「そう、彼ら」

どうだと言わんばかりの態度で笑みを浮かべる拓斗。

当初はその突拍子もない提案に驚いていたアトゥだったが、ややしてその選択のメリットに思い至り、拓斗の慧眼に感心する。

だが世界に破滅をもたらす王である拓斗でさえ、この時ばかりは後に起こる混沌とした時間を予測することはできなかった。

# 第六話　護衛

目の前には真っ白な建物が存在していた。

建築様式はダークエルフのそれ、樹上建築物を主とする彼らの街に合わせるようにその施設も、とある巨木を利用して建てられている。

だが一つ違うのがその色合い。

わざわざ白に塗っていることからその施設が特別なものであることは明らかだった。

「ねぇ二人とも。ここがどんな場所か知ってる？」

そんな白色の建物を前に、まるで父親が娘に問いかけをするように拓斗は双子へと質問をする。

「ここは、《診療所》なのです」

無論、普段から拓斗の役に立ちたいと国家運営について勉強を重ねる双子である。

この施設が何か？　程度のことなら当然知識として有しているものだった。


「何する場所かな？」

「病気なおすー」

「うん大正解」

《診療所》は『Eternal Nations』の施設だ。

《人肉の木》の次に選択されたこれは、都市の衛生状態を改善させ、駐留するユニットの回復力を増加させる効果がある。

当然通常の診療所としての機能もあり、病気になったり怪我を負ったりした市民を回復させることが可能だ。

コストもさほど高くないことから、一月も経《た》たぬうちに完成しており、現在は次の《魔法研究所》の建築が進められていた。

とはいえ、双子の少女が知るのはここまでだ。

知識としては持っているが実際に利用したこと

はまだない。

　ここに来た当初の栄養状態であれば世話になることもあったのだろうが、幸い拓斗がもたらした食糧によって少女たちの健康状態は劇的に改善していた。

　ゆえに今の今まで縁がなかったのだ。

「ここに君たちと同行してもらう護衛がいるんだ」

「この場所に……なのですか？」

　思わず拓斗を疑うような言葉が出てしまい、慌てて口を閉じるキャリア。

　メアリアも不思議そうに首を傾げている。

　そんな二人の様子に拓斗はクスリと小さく笑うと、そこらの住居とさほど大きさの変わらぬ診療所の扉を開け中へ入る。

「いるー？」

　拓斗に続いてキャリア、メアリア、そして特に用事もないので先ほどから変わらず付いてきたアトゥが入る。

　エントランスは待合室になっているのか、いくつかのテーブルと椅子が見えるだけだ。

　室内は薄暗く、ある種の不気味な雰囲気がある。

　どうやら普段から利用者は殆《ほとん》どいない様子で、今回も訪問者は拓斗たちだけらしい。

　そのまましばらく待っていると、拓斗の声がけに呼応するように薄暗い室内のどこかからともなく、ぬぅっと三つの人影が現れた。

　背丈は男性ダークエルフの平均程度。

　ダークエルフは比較的長身の種族のため、一般的な人種と比べて背が高いといえるだろう。

　体躯《たいく》は大柄とはいえず、とはいえ細身ともいえないこれまた平均的なもの。

　だがその全身は前開き式の黒いローブにすっぽりと包み込まれており、鳥の頭を思わせるペストマスクを着用しているためその表情すらうかがい知ることはできない。

ただツンと鼻に来る饐《す》えた薬草液の臭いに、キャリアはこの鳥頭の者たちが診療所の建築によって解禁され、最近拓斗の命令によって生産されたマイノグーラの衛生兵であろうことを思い出す。

彼らは拓斗の姿を見つけるや否や、片膝をついて深々と臣下の礼をとった。

「おお！　これは偉大なる我らが王、イラ＝タクト様ではございませんか！」

「このような場所に御身自らお越し頂けるとは……まさに感激の極み！」

「今日は何と良き日かな！」

見た目の不気味さに反して、鳥頭の衛生兵たちはうるさく、些《いささ》か元気すぎであった。

何やら感激していることはよく分かったが、身振り手振りが大げさで何より声量が大きい。

思わず両耳を押さえるメアリア。

だがそんな態度に気づいているのかいないのか、鳥頭たちはさらに元気に叫ぶ。

「「どうぞ、如何様《いかよう》にもご命令を！　我らが王よ！」」

なぜかポーズまで取る鳥頭たち。

拓斗は自分の知らない設定から繰り出されるその態度に少々困惑を覚えながらも、気を取り直して話を進める。

「やる気は十分ですね。拓斗さまの配下として一応は合格です」

「万が一を考えて生産しておいたけど、今のところ遊ばせておくだけだったからね。うってつけかと思ってるんだ」

「確かに、彼らの能力であれば護衛には十分でしょう。ああ、なるほど、むしろ彼らこそ打ってつけなわけですか」

平伏する鳥頭たちを前に揚々と相談ごとを続けるアトゥと拓斗。

「そのとおり。使いづらい特殊能力だけど、幸いフォーンカヴンが相手なら万が一の場合効果的だ」

「戦力としても別に戦う訳ではないですし、最低限身を守れる程度の能力で十分ですしね」

双子はその様子を眺めながら、彼らはどのような能力を持つのだろうかと想像を巡らせる。

だが拓斗たちはこの場でその点について説明するつもりはないらしく、アトゥに命じると鳥頭たちへと本題を告げる。

「貴方がたに我らが王イラ＝タクト様のお言葉を伝えます。この二人の護衛としてドラゴンタンの街へ赴き、かの国の文化と現状を視察してきなさい」

「「「お、おおおおお！」」」

アトゥから拓斗の言葉を聞いた瞬間、鳥頭の配下たちは歓喜の態度をその身に表した。

衛生兵という役職柄、あまり仕事がなく暇を持て余していたのだ。


せっかく破滅の王であるイラ＝タクトのために馳《は》せ参じたにもかかわらずその力を振るうことなく過ごす日々。

平和を愛するマイノグーラの方針から病人や負傷者を必要とする衛生兵の出番がないことは喜ぶべきなのだが、だとしても苦々しい想いを感じていたのも事実だった。

だがそれもこの日まで。

ついに自分たちが王の役に立つ時が来た。

それも王と英雄であるアトゥ自ら足を運んで命令を伝えてきたのだ。

彼らマイノグーラのユニットにとってそれがどれほどの喜びと興奮をもたらすか。

三人の鳥頭は全身を感激で震わせると、興奮隠しきれぬといった様子で立ち上がり両手を広げる。

「文化！」

「視察！」

「それに護衛！」

「『これぞまさしく人間的行為!!』」

大任への意気込み全てを声に乗せたかと思われるほどの大絶叫。

当然ながらこの場はさほど大きくはない診療所のエントランスだ。

小さな室内にその叫びは良く反響した。

拓斗はきぃんと鳴り響く音に思わず顔をしかめながら、分かったから落ち着けと言わんばかりに数度頷《うなず》く。

「名誉ある任を命じてくださり感謝いたします我らが破滅の王よ！　我ら人間一同、人間らしく、人間として！　完璧に任務をこなしてみせましょうぞ！」

「何せ我らは模範的人間」

「人間らしく仕事を行うことは大の得意ですぞ！」

だが王であるはずの拓斗の願いは、初めての任務で興奮する鳥頭たちには一切届かなかった。


この時点で拓斗の胸中を嫌な予感が占めてくる。

「あの、王さま……」

「だ、大丈夫かな……」

「にんげんー？」

「ふ、不安しかありませんね。どうします拓斗さま？」

どうします？　との言葉にどうしよう？　と内心で独りごちる。

見て分かるとおり明らかに不安があった。

だがそこで当初の予定に少しだけ手を加えることにする。

「君たち」

「『はっ！　何なりとご命令くださいませ我らが王よ！』」

「君たちはこの二人の指揮下に入るように」

本来であればある程度の判断力を有している彼らをメインに据えようと考えていた拓斗。

だがその奇抜かつ不安しかない態度に考えを

百八十度転換させると、彼らが暴走せぬようストッパー役として双子を指名したのだ。

「二人の言うことをちゃんと聞くように」

その言葉には言外に『余計なことはしないでくれ』という切なる願いが込められている。

「「人間だから上官であるお嬢様がたの命令に従うのは当然でございますれば!!」」

だが残念なことに拓斗の願いはあまり届いていない様子はなく、それどころか先ほどよりも少しばかりうるさくなっていた。

大抵の場合、返事が無駄に元気すぎる奴は話を聞いていないないし重要な場面でやらかしをする。

そのことを前世で自分に良くしてくれた看護師長がよく愚痴っていたことを思い出した拓斗は思わず額に汗を流す。

やはり不安しかない。

むしろ不安以外の何物もそこには存在していない。

『Eternal Nations』では各キャラクターにある程度の設定は行われている。

だがその性格まで詳しく書いているわけではなく、細かな部分は実際生産や召喚をしてみなければ分からないというのがこの世界において新たに判明した事実だ。

やたら拓斗とアトゥの仲を邪魔する足長蟲《あしながむし》同様、この者たちもゲームでは表記されぬ厄介な部分があるようだった。

ともあれ、主《あるじ》として命じたからには見せるべき態度というものがある。

少なくとも結果が出る前からこのまま彼らに不安を抱き続けていては王としての資質を問われるし、忠誠を捧《ささ》げてくれる彼らに失礼だ。

何より彼らが問題を起こさずに上手にことを運んでくれる可能性もあるのだ。

見た目の印象だけで全てを決めてしまっていては、王どころか人として失格だろう。

よって拓斗はお詫びもかねて彼らの喜ぶ何かをしてやろうと考えた。

いわゆる褒美の前渡しだ。

正直、魔の者に属するマイノグーラのユニットが何を欲しているかは未だ計りかねている部分はあったが、彼らに関してはおそらく間違いないだろうと拓斗はあたりをつける。

「じゃあ少し早いけど、褒美をあげる」

その言葉に鳥頭の衛生兵たちは目に見えて身体を震わせる。

望外の出来事とその歓喜に頭が追いつかないといった様子だ。

またぞろ叫び出さないだろうかとヒヤヒヤしていた拓斗は、胸をなで下ろし、彼らを指さした。

「イチロウ」

「ジロウ」

「サブロウ」

一人一人指さし、名前を呼ぶ。

「君たちの名前。これが人間の名前だよ」

そして先ほどの名前を、王みずから褒美として取らせた。

「「「おっ、おおおお!!」」」

鳥頭の者たちから、けたたましい歓喜の叫びが上がる。

もはや我慢できず耳を塞いでしまった拓斗であったが、自分の目論見《もくろみ》どおりことが進んだことにほくそ笑む。

『Eternal Nations』において通常ユニットは固有の名称を持たない。

ただの種族として呼ばれ、代えの利く駒として消費される。

だがこの世界においてユニットには曲がりなりにも意思があり、個人という概念が存在している。

今日生み出したユニットと、明日生み出すユニットは同じではないのだ。

ゆえに彼らの個性を認め、その自意識を刺激してやるような褒美を取らせた。

何より人間にこだわりのある彼らだ。

自分が名付け親として人間の名前を与えれば、喜びこそすれど嫌がられることはないだろう。

そう考えて一生懸命考えた名前を与えたのだが……。

予想外だったのは拓斗が考える以上にその行為の意味は重く、彼らにとって天に上るほどの幸福と歓喜を与えたということだった。

「イチロウよ！　人間として完璧に任務をこなそうではないか！」

「もちろんだともジロウよ！」

「このサブロウを忘れてはいかんぞ！」

「メアリアもっ」

早速自らの名前を何度も呼び合い、そのたびに馬鹿高い声で騒ぎ出す。

しかも何が琴線に触れたのか、姉のメアリアが騒がしい集団に加わっていた。

彼女は鳥頭たちが大声とともに取るポーズを真《ま》似《ね》しながら何やら楽しげに輪に交じっている。

この場における戦力差が開き、不安がさらに増えた瞬間であった。

「「「わっはっはっはっは!!」」」

「わっはっはー」

腰に手を当て高らかに笑う鳥頭三人、とオマケのメアリア。

湧き上がる心配の二文字を不屈の精神で押し殺す拓斗。

その代わり助けを求めるように妹のキャリアへと視線を向けた。

今回の調査は急遽《きゅうきょ》双子の少女が責任者として決定された。

姉であるメアリアがすでに寝返った今、彼らをコントロールできるのは妹のキャリアしかいないのだ。

そして拓斗は一縷《いちる》の望みにかけた。

キャリアがここで不思議な指導力を見せ、見事この騒がしい集団を完全完璧にコントロールするという奇跡のような望みだ。

爛《ただ》れた顔ながらもハッキリと分かる困惑の表情を見せながら、だが少女は拓斗の無言の願いに応えるように意を決して奇異なる集団へと声をかける。

「あの……」

「「「なんですかな、お嬢様!!」」」

およそ人間ではできぬ動きで一斉にぐるりと首を曲げる鳥頭。

その奇怪な動きに思わず「ひっ」と小さな悲鳴を上げたキャリアは、だがいろいろな意味で気合いを振り絞って彼らが自らの手に余らぬかを確認する。

「作法とか大丈夫なのです？　えっと、一応予定では向こうの都市長とも面会する予定なのです。マイノグーラの品位を落とさないようにできますか？　キャリーたちの言うこと聞けるのです？」

「「「もちろんですとも!!」」」

「ですともー」

「じゃ、じゃあ早速……あまり騒がしいのは迷惑になるので控えて欲しいのです」

「「「分かりました、お嬢様!!」」」

「はーい」

返事は完璧であった。返事だけは完璧であった。

だがそれに伴う説得力が一切なかった。

キャリアの胃がキリリと痛む。少女にとって初めての経験――ストレスによる胃痛であった。

「た、拓斗さま。失礼ながらこのアトゥ、いまひっじょーに不安を抱えているのですが……」

流石のアトゥも不憫《ふびん》に思ったのか助け船を出す。

みなまで言うな。嫌というほど分かってる。

視線だけでその言葉を伝えた拓斗は、膝を曲げてキャリアに目線を合わせその肩へとそっと手を乗せた。

唯一今回の件で話が通じそうで、かつ将来確実に尻拭いに奔走せねばならぬであろう彼女への最終確認だ。

「……キャ、キャリア。どうかな？」

「た、多分、大丈夫……。その、頑張りますです」

キャリアはぷるぷると震えていた。

すでに涙目で、言葉はさておき態度からは「無理なのです」という意志がひしひしと漏れ出している。

だがすでに計画は走り出している。

すぐそこで馬鹿笑いを続ける鳥頭たちとオマケを止めることもまた難しいだろう。

加えてキャリアは自分から強く願い出て今回のドラゴンタン調査の任を拝命している。

拓斗もアトゥの機嫌を損ねてまで彼女たちに許可を出したのだ。

そして彼女たちの護衛として適任なのは残念ながらこの鳥頭たちしかいない。


拓斗もキャリアも、今更やっぱり辞めたとは口が裂けても言えぬ立場にあった。

「お願いね。ほんと、お願いね。責任は僕がとるけど、最悪全部任せることになるかもしれないから……」

万が一の場合は全ての裁量権を与えて、尻拭いを任せる。

およそ少女に命じる事柄ではない条件を課しながら、拓斗は心の中で盛大に涙をこぼす。

「は、はい……微力ながら、全力で、何としても、問題を起こさないよう頑張るのです」

同時にキャリアも心の中で盛大に涙をこぼす。

初めての任務にしては難易度が高すぎた。

まさか身内にこれほどまでの問題児がいるとは思わなかった。

加えてその中には愛する姉も交じっている。

「あ、あの……何か困ったことがあったら私にも相談してくださいね。出立まで少しは時間があるでしょうし、相談ならいくらでも乗りますよ」

「ありがとうございます、アトゥさん」

同情がありありと見て取れる表情でアトゥはキャリアに声をかける。

その優しさが温かく、胃の痛みが少し和らいだ感覚を抱くキャリア。

「「人間っ!!」」

「にんげんー」

だが嬉しそうに手を取り輪を作って踊っている集団を視界に収めると、顔をしかめながら胃を押さえるのであった。

## Eterpedia

### 診療所

建築物

街に滞在する全ユニットの回復力　＋10％
低位《病気》関連デメリットの除去

生産可能ユニット　衛生兵

---

診療所は都市に駐留するユニットの回復力を増加させる建造物です。

また、《風邪》や《疲労》、《毒》、《麻痺》等の一部マイナス能力を除去する効果があります。

# 第七話　都市長

多民族国家フォーンカヴン。

龍脈穴が存在する都市ドラゴンタン。

その都市長を務めるエルフの女性、アンテリーゼ＝アンティークは酒瓶と羊皮紙が雑多に積み上がる執務机の前で頭を抱えていた。

「もうやだぁぁぁぁぁぁぁぁぁぁぁぁぁぁぁぁ！　仕事したくなぁぁぁぁぁぁぁい！」

大声で叫びながら椅子にもたれ掛かり、ジタバタと暴れるアンテリーゼ。

ウェーブのかかった金髪と豊満過ぎる胸が激しく揺れる。

歳頃《としごろ》、と呼ぶには少々過ぎてしまった年齢にもかかわらずまるで子供のような態度。

おおよそ都市長としては不適格な姿であった。

「ってかなんでアタシがこんなに働かないといけないのよ！　せっかくエル＝ナーなのしみったれた森から出て自由な暮らしをゲットしたと思ったのに！　イケメンの旦那様に見初められて寿退社の勝ち組生活できると思ったのに！　イチャイチャしながら幸せな家庭を築けると思ったのに！　世界なんて滅んでしまえ！　今すぐに！　カップルごと！」

ぶつくさと言いながら隈《くま》の浮いた顔で机の書類をにらみつける。

視線を向けることなく手を彷徨《さまよ》わせ、手近にあった酒瓶を掴《つか》むと一気飲み。

誰の目にも機嫌が悪く、そもそも睡眠すらまともに取っていない様子が分かる。

だがその不適切な態度ばかりを非難はできないだろう。

ドラゴンタンを取り巻く環境。特に都市に襲撃をかける蛮族の異常個体の対処と、それに伴う様々な手続きと裁可は彼女の精神を極限まですり減らすことに成功していた。

加えて先日、本国より通達された新たな国家に関する情報だ。こちらが特に問題だった。

破滅の国家マイノグーラ。

邪悪なる神が治めると言われるその国家と友好関係を含めた国交を結んだと聞かされた時は、どこかの安い娯楽小説だと目を瞬《しばたた》かせたものだ。

だが杖持ちのぺぺとトヌカポリから伝えられたその言葉が嘘どころか事実であることを理解した瞬間、都市長を任命されるほど優秀な彼女の頭脳はこれから自分にどれほどの重圧と仕事がのしかかってくるかを瞬時に計算し、同時に絶望した。

確かにドラゴンタンの防衛はアンテリーゼとしても喫緊の問題であった。

そのためあらゆる手段も講じたし、時にはダーティーな手も使った。

エル＝ナー精霊契約連合より流れ着いたとは言えフォーンカヴンでの暮らしは長く、彼女にとって第二の故郷ともいえる国だ。

知り合いもそれなりにいるし愛着ももちろんある。

そんな国と街を守るためならどのようなことでもするつもりだったし、清濁併せ呑《の》むことこそが国や街を率いることだと理解していた。

だが本国の最高意思決定者である杖持ちが闇の勢力と手を取るとは思ってもいなかった。

加えてその闇の勢力が目と鼻の先に引っ越してきているとは思いもよらなかった。

「しかもドラゴンタンの防衛について闇の勢力の協力を得て対処しろですって!?　はぁっ？　何それ!?　仲良く会議してお話でもしろってか!?　てか闇の軍勢って何食べるのよ!?　茶菓子何出すの？　人の肝を食べるとか言い出さないわよ

ね！」

これが別の国家、聖王国クオリアやエル＝ナーー精霊契約連合であればまだアンテリーゼも冷静に受け止めることができたであろう。

聖属性で融通が利かず亜人に差別的ではあるが、まだ理解できる部分はある。

だが闇属性の国家など聞いたことも見たこともなかった。

実際は書物の中で読んだことはあるのだが、それも数百年数千年といった前の話だ。

もはやおとぎ話の範疇《はんちゅう》で参考にすらない。

都市長とは決して低い地位にいるものではない。相手との交渉においてアンテリーゼがミスをした際の影響力は計り知れない。

担当者が失礼を働きました、罰としてその者を解任して上司が謝罪します。とはいかないのだ。

最悪国家同士の戦争になる。

出す茶菓子の種類を間違えただけで人が死ぬなんてことは冗談にもならないしごめん被りたい。

必死に情報を収集しているが何が分からないかすら分からぬ状況で、上司である杖持ちのトヌカポリはさっさと首都クレセントムーンへと発《た》ち、同じく杖持ちのペペはフラフラとあちこち散策しており捕まらない。

閉塞した状況がどんどんと酒の量を増やしていく。

以前は職務中ということもありこっそりと飲んでいた酒も今では堂々と飲む始末だ。

だがそれを指摘できる者はこの都市庁舎には存在していなかった。

「失礼します、アンティーク都市長」

「何よっ！　文句あるの!?」

そんなギリギリの状況のアンテリーゼに声がかけられた。

途端に限界を超えて爆発した彼女は、酒瓶をドンと執務机に叩《たた》きつけながら叫ぶ。

そして視線を向けた先にいる衛兵の男――狼《おおかみ》の獣人が驚いた様子で目を見開いていることに気がつく慌てて取り繕う。

「う、うふふふ。見苦しいところを見せたわね。何か用かしら？」

「あの、都市長とお会いしたいという方がいらっしゃっておりまして」

「ああん？　来客ー？　面会予約は？」

「取ってないようです」

「なら無理ね。追い返しなさい。アタシの時間は砂金よりも価値があるのよ。ついでに邪魔するな死ねって伝えておいてね」

取り繕った態度は一瞬で剥がれ落ちた。

このクソ忙しいのに面会などで余計な時間を取らせるなというのが彼女の主張だ。

現在ドラゴンタンは緊急事態で、彼女はその最前線にいる重要人物だ。

平時であればまだしもこんな時に悠長に面会をしている余裕などない。

そもそも面会予約がされていない時点でろくでもない奴かろくでもない理由かのどちらかだろう。

であれば追い返すことが最善の手段で、言葉は乱暴だが判断としては間違っていなかった。

だが警備の男はその指示を受けてもその場にとどまり続ける。

そうして退出する代わりに先ほどからピリピリしているアンテリーゼが機嫌を損ねぬように、かなり控えめに来客について説明する。

「いえ、その……マイノグーラからの使者とおっしゃる方々なのですがよろしいので？」

「さっさと言いなさいよ最重要案件じゃないの！」

途端に激昂《げきこう》したアンテリーゼ。

彼女は椅子と書類、そして大量の酒瓶を撒《ま》き散らしながら立ち上がると、風のような速度で　衛兵の横をすり抜ける。

嵐が過ぎた後のような惨状。一人衛兵が取り残される。

「お美しい方だし実際有能なのだが、あの性格ではな……」

もはやゴミ屋敷のような状態となっている都市長執務室をチラリと横目に見ながら、衛兵の男は大きなため息を吐《つ》いた。


(精霊が怯《おび》えている)

応接室に案内したマイノグーラの使者たちと顔を合わせたアンテリーゼ。

彼女がまず最初に感じたのはその異常な空気であった。

エルフである彼女は精霊との親和性が高く、彼女自身も適性があった。

よって初歩ではあるが精霊との交信術を学んでいたがゆえに、その異常さに気づくことができたのだ。

(こりゃあ完全にヤバいわね。なんで杖持ち様たちはこんなのと手を組んだのかしら？　馬鹿なんじゃないの？)

内心の感想をおくびにも出さず、まるで長年の付き合いである友人の来訪を心から喜ぶように人当たりの良い笑顔を浮かべるアンテリーゼ。

「ようこそドラゴンタンの街へ、都市長を務めておりますアンテリーゼ＝アンティークと申します」

「ご丁寧にありがとうございますです。マイノグーラより来ましたキャリア＝エルフールと申しますです。こちらはお姉ちゃんさんのメアリア＝エルフールです」

「お姉ちゃんです」

彼女の目の前に座るのは二人の幼い少女。

後ろに控えて立つのは三人の不気味な装いの人

物。

少女が主であり、三人が従であるという証拠だ。

普通ならその違和感ある配役に眉の一つでも顰《ひそ》めるのであろうが、アンテリーゼはそれよりもそこに含まれる意味を推測することに頭を使う。

（ダークエルフ……確かマイノグーラは彼らを市民として受け入れた、とのことだけど。彼女たちはどういった人物なのかしら？）

思わず精霊と交信して相手の素性を分析したい気分に駆られる。

だがマイノグーラの使者がどのような魔法や魔術を使うかが分からぬ以上、迂闊《うかつ》なことはできない。

余計なことをして自らの立場を危うくする人物は古今東西枚挙にいとまがない。

そしてアンテリーゼは彼らからよく学んでおり、同じ愚を犯さぬよう己を律することができた。

（後ろの三人は要注意ね。昔ダークエルフの暗殺部隊の話を聞いたことがあるけど、それかしら？）

ともあれこれ以上は何も分からないだろう。

そして見た目だけで全てを推測してはその後の判断を誤る。

ゆえに彼女は目視による観察を少しだけにとどめ、相手のことを何も知らぬ不安感を抱きながらも意を決して会話を切り出す。

「その、急なことで満足なおもてなしもできなくて申し訳ございません。こちらも今回の件に関しては未だ対応中でして……」

「いえ、大丈夫なのです」

「ですです」

フォーンカヴンとドラゴンタンの名に泥を塗りかねない行為ではあったが、アンテリーゼは迷わず自らの不備を謝罪した。

あらかじめ釘を刺しておく意味合いと、万が一誤解があった時に言い訳として用いるためだ。

（うーん。この反応はどう受け取ったら良いのかしら？　……それにしても変わった姉妹ねぇ。曰《いわ》くありそうだわ。……ん？　エルフール姉妹。エルフール姉妹……。なんかトヌカポリ様が言ってたような？）

何とも判断つかぬアンテリーゼ。

だが次の瞬間、二人の名前がトヌカポリより要注意人物として名前を聞かされていた者であることを思い出す。

そう、かの国にて次期幹部として国主自ら指導しているという話の……。

「んげぇっ!!」

「ど、どうかしましたですか!?」

「げこげこ？」

思わず下品な叫びが漏れ出る都市長アンテリーゼ。

驚いた表情で見つめてくるのは二人の少女だ。

姉の方は不思議そうに目を見開き、妹の方はぎょっとしている。

「な、なんでもないですわ、おほほ……」

明らかに心配している様子の二人を必死に誤魔《ごま》化《か》しながら、アンテリーゼは本日何度目かになる絶叫を脳内であげる。

（とんでもないビッグネームじゃない！　なんでそんな子がここに来てるのよ!?）

アンテリーゼの都市長として長年磨かれたセンスが先ほどから警告を発してくる。

国主自ら指導を行っているとなると、少なく見積もっても将来組織の部門長は確定している。

それどころか大臣や宰相に内定している場合も十分にあり得た。国賓《こくひん》待遇相当の重要人物だ。

何より国主自ら指導というのがまずい。

完全に寵愛《ちょうあい》を受けている証拠だ。

見た目が幼い少女であることからもしかしたらマイノグーラの王は小さな女の子に興味があるのかもしれない、などと思わず下世話な勘ぐりさえしてしまう。

であれば嘲笑の対象どころか余計不味かった。

男女の情愛を含む寵愛を受けているとなれば執着もひとしおで、問題を起こした時の被害が計り知れないからだ。

相手は破滅の王だ。

やがて世界を滅ぼすなんて言われている存在のお気に入りとなっている少女。

そんな人物に傷を付けた日には翌日世界が滅んでいることだろう。

少なくともドラゴンタンは滅んでいる。

普段から「世界滅べ、カップル滅べ」と口癖のように叫んでいるアンテリーゼ。

だが実際にその滅びの種が目の前にあると理解すると、途端に腰が引けてくる。

ともあれ相手は特大級の爆弾。

その導火線がどこかにあるかは未知数だ。

そんな国家の命運を左右する重要人物が目の前にいる事実にアンテリーゼは思わず引きつった笑みを浮かべる。

もはや彼女のキャパシティを超える事態だった。

(ってかわざわざ一都市に送ってくる人材じゃないでしょ！　適当にそこらの文官でも送ってきなさいよ！　もしかしてあれ？　ウチの秘蔵《ひぞ》っ子《こ》出したんだから生半可な対応取ったら分かってるだろうなとかそういう脅し!?)

目の前の少女たちはキョトンとしている。

そもそも何をしに来たのかすら不明なのだ。

先ほどの会話からその糸口を探ろうとしたがそれも失敗している。

都市長として次にどのような手に出れば良いかも分からない。

アンテリーゼはただただ心の中で己の不遇を叫ぶことに没頭する他なかった。

(しかもダークエルフでしょ！　絶対エルフのこと敵視してるじゃん！　相性最悪じゃん！　そういう古くさいあれこれが嫌で森を出てきたのに、

なぁんでここに来て特大級の爆弾がやってくるのよぉぉぉぉ！）

二人の少女はエルフと不倶戴天《ふぐたいてん》の間柄であるダークエルフ。

そして未だ道理の通じぬであろう女児。ロリコン王の寵愛つき。

一つ間違えれば国家間の問題に発展することが容易に推測でき、そのためアンテリーゼは迂闊に発言することを躊躇《ちゅうちょ》していた。

対する二人の少女も言葉を探している様子だった。もしかしたら相手の出方を待っているのかもしれない。

互いに互いをけん制するような空気が流れる中、不意に静かな男性の声が室内に響く。

「お嬢様。よろしいですかな？」

それは、先ほどから少女の背後に控えていた護衛らしき人物の一人だった。

「あっ、はい。どうしましたですかジロウさん」

少女の許可を得たその人物は軽く頷《うなず》くとアンテリーゼへと深々と礼をした後、口を開く。

「今回の訪問に関して、我々は御国の杖持ちぺぺ様より『一度遊びに来て欲しい』とお誘い頂いたことにより来訪したにすぎません。いわばぺぺ様のお言葉に甘え、他国の暮らしを学ぶためにやってきた学徒のようなものです」

「あ、あら？　そうだったのですか？」

その言葉はアンテリーゼが最も欲していたものだった。

会談の見通しが立たない中で、ある種の道しるべのようなものを与えられたからだ。

加えてその内容を吟味することによって話の流れを予想することができる。

少なくとも今すぐに世界が滅んだり、アンテリーゼが処刑されるようなことにならないのは確かだった。

「はい。アンティーク都市長との面会を願ったのもあくまで今後のやりとりを円滑に進めるための前段階のようなもの。貴重なお時間を頂戴して恐縮ですが、此度はご挨拶以上の意味はないと受け取って頂ければ幸いです」

「挨拶……ですか」

「ご覧のとおりお嬢様がたはまだ幼子。政治のあれこれについては未だ勉強中の身であり、実務的なご相談に関してはご容赦願いたいのです」

蓋を開ければ、どうやら相手側もこちらへの対応を図りかねていたらしい。

まずは顔見せというのであれば、アンテリーゼもここまで緊張はしなかっただろう。

できればもっと早い段階で説明して欲しかったが、目の前の少女が王の寵愛を受けている以上、相手にもいろいろとあるのだろう。

鳥の頭を模した不思議なマスクを被った人物の言葉からはそれらの内情が聞き取れた。

「重ねて、この場は非公式な会談であるとご認識頂ければ幸いでございます」

「まぁっ！　そのような理由が。では何かの取り決めを行うためにいらっしゃったのではないのですね」

「はい。それらに関しては後ほど別に担当の者が参りますゆえ、どうか我らのことはただの観光客だと思って頂ければ」

（良かったぁぁぁぁ！　流石に今日はちょっと飲みすぎてるから勘弁願いたかったのよね！）

ここでアンテリーゼの内心にて歓喜の花が咲く。先ほどまで重くのしかかっていた肩の荷が下りた思いだ。

非公式であるのならば多少のミスならどうにでもなるし、相手もこちらへの配慮を見せてくれている。

少なくとも一方的になんらかの要求をするのではなく、対話の姿勢を見せてくれている。

であればやりようはいくらでもある。

アンテリーゼの安堵の態度と、空気が変わったことを察したのか、鳥頭の人物は満足げに頷くと、静かに少女へと向き直る。

「でございますね、お嬢様？」

「そうなのです！　そうなのです！」

「ですです」

（ということはおしゃまなお嬢ちゃんたちの背伸びしたお仕事勉強会って感じだったのね？　まぁさっきの鳥人さんの言葉をこの子たちに自主的に考えて言わせろってのも無理な話だし。黙っちゃうのも仕方ないわね。いやぁ緊張した！）

「それを聞いて私も安心しました。何分用意が調っていなかったゆえに失礼を働くのではないかとヒヤヒヤしておりましたの」

「いえ、事前の連絡なく訪問したのはこちらなのです。むしろこうしてお話ししてくれてありがとうございますです」

「ですです」


「まあっ！　ご丁寧にありがとうございます。これほどしっかりとしたお嬢様がたがいらっしゃるのなら、御国も安泰ですわね」

途端穏やかな空気が来賓室に満ちる。

ようやく友好国同士、肩肘張らずに会話ができる雰囲気がやってきたといったところだ。

少なくともドラゴンタンの街が王の怒りによってカップルごと滅びる運命は免れた。

（とはいえこのお嬢ちゃんたちの機嫌を損ねないよう注意しないとね。わざわざお勉強のためにここまでするんですもの、この子たちがマイノグーラ王の寵愛を受けているのは間違いない。ロリコンなのねぇ……）

政治を担うものに必須の、内心と表で別々の態度を見せながら、アンテリーゼは不敬極まりない感想を抱く。

このことを拓斗が知ったら全力で否定するであろう勘違いであったが、残念ながらアンテリーゼでなくとも似たような判断は下されただろう。

（いやぁ、それにしてもいい雰囲気じゃん！　このままこの子たちと仲良くなっていろいろ教えてもらおっと！　彼女たちに後から来るっていう担当者との間に立ってもらえば蛮族対策に関しても上手く事を運べそうだし、やっぱり私って都市長の才能あるわ！　邪悪な国でも全然対応できちゃう♪）

すでにアンテリーゼはルンルン気分だ。

良い仕事をしたご褒美として今晩は特別に秘蔵の酒を開けることを決めている。

反面双子は上手に会話を進められなかったふがいなさを恥じるとともに、仕事のできる優秀なアンテリーゼに羨望を感じていた。

完全に互いの思いは行き違っていた。

「とはいえ、このままお返しするのもドラゴンタンを預かる者として名折れ。宿の手配など滞在する際の細々とした事はお任せくださいませ。後、よろしければ案内などもつけますが？」

「本当ですか!?　差し出がましいお願いになると思っていたのですが、そう言ってもらえるのならぜひお願いしたいのです」

「お願いします」

こうして、双子の少女が初めて経験する使者の仕事は無事終わりを迎えた。

## Eterpedia

# アンテリーゼ=アンティーク

人物

種族　エルフ
所属　フォーンカウン
役職　ドラゴンタン都市長

### 解説

**～容姿端麗、才色兼備、明朗闊達。**

**最も信頼され、最も男に縁が無い都市長～**


---

アンテリーゼは多民族国家フォーンカウンの都市長です。

元々エル=ナー精霊契約連合の氏族長の娘だった彼女は、父親によって決められた結婚相手が気にくわないという理由で出奔。以後様々な都市を転々とし、ドラゴンタンに身を落ち着けることとなりました。

自由奔放で酒好きな面があるものの元来有能なため、いつの間にか都市長の座についています。

将来の夢は素敵なお嫁さんになること。なお彼女の結婚運が最低であることはフォーンカウン最高指導者・杖持ちの間で最重要秘匿事項とされています。

手配された案内人として現れたのはアンテリーゼだった。

キャリアはわざわざ都市長が出てきてくれたことに小さな驚きを覚えるが、互いの国家の状況を考えると当然の対応である。

マイノグーラがフォーンカヴンに失礼がないよう配慮するのと同様に、アンテリーゼとしても生半可な相手を案内にするわけにはいかなかったのだ。

結局のところ自分で案内するのが確実で、仕事をサボる口実になるということで意気揚々と都市長の業務を放棄していた。

「というわけで、この街の隅から隅まで知ってる私が案内するわね！　なんでも聞いてね！」

「アンティークお姉さんは元気さんなのです」

「やぁね。アンテリーゼでいいわよキャリアちゃん」

「お酒の匂いする？」

「うふふ、こっちの方が素なのよ。非公式ってことだし、気を張り詰めるのも大変でしょ？　お仕事は適度にサボるのがコツなのよ。お姉さんからのアドバイスね。けどお酒のことは内緒だゾ」

会談の後、ある程度会話を重ねてすでに双子の少女とは良い関係を築けている。

距離感の測定も終わったし、ある程度砕けた態度を取っても問題無いことを理解したアンテリーゼは早速普段被っている猫を脱ぐことにした。

「それにしてもいいのかしら？　やっぱり私がエルフだと思うところあるんじゃない？」

そして被った猫を脱いだ瞬間、いきなりぶっ込んだ。

非常に繊細な問題だったが、この件に関してはアンテリーゼもわざとだ。

むしろ最初にこの部分を聞いておかないと、今後双方に軋轢《あつれき》を生む可能性がある。

アンテリーゼとしては気にしていないのだが、

相手も同じであるという保証はどこにもないのだから。

「いえ、エルフでも良い人と悪い人がいますです。それにキャリーたちはマイノグーラの使者としてここに来ています。エルフだからって何かを言ったり思ったりはしないです」

「うんー」

「二人とも偉いわねぇ……」

「むしろアンテリーゼお姉さんは何も思わないのですか？」

「アタシはエルフでも家出した身分だからねー。むしろダークエルフの友達とかもいるし、全然気にしないわよ」

「ダークエルフのお友達がいるのですか？　今度紹介して欲しいのです！」

「そりゃあもちろん。首都の方だから時間はかかるかもしれないけど、いずれ紹介するわよ」

和やかな雰囲気で会話が進む。

キャリアとしても他のダークエルフの情報を意図せず得られてご機嫌だ。

フォーンカヴンの首都にいるとのことから蛮族の問題が解決しないことには会えないだろうが、尊敬する王である拓斗に報告する吉報として十分だろうと胸躍らせる。

だが拓斗の役に立てたことを喜ぶ妹に反して、姉であるメアリアはじとーっとした瞳をアンテリーゼに向けている。

「……ってどうかしたのですかお姉ちゃんさん」

姉とて自分と同じくエルフに対して隔意はないはずだ。万が一あったとしても聡明である姉がその態度をこの場で表に出すことはない。

そのことを理解しているキャリアは姉の真意を測りかねる。

だがその答えは姉が指さした先……たわわに実った金髪エルフの双房によって明らかになる。

「でもおっぱい大きいから敵っ」

「ああ、確かに。ちょっと羨ましいのです」

エルフが嫌いというよりも、巨乳であることが問題らしい。

確かに大きいなぁと眺めていると、少し焦った様子のアンテリーゼが慌ててフォローの言葉を述べてくる。

「二人ともまだまだこれからだから、将来があるわよ。だからへそ曲げないの」

「ダークエルフは種族的に胸は大きくならないのです。キャリーの知ってる女の人も、全員夢を見て、そして夢に破れたのです」

「街のみんな、ぺったんこ」

そう、そうなのだ。

それこそがメアリアがアンテリーゼを敵認定し、キャリアが羨望の視線を向ける理由だった。

「お、大きければ大きいで嫌なことも多いわよ」

「持つ者の贅沢なのです」

「かなしー」

ダークエルフは種族的に慎ましやかな胸の者が多い。

反面エルフは種族的にたわわな胸の者が多いのだ。

種族の特性は如何《いかん》ともしがたく、必死に胸を大きくしようと密《ひそ》かに努力しているマイノグーラの国務大臣の努力が一向に実を結んでいないのは二人がよく知るところだ。

将来は絶望的で、二人の悲しみは富める者には決して理解できなかった。

………

……

…

「……そういえば、皆さん普段どんな食べ物を食べているのです？」

街の施設を案内されながら、キャリアはアンテリーゼに尋ねる。

たわわに実った二つの果実から食糧生産につい

て連想したことは内緒だ。

フォーンカヴンの街並みはお世辞にも良いとは言えない。

石、そして泥と枯れ草を混ぜてできている建材を用いた土の家が基本で、それらが等間隔に並んでいる。

暗黒大陸はその場所場所によって気候が大きく違い、ドラゴンタンのある場所はどうやら雨があまり降らないらしく土地に活力が感じられない。

どう見ても食物が豊富に育つような環境とは思えず、街の住民が普段何を食べているのか気になったのだ。

「ここは荒れ地だからねぇ。北部大陸とは違ってこっちじゃ食べ物作るのも大変なのよ。収穫量は少ないけど麦とか雑穀とかの穀物系。あとは無駄に取れる食用サボテンとか？　けど美味しくないからアタシあれ嫌いなのよねぇ」

どうやらある程度の食糧は作れるようだった。

その口ぶりから困窮しているもののどうやら食糧に関してはまだ余裕があるらしい。

「後は酪農でチーズ。少ない餌でも丈夫に育つヘンベル鳥の畜肉が祝い事の時に食べられるって感じよ」

ほらと指を指された方へと視線を向けるキャリア。

すると何やら羽根をむしられた鳥が数羽軒から吊《つる》されている商店らしき建物が目に映った。

どうやらこの辺りが商店の集まる地区らしい。

「ちなみに切った食用サボテンにチーズ載せて焼いたカクタス＝チーズってのがこの街の名物料理ってことになってるけど、クソ不味いからオススメしないわ」

鳥を売っている隣の店舗の主人がすさまじい視線をアンテリーゼに向ける。

彼の横に大量のサボテンとチーズが積み上げられているのを目撃したキャリアは、アンテリーゼの傍若無人さに一種の感動すら覚えた。

「マ、マイノグーラは美味しい食糧が沢山ありますです。交易の話もあったし、アンテリーゼお姉さんも今度食べてみて欲しいのです」

このまま放っておいたら店の主人と喧嘩すら始めてしまいかねない。

危険を感じたキャリアは慌ててアンテリーゼの手を取ると話題を変えながらぐいぐいと別の場所へと引っ張っていく。

「美味しい料理!? 楽しみね! でもお姉さんはマイノグーラのお酒の方が興味あ、る、か、な」

「お酒も美味しいよ」

「キャリーたちは王さまにダメって言われてますけど、飲んだ人が言うにはてんじょうのかんろ??らしいのです」

「天上の甘露! ヤバいわ! 今から給料貯めなきゃ!? あっ、でも酒場のツケが……」

「キャリーが王さまにお願いしてアンテリーゼさんの分をプレゼントするのです……」

「ああんっ! コネって素敵!!」

初めて会った時の印象とは違い、どんどんとぼろが出ていくアンテリーゼ。

キャリアはもしやこの人物も自分の胃を痛めるのだろうかと内心絶望しながらも情報収集に勤《いそ》しむ。

ドラゴンタンの商店街は夕方の中途半端な時間帯ということもあり、閑散としていた。

そもそも店舗にあまり商品が並んでいないあたり、やはり都市は疲弊しているらしい。

反面、忙しなく衛兵が行き来している。

彼らが向かうのは一様に外で、その顔には緊張と疲労が見て取れる。

蛮族の情報と都市の状況に関しては後ほど質問しようと考えていたキャリアだったが、状況は思った以上にマズそうだった。

「お嬢様! 買ってきましたぞ!」

「ありがとー」

気がつくと、いつの間にかメアリアが鳥頭を使いに出して何やら買い物をしていた。

実は今回の訪問に際して、拓斗から貰った貴金属を換金して小遣いにしており資金は潤沢にある。

加えて調査のために無作為にいろいろ買ってきて欲しいとは言われていた。

だが嵩張らないように予定では最終日に見繕う話だった。

そんな中でメアリアの行動である。

ただの気まぐれの可能性もあるが、珍しく姉が買った物に興味を持ったキャリアは覗き込むようにメアリアの手元へと顔を寄せる。

「お姉ちゃんさん。何を買ったのですか？」

「いいもの」

なぜか嬉しそうにクスクス笑うメアリアは、それだけ告げると意地悪するかのようにサッと懐に何かを隠してしまうのだった。


「じゃあ明日は朝から迎えに来るからねー」

「はい、楽しみなのです」

「お肉たべたい」

「ふふふ、じゃあ明日は奮発してお肉食べちゃう？　経費で落ちるから奢るわよ！」

「お肉ー」

両手をぶんぶんと振りながらアンテリーゼに別れを告げる。

あてがわれた宿は小さな住居だった。

人数がそれなりにいるし、国の来賓ということで街が管理する空き家を用意してくれたのだ。無論家具などもあるので宿泊には問題無い。

宿だった場合、相談の際に別室の利用者などを警戒する必要があったためこの配慮には双子も素直に喜ぶ。

何より初めての外泊というのは何か特別な出来事のように思えて新鮮だった。

「皆さん、お疲れ様でしたです」

ともあれ、今の彼女たちは王たるイラ＝タクトの名を帯びてこの場に来ている。

そのことを理解しているキャリアは早速本日の出来事を吟味するため話し合いの場を設けた。

「アンテリーゼさんは自由な人でしたけど、至って優しい人でしたね。裏は……」

「ないよー」

「あれで裏があったら凄い役者さんなのです」

キャリアの質問にメアリアが間髪いれず答えた。

断言するような物言いに鳥頭がほうと唸る。

どうやら彼らの知らぬ何かが白痴の姉にはあるらしかった。

「人々が想像以上に疲弊していましたのです。特に兵士さんが大変そうでしたね。お姉ちゃんさんはどう見えました？」

「恐れ」

また断言し、次いで彼女には珍しくメアリアは流暢《りゅうちょう》に言葉を紡いだ。

「ご飯がない。お外の敵が怖い。助けに来てくれない。これからどうなるんだろう」

「まぁ、気持ちは分かるのです」

キャリアの姉であるメアリアは人の心が分かる。

正確には人の感情を読むことができた。

これがいつ発現した能力かは分からない。

だがその能力があるがゆえに辛《つら》い思いをせねばならなかったことだけは二人とも覚えている。

本来ならずっと封印しているつもりだった。

悲劇と絶望しか呼ばないこの能力を使うつもりはなく、妹のキャリアも使わせるつもりはなかった。

その決意を変えたのは拓斗だ。

彼女たちの苦しみと悲しみを癒やし、新たなる価値観と希望を与えてくれた彼に報いるために、メアリアはこの力を再度使うことを決意していた。

そして妹であるキャリアも、そんな姉を全力で支える決意を密かに抱いている。

「うぉぉおぉぉっぉぉぉ!!」

「「ぴえっ！」」

そしてそんな二人が持つ雰囲気をぶち壊すかのように、鳥頭の一人が絶叫した。

「どうしたイチロウ、奇声をあげて。我らしからぬ様子だが？」

「お嬢様がたが立派になられて！　オレは感動しているのだジロウ！」

「なるほど！　この成長こそまさに人間！　そしてそんなお嬢様を支える我らも人間！」

「ああ、そうだともジロウ！　人間だとも！」

そして始まるはいつもどおりの馬鹿騒ぎ。

この場所が貸し切りで防音がある程度取れていることにキャリアは心底感謝する。

「この人間大好きさんたちには困ったものなのです」

「挨拶の時は凄かったよ？」

「うう、確かにそうなのです」

だが姉の言葉は正鵠《せいこく》を射ていた。

確かに会議の場面で頭が真っ白になってしまったことはキャリアの失態である。

そして姉であるメアリアも実のところ頑張って妹のフォローに回ろうとしていたのだが何もできなかった。

そのような折に助け船を出してくれたのがこの鳥頭たちなのだ。

当初は大丈夫だろうかと不安を感じていたキャリアだったが、蓋を開けてみれば自分たちが助けられる側だった。

王のために何でもする、何でもできると決意したにもかかわらずこのていたらく。

ゆえにキャリアは手綱を握る側にもかかわらず、言いつけを守らずに大声を出している三人を強く叱責できずにいた。

だが。

「あ、いえ。実はあの時は我らが王からのお言葉をそのまま伝えただけですぞ」

感謝した途端にテーブルがひっくり返された。

「しかりしかり、我ら人間なれど交渉事においてあの高みまでは未だ到達できず」

「むしろ王の崇高なるお考えに我らが至ろうなど不敬の極み。ただ王のお言葉を無心で伝えるのが正しき人間の行いだぞ」

「おお！　まさしく！」

「それこそ人間！」

唐突な告白がごく自然のようにもたらされた。

何と彼らの口を通じて拓斗が二人の危機に助け船を出していたのだという。

どこまでも深い包み込むような優しさと、あれだけの言葉をスラスラと述べるその知謀に思わず胸が温かくなるキャリア。


だがふとそこから導き出される一つの事実に疑問を抱く。

「えっ、じゃあ貴方たちって今日何したのです？」

「それ言ったら可哀想《かわいそう》なの。めっ！」

「えっ？　これキャリーが悪いんです？　キャリーが間違ってるのです？」

なぜかメアリアに叱責を受けるキャリア。

ちなみに当の鳥頭たちはただただ笑うだけだ。

そんなどこか気の抜けた様子に、今まで気を張り詰めていたキャリアも思わず力を抜いてクスクスと笑い出してしまう。

「これじゃあ本当に観光なのです。そうですよね、トラブルなんてそうそうないのです」

「このままお家《うち》かえるの」

いろいろとあったが無事一日を終えることができた。

残る行程はあと二日。

アンテリーゼとの顔合わせも終わったことから

今日よりも楽であることは明らかだ。

調査を怠らなければ無事に王の満足いく仕事ができるだろう。

ベッドに倒れ込みながら明日のことへ思いを馳《は》せるキャリア。

姉の言葉ではないが、彼女も翌日の肉料理とやらを楽しみにしてた。

だが運命は彼女たちに別の出来事を求めたようだ。

「おっと、そうも行かない様子ですぞ、お嬢様がた」

「お気を付けくださいませ」

「何やら良くない雰囲気を感じますな」

先ほどまで馬鹿笑いをしていた鳥頭がピタリと笑いをやめ、名目上の上司である二人の少女へと忠告を始めた。

幸せな気持ちのまま寝る準備を始めようとしていたキャリアは不機嫌そうにその顔を歪める。

「街の疲弊が治安に影響しております。表面上は上手く機能しているように見えますが、お嬢様がたに良からぬ視線を向ける者がおりました。もしかしたら人攫《ひとさら》いや野党崩れなどがおるやもしれません」

「まぁお嬢様がたに何があろうとも、我らが人間らしくこの身をもってお守りするのだから問題無いのだがな！」

「まさしくそのとおり！」

鳥頭はキャリアの言うことをあまり聞かず、暇さえあれば姉のメアリアと遊び始める。

だがその能力は確かで、間違いなくイラ＝タクト王の配下なのだ。

であるのならその言葉に偽りはない。特にマイノグーラの国益に関係する事柄において彼らが冗談を述べることはあり得なかった。

ならばこの問題はタクトに報告すべき最重要事項だ。

もちろん明日以降危機意識をより高めねばならない。

いずれ行われる防衛協力のための派兵部隊に悪化する治安について注意するよう伝えなければならないだろう。

「これ」

懐から取り出した帳面に先ほどの内容を書き記していると、同じように姉のメアリアが懐から何かを取り出してキャリアに見せる。

「これはなんですかお姉ちゃんさん」

「くさ」

「……草？」

おそらく昼間鳥頭に買いに行かせ、自分に見せることなく隠すように懐にしまったものだろう。

まるでよく見ろと言わんばかりに目の前に突き出されるそれをまじまじと見つめたキャリアは、あっと小さな声をあげる。

「これは、ポピル草ですか。しかも実が付いてるです」

以前何かの折に見たことがあるそれを思い出したキャリア。同時にその効能を思い出し眉を顰《ひそ》めた彼女に興味が湧いたのか、鳥頭たちがわらわらと集まってきた。

「ご存じなのですかキャリアお嬢様？」

「……ポピル草の実から出る汁は強い多幸感と幻覚作用を与えるのです。同時に高い常習性もあります」

「ああ、麻薬ですな。いけませんぞメアリアお嬢様、ぽいなさいませ」

「ぽいっ」

パサリと、ポピル草が床に放り投げられる。

わざわざそれを拾い上げたキャリアは、再度確認するようにその状態を確認する。

「虫食いもなく野草にしては状態がいい。多分誰かが育てたものなのです」

「それがドラゴンタンの街で流通ですか、穏やかではありませんなぁ」

鳥頭には珍しく何やら考え込む様子で互いに相談を始める。

彼らの任務は双子の護衛。

都市の治安に懸念がある以上、ふざけてる余地はないとでも言わんばかりであった。

「どんな場所であっても、どんな時であっても、自分のことしか考えない人はいますです」

ポピル草をくるくると回しながら、キャリアは昼間のやりとりを思い出す。

指摘はしなかったが自分たちに良くしてくれたアンテリーゼの目の下には濃い隈が浮かんでいた。

何かの拍子に頭を撫でてくれた折には濃い酒の匂いとともに、うっすらと体臭が漂ってきたのを覚えている。

おそらく何日も風呂に入っていないのだろう。

元気さが服を着て歩いているような彼女の性格とは裏腹に、街を預かる彼女の状態からその状況は危機的と言えた。

現在ドラゴンタンの街は全住民が命の危険に晒されている。

蛮族の餌になるかならないかの瀬戸際なのだ。

そんな中でも、己の欲望だけを追求する人間がいる。

それがキャリアには酷《ひど》く不愉快だった。

「言わなくても準備してくれていると思いますが、いつでも敵を倒せるようにしておいてくださいです」

鳥頭たちはその言葉に初めて深々とした礼を見せ、部下らしくキャリアの言葉に従った。

と同時に肩をすくめて不満ですと言いたげな態度を見せる。

「まったく……争いごとはご遠慮願いたいのですがな」

鳥頭の一人が少々辟易とした様子で吐き捨てる。

「でも人間は争い大好きだよ？」

姉のあっけらかんとした物言いに、キャリアは確かにと薄く笑いながら同意した。

何事もなく無事過ごせれば。

その願いが叶えられないと理解したのは、翌日の案内も早々のことであった。

なんのことはない。蛮族の襲撃が発生したのだ。

流石の都市長もこの時ばかりは仕事をサボるわけにもいかず、案内を放棄することを謝罪した上で血相を変えて都市庁舎へと駆けていく。

自然と取り残される形になったキャリアたちマイノグーラの面々であったが、鳥頭の一人——ジロウに外の様子をそれとなく確認しておくよう願い、手持ち無沙汰気味に住宅地を散策していた。

「ここは昨日は来たことがない場所なのです」

フラフラとあっちへ行ったりこっちへ行ったりする姉のメアリアを追いかけるよう移動していたのだが、いつの間にか見知らぬ場所へと来てしまっていた。

キョロキョロと辺りを見回す双子の二人。

都市の真ん中にぽっかりと空いたように広がるその空き地は、どこか清涼とした空気が流れ、活力が湧いてくるような気持ちにさせてくれる。

ふと地面を見ると、足下に美しい青色の水晶が生えていることに気がついた。

わぁっ、と声をあげながらしゃがみ、そっと手を触れる。

思ったより冷たい感触に思わずキャリアは手を引っ込めた。

「綺麗なのです……」

「あちらをご覧くださいお嬢様」

うっとりと水晶を眺めていてたキャリアの肩に手が置かれ、鳥頭が遠くを指す。

すると足下にある水晶がポツポツと、その空き地一面に広がっていることが分かった。

「この場所こそがが龍脈穴と呼ばれるものですな。巧妙に土砂で隠しておりますが流石に隠しきれなかったのでしょう」

幻想的な光景だった。

土砂で隠しているということは、この下に無数の水晶が埋まっているということだろうか？

それらを掘り起こしてみたなら、果たしてどのような景色が自分を迎えてくれるのだろうか？

気がつくと姉が自分の手を握っていた。

二人で手を握りあい、この幻想的な光景を共有する。

世界はまだまだ知らないことに満ちている。

いつの日か彼女たちの母親が寝物語に聞かせてくれた話だったが、その一つを今ここに見つけた思いだ。

夢にまで見た光景だった。

この感動を母に報告することはできないが、きっとどこかで自分たちを見守ってくれているだろう。

それに帰ったら王を含めた沢山に人たちに伝えなければいけない。

彼女たちには、彼女たちの帰りを待ち、彼女たちの話を聞いてくれる人が今や沢山いた。

双子の少女は、もはや自らの境遇を呪って死を望む少女ではなかったのだ。

「――この場所は、ポピル草が良く育つんですよ」

無粋極まりない声がけは、少女たちの背後から唐突に投げかけられた。

大きく深呼吸し、ゆっくりと振り返る。

全てをぶち壊しにされた怒りを撒き散らしたい思いであったが、相手に悪気があったとは限らない。

何よりこの地で問題を起こしては王の顔に泥を塗るということを二人の少女は良く理解していた。

「突然のお声がけ、大変失礼いたします。私、この街で商会を営んでおりますヴェスタ＝クルクレインと申します。マイノグーラの使節団の方々でよろしいでしょうか？」

細身の体躯《たいく》に神経質そうな切れ長の目のその男は見るからに信用に値しない雰囲気がある。

その無駄に着飾った身なりから商会を営んでいるという話は本当だろうが、ポピル草の話題を平然と持ち出すあたりろくでもない商いであることは明らかだ。

それらのことを瞬時に判断したキャリアは、自らの判断が間違いでないかを確認するために姉の表情をこっそりと窺《うかが》い、件《くだん》の男をまるで汚物でも見るかのようなその表情を見て確信に至る。

おそらく、都市に蔓延するポピル草の原因がこの男なのだ。

「これはご丁寧にどうもなのです……それで、どのような用件でしょうか？」

「いえいえ、なんのことはありません。商会を営む者が持ちかけるご相談といえば、商売のことを除いて他ありませんでしょう」

「商売ですか？」

オウム返しに尋ねる。

キャリアとしてはさっさとこの男との話題を切り上げたかった。

このような胡散臭《うさんくさ》い男の話を聞くつもりは毛頭なかったし、そもそも商売に関する権限を自分は有していない。

だがそのような事情を知ってか知らずか、ヴェスタと名乗った男は自信溢れる物言いで話を始めていく。

「ええ、聞けば御国は非常に優れた食糧や品々をお持ちとのこと。これらの取り引きを優先して我々と行って頂きたいのです。もちろん互いに益のある取り引きです。一方だけが得をするというものではありません」

「……貿易の取り決めは国と国とのお話なのです。

都市長のアンテリーゼさんに相談するのが一番だと思いますよ」

　鳥頭たちは黙り、姉はすでに興味を失っている。

　どうやらこの場で対応できるのはキャリアだけらしかったが、とうの本人もさっさと水晶観察に戻ってしまった姉を少しだけ恨めしく思うほどには目の前の男に興味を失っている。

「小さなレディにはまだ分からないかもしれませんが、あの都市長はいただけません。どうにも商売の機微が分かっておらぬ様子で、いらぬ規制で健全な商いを妨害してくるのです」

「ポピル草のことですか？」

　その言葉にヴェスタはニヤリと笑った。

「おっしゃるとおりで、不思議なことにこの水晶が生える地は作物の生育が良いのです。特にポピル草のような特殊な効能を持つものは」

「……続けてください」

「ありがとうございます。我々の目的はこの街の掌握です。今は都市長の影響力でひっそりとしか生産できておりませんが、この平野一帯でポピル草を生産できれば莫大な富を生み出すことができるでしょう」

「街の機能が崩壊しますよ？」

「無論その点は考えております。出荷先はここととは別の国……そうですな、クオリア辺りを考えております。かの国の広大さであれば如何様にも捌《さば》けます。むしろこの地の生産力をもってしても足りぬほどかと」

「……マイノグーラのメリットはなんです？　キャリアは王さまに何と報告すればよいです」

「もちろん、そちらに関してもちゃんとご用意があります。ポピル草の販売による収益の一部。そして街の所有権を全部。無論我々の商いに便宜を図って頂くという条件はございますが……それらを踏まえ、詳しい話を今夜にでもできればと考えているのですがいかがでしょう？　ぜひ我が商会にご招待させて頂きたい」

「場所はどこですか？」

「こちらの紙に地図を記しておきました。本日日が落ちる時間にこの場所に来て頂ければ、係の者がご案内いたします……っと、くれぐれもあの酒癖の悪い都市長に気づかれることのないようご配慮くださいませ」

「分かりましたです」

ヴェスタが手渡してきたメモを受け取り、チラリと中身を確認してから懐にしまうキャリア。

その様子を見たヴェスタは上手くいったと言わんばかりに大きく頷き、相変わらず信頼の置けぬ笑みでお辞儀をする。

「きっと貴方がたの王もお喜びになりますよ。では、今夜お会いできるのを楽しみにしております」

そのままきびすを返し近くの路地へと消えていくヴェスタと名乗った男。

彼の気配が完全に消えた後、先ほどまで興味なさそうに水晶を眺めていたメアリアがすっと立ち上がる。

「いくの？」

「当然無視するのです」

当たり前だろうとばかりに答えるキャリア。

いかにも思わせぶりな態度を取られたが、彼女は完全に無視する算段でいた。

あの類いの人間は自分の欲望を満たすためならどのような悪事にも手を染め、必要とあらば家族であっても平然と裏切る人種であることはよく知っていたし、単純に王から命じられた任務には入っていない。

であれば余計なことに時間を使うことは無駄以外の何物でもなかった。万が一、億が一にも利用価値があったとしても、それを判断して行動に移すのは自分たち以外の者の役目だ。

ゆえにここは放置一択。

むしろ話を聞いてやっただけ、キャリアとしては感謝して欲しいところだった。

「しかしながらお嬢様。意外と興味深げのように見受けられましたが？」

「話を聞くふりをしたのは、その方が早く終わるからですよ。キャリーがそんなところにホイホイ行くわけないのです」

「まぁおおよそレディを誘うに値しない口説き文句でしたからなぁ」

「正直メリットも少なそうですしなぁ」

興味を示したような態度を取った理由は下手に否定するより話が早く終わると考えたためであり、加えて情報を収集するためであった。

事実ヴェスタという男がこの地でどのような野心を抱いているかも分かったし、その本拠地の手がかりも得た。

龍脈穴では一部植物の生育が早くなるという情報も得た。

無駄話に付き合った成果としては上々と言えた。


「キャリーたちは安い女じゃないのです」

「高い女なの」

ふふんと薄い胸を張りながらふんぞり返る二人の少女。

なかなかどうして頼もしいではないか。

鳥頭たちは自らの暫定上司である二人の行動力に感心し、彼女たちならばずっと上司になってくれても良いと考えた。

……なお宿に帰った後に我慢できず二人を上司とする提案を申し出た鳥頭たちだったが、快く了承するメアリアとは違って、強固な反対の姿勢を見せるキャリアの主張によって話が流れてしまったことを記しておく。

# 第八話　真なる邪悪

その後は全てがつつがなく終わる。

最終日、相変わらず無理をしている様子の都市長と土産の品を一緒に買いながら、遅れた約束を果たすとばかりに商店で肉のチーズ焼きを頬張る。

すでに情報収集も完了していた双子の少女は、都市庁舎にある応接室にて名残惜《なごり》しむように最後の時間を過ごしていた。

「それにしてもあっという間だったわね。ドラゴンタンの街は楽しんでもらえたかしら？」

「はいです。アンテリーゼさんには本当にお世話になりましたです」

「いいのいいの。アタシも二人とコネができたし、お酒を貰《もら》う約束もしちゃったしね」

「キャリアたちはそんなに偉くないですけど、もし困ったことがあったらぜひ頼って欲しいのです」

「いやぁ、頼もしい言葉だわ！　ちなみにお二人ってどのくらい偉いのかしら？」

「んっと……そうですね。多分六番目と七番目だと思うのです」

「……え？　めっちゃ偉くない？　大丈夫？　アタシ怒られない？」

「怒られないよ？」

「権限のない、ただの順位だけなので安心して欲しいのです」

マイノグーラに明確な序列は存在していない。

だが王に近しい者ほど序列が高いという不文律は確かに存在しており、その考えで行くのであれば二人の順位はキャリアの言葉どおりだった。

まさか一桁が出てくるとは思ってなかったアン

テリーゼだったが、さっさと気持ちを切り替える。

偉いんだったら偉いで困った時に泣きつけるし、何より彼女たちの関係には地位などに関係してない部分も存在している。

短いながらも濃密な時間を過ごさせてもらったアンテリーゼは、すっかりこの双子のことを気に入っていた。

「さて、名残惜しいけどそろそろ時間ね。マイノグーラの王様によろしくね。できるだけアタシのこと好印象に伝えてね！　あっ、あと二人だったらいつでも遊びに来ていいからね」

「ありがとうございますです。マイノグーラの土地は瘴気《しょうき》に満ちているのでアンテリーゼさんをお誘いはできませんが、その代わり必ずまた遊びに来るって約束するのです」

「するのです」

「ありがとう、でも最後にサラッと怖いこと言い出すのやめて」

そう言いながらどこか嬉しそうなアンテリーゼ。

このままだとダラダラと話を続けてしまいそうだ。

そう考えた彼女はパンと自らの太ももを叩くと、勢いよく立ち上がる。

「少しお待ち頂けますでしょうか？」

彼女たちの別れに水を差したのは、突然応接室の扉を開け放ったヴェスタ＝クルクレインだった。

「貴方は……クルクレイン商会の商会長。誰の許可をとってこの場所に来ているのかしら？　出ていきなさい。場合によっては実力行使も辞さないわよ」

鋭い視線を投げかけ、警告の言葉を発するアンテリーゼ。

実際周辺の魔力に動きがあるあたり、脅しではないようだった。

それも当然、アンテリーゼにとってこの男は都市の治安を脅かす危険人物だからだ。

脅迫、暴行、殺人、詐欺。

ありとあらゆる犯罪に手を染め、だが決して尻尾を出さない。

それどころか今ではクルクレイン商会なる組織を作り上げて組織犯罪に手を染める始末だ。

決して尻尾を出さないこの男が不用意にこんな場所に現れることも不思議であったが、彼に追従するように複数の男たちが室内に入室してきたことでいよいよアンテリーゼも危機感を抱く。

自分の命はどうなってもかまわないが、マイノグーラの使者に危害を加えられることだけは避けたかった。

最悪自分が犠牲になってでも二人を守る。

そんな決意を抱いて二人を守るよう移動するアンテリーゼ。

だがどこか不機嫌な様子を見せるヴェスタの口から、とんでもない発言がなされた。

「マイノグーラのお嬢さん。先日のお誘いの件、返事を聞かせて頂けますかな？　こちらはあの後ずっと待っていたのですがね」

「ああ、あの件ですか……一緒にドラゴンタンを乗っ取ってポピル草を育てるって話でしたね」

「なんですって!?」

アンテリーゼの瞳が驚愕に見開かれ、まさかという表情でキャリアを見つめる。

対するキャリアはなんの感慨も抱かぬ様子で出された紅茶に口を付けており、姉のメアリアも茶請けの菓子をモグモグと口に入れている。

「そのとおり。私の勘違いでなければお嬢様は私の提案に実に乗り気だったご様子。さてどのようなお話ができるかと楽しみにしていたところ、何の連絡もなくお帰りになるご様子でしたのでわざわざお出迎えにあがったのですよ」

「都市庁舎には職員さんや警備の兵士さんがいたと思うのですが、どうしたのですか？」

「またご自分の興味のまま質問をされるのですか

……まぁいいでしょう。この街の中枢はすでに我々の手に落ちております。まぁ一部聞き分けのない者がおりましたが、言うことを聞かせる方法はいくらでもありますからね」

そう薄気味悪く笑うヴェスタ。

この場に現れたということは、すでにあらゆる準備を済ませているということだ。

今の今まで尻尾すら掴ませなかった男がここまであからさまな行動に出ている。

すなわち勝利を確信するだけの手札があるのだ。

その事実にアンテリーゼは震える。

何より彼女の心を打ち砕いたのは、今の今まで楽しげに話していた相手が、自分を裏切っていたという事実だ。

ガクリと膝からくずおれ、縋《すが》るようにキャリアへと視線を向けるアンテリーゼ。

そんな彼女にチラリと視線を向けたキャリアは。

キョトンとした表情で小首を傾げた。

「何変な顔してるんですか、アンテリーゼお姉さん」

「……え？」

「それより少しお尋ねしたいのですが、例えばここでこの人たちをやっつけても問題はないでしょうか？　万が一に余計なことをしてフォーンカヴンとの関係にヒビが入るとキャリーは王さまに顔向けができないのです」

あっけらかんと言い放つキャリアの言葉に、アンテリーゼの思考が追いつかない。

だがどうやら彼女は裏切ったわけではなく、それどころか未だ自分の味方であるということを理解したアンテリーゼは、生気を取り戻しその言葉に答える。

「い、いいわよ。好きなだけやっちゃって！　そ、そうよ！　護衛の人がいるのよね！　なら安心だわ！　こいつらうちの街で好き放題やってたのよ！　尻尾を掴ませなかったら厄介だったけど、いい機会だわ!!」

だんだんと調子を取り戻したアンテリーゼはこれ幸いとばかりに相手に宣戦布告する。

刃物を持った集団が都市庁舎に押し入っている時点ですでに反乱案件だ。

間違いなく戦闘になるだろうし、互いにもはや引けないところまで来ている。

どちらかが敗北するまで戦闘は続き、勝者がこの街の支配者となる。

それがこれから始まるであろう出来事だった。

「ずいぶん威勢の良いことを、我々が都市の治安維持を担ったおかげで平和を保てていたくせに。ずいぶんと厚顔な物言いですな」

「気の弱い女子供脅かしてショバ代せしめるのが治安維持ですって？　本国からの影響力が薄いからって好き放題やりやがって！　あんたたちの尻拭いでどれだけアタシが徹夜したと思ってるのよ!?」

がぁっとアンテリーゼが叫び、呼応するかのようにごろつきの集団が罵声を浴びせる。

「残念ですよマイノグーラのお嬢さん。せっかくよい関係になれると思っていたのに」

「こちらは最初からそんなことはひとかけらも思っていませんでしたよ？」

その言葉にヴェスタは額に青筋を立てる。

だが安い挑発に乗ってはいけないとばかりに深呼吸を一つし、代わりキャリアたちを囲うようにに配下のごろつきを配置した。

「そもそも、ここで私たちに危害を加えることはマイノグーラを敵に回すことなのです。その愚かしさを理解しているのですか？　キャリーは無力な子供ですが、この任務を命じられたイラ＝タクト様は凄い王さまなのですよ？」

そう、この一点だけがキャリアにとって予想外だった。

まさか自分たちに危害を加えようと考える愚か

者が存在するとは思いもよらなかったのだ。

だからこそ最初にヴェスタに会った時に適当に話を合わせたし、深夜会合に参加するとの口約束をした。

どうせ手を出せないのだから、粗雑に扱っても問題無かろうと判断したのだ。

だが実際はこの状況だった。

自殺志願者ならもう少し簡単な方法があるのではとキャリアが考えるのも無理はない。

その質問に答える代わりに、ヴェスタは懐に手を入れると小さなポーチを取り出した。

中から現れたのは小さな瓶と注射器。

精巧なガラス製品はそれなりに高級だ。

この男がどれほど金を持っており、どれほどその小瓶の中身に自信を持っているかが見て取れる。

「何あれ？」

「おそらくポピルの果実から取れる成分を蒸留して精製したものでは？　一度打たれると一生アレなしでは生きていけない身体《からだ》になるとかならないとか聞いたことがあるのです」

「禁制品の麻薬じゃないの!?　なんでそんなものがここに。それに注射器だなんて……あんたたちまさか！」

都市庁舎の全員が寝返ったとの言葉に疑念を抱いていたアンテリーゼもここに来てようやく得心に至る。

庁舎に勤める職員の数は多く、その全員を寝返らせるのは現実的ではない。

裏があると考えていたが、なんらかの方法でポピル草から精製された麻薬を投与されたのであれば話は理解できる。

強烈な依存状態に陥らせ、麻薬の継続投与を条件として便利な駒を作り上げたのだ。

「おい、適当に痛めつけなさい。くれぐれも殺すんじゃないですよ。二人いるんだ、片割れをいいなりにできりゃ十分。それでイラ＝タクトとかいう女児趣味の変態野郎も血相を変えて言うことを聞くでしょう……そうですね。そっちの気狂いのガキは褒美にお前らにやるから好きになさい。あと後ろの護衛は邪魔だから殺せ」

スラリと、ごろつきたちが腰の得物を一斉に抜き放つ。

応接室に侵入してきた人数だけでも多勢に無勢だ。

それどころか部屋の外からも複数の気配がし、それはどんどんと増えていく。

先ほどは啖呵《たんか》をきったアンテリーゼだったが、鼓動が速まり冷や汗が溢れるのを止めることはできない。

「なに、一発打てばいいなりだ。天国に連れて行ってやりますよ、お嬢様がた」

そして勝利を確信したニヤニヤと薄気味悪い笑みを浮かべたヴェスタは、大げさに右手を振り下ろすことによって部下たちへと合図した。


「……まさかあの微妙性能ユニットがこの世界でこうも役に立つとは思わなかった」

マイノグーラの宮殿にてあれこれ采配を振る拓斗。

求められていた決裁も一段落し、休憩がてらホットコーヒーを飲みながらふとそんなことを呟いた。

「と、言いますと？」

独り言だと思われたが、その内容に興味を抱いたエムルが詳しい話を求める。

すると王の代わりをするとばかりにアトゥが説明役を買って出てきた。

「彼らはマイノグーラにおいて衛生兵と呼ばれる役割を担っているのです。主として軍隊に随行して怪我や病魔に見舞われた兵士を回復させる役割ですね」

「はい。それは知っております。大変重要だと私は思っていますが……」

「その認識は間違っていませんし、実際に重要です。ただ彼らの能力が特殊なのです」

「能力……ですか。アトゥさんが持つ能力の奪取のようなものですか」

「私ほど強力ではありませんが正解です。マイノグーラの衛生兵の能力は三つ。
1、人間の治める都市の治安維持効果にボーナス。
2、人間に対する攻撃力増加ボーナス。
3、人間に対する回復力増加ボーナス。
人間とは亜人などの近縁種を含めた総称です。

――はい、ここから導き出される結論は？」

その質問にエムルは唸る。

むしろ便利すぎて微妙などと呼ばれるいわれが分からなかった。

ここまで特別な能力があるのなら平時でも戦時でも十分国家に貢献できる。

「えっと、確かに人間限定という縛りはマイナスですが、それでもかなり強力かと思います。衛生兵を戦闘に出す時点でそもそも悪手ですから2番は除外としても、1番と3番は実に有効化かと思うのですが……」

王が微妙と言うからには自分が気がつかぬなんらかの問題があるのだろう。

間違っていると分かっているものの、答えが分からぬエムルは現状で導き出される自分の意見を述べる。

「その考えは間違っておりません。ただ一つ問題なのは、貴方がたが来るまでマイノグーラという国家に人間が住まう余地は存在していませんでした」

「あっ……」

その瞬間、全てのピースががっちりとはまった。

「マイノグーラのメイン種族であるニンゲンモド

キは人間の範疇外《はんちゅうがい》ですよ」

マイノグーラのメイン種族は人種ではない。そしてアトゥなどの英雄も人型ではあるが人間ではない。

つまり彼らの能力は自国において一切発揮できないのだ。

1は人間の治める都市限定での治安維持効果ボーナスのため、自国の治安維持能力を増加させることはできない。

加えて敵の人間国家を占領したとしても邪悪な勢力やユニットは人間に恐怖を与え、治安維持に大きなペナルティがある。

2の人間に対する攻撃力ボーナスは先に説明したとおり衛生兵の能力としては不適切。

3の人間に対する回復力ボーナスもそもそも自国に人間ユニットがいない。

王が微妙性能ユニットと評するのも決して言いすぎではなかった。


そしてここで役に立つと表現することも。

ダークエルフの参入と、フォーンカヴンとの国交樹立。

人類種との友好関係を得ることができたからこそ、彼らの能力が生きることとなったのだ。

何という歪《いびつ》な性能。

そして邪悪な勢力の配下にもかかわらずそこまで人間に特化した存在とは一体どのような者なのか。

「アトゥさん……あの、彼らは一体？」

エムルは気味の悪い感覚に陥りながら、震える声でアトゥに尋ねる。

「彼らの名前は《ブレインイーター》。人間が大好きな、人間のなりそこないです」

そう笑うアトゥの言葉に、エムルは得も言われぬ不気味な感覚を抱いた。

「素晴らしい！　何という人間なのか！」

「ああ！　このどこかまでも己の欲望に忠実な愚劣さこそまさに人間！」

「であれば、ジロウ、サブロウ！」

「「彼らの皮を剥いで被《かぶ》れば、我らはより完璧な人間になれる！」」

異変は唐突に、そして耳を塞ぎたくなるような絶叫とともに起こった。

興奮した様子の鳥頭たちが仰々しいポーズを取り、己が身に纏《まと》うローブを脱ぎさる。

「ひぃっ!!」

最初に悲鳴を上げたのはアンテリーゼだった。

彼女の場所から鳥頭たちの中身がよく見えた。

だからこそそれがどのような異常を持つ存在かまざまざと理解できたのだ。

奇怪に痙攣《けいれん》する非対称の人体。

ぎょろりと辺りを見回す巨大な眼球。

ささくれだった肌に、逆関節の四肢。

黒色の肌を覆うブツブツとした大量の浮腫《ふしゅ》に鈍い刃物を思わせる凶悪な爪。

だがそれらの装いなどその一点に比べれば色あせる。

鳥頭の怪人物……否、ブレインイーターたちは三人全員がとある悍《おぞ》ましい特徴を有していた。

「なっ、何だそれは！　何なんだお前らは!!」

ようやく彼らが何を被っているのか理解したヴェストが、腰を抜かしながら叫ぶ。

同じくそれを視認した気の弱いごろつきの数人が泡を吹いて倒れる。

そう、彼らは……。

彼らが被っていたのは。

「『人間だとも！』」

人から剥ぎ取った生皮だった。

「見たまえ、この美しい曲線美！」

「どこからどうみても、人間だろう！」

ツンと鼻をつく薬草液の臭いが室内に充満する。

保存液によって腐敗を防止された人皮は、ブレインイーターたちの肌に無理矢理紐でくくりつけられ、彼らが大きくポーズを取るたびに余った皮がビラビラとむなしく跳ねる。

叫びとも言えぬ乾いた声が方々から上がる。

「ひっ、ひっ……」

その姿を見て恐怖に駆られ、ごろつき同様過呼吸に陥るアンテリーゼをメアリアが優しく抱きしめ赤子にするようあやす。

「よしよし、怖くない怖くない」

胡乱《うろん》げな瞳でブレインイーターたちを見るキャリアは、さっさとやれとばかりに先ほどから顎で愚かな生贄《いけにえ》を指し示している。

「我らのお嬢様に傷を付けた報い、これは皮を剥いで償ってもらわねばな！」

その仕草に大きく頷いたブレインイーターたちは、腰にくくりつけられた赤黒い染みが残る刃物を取り出すと、実に嬉しげに恐怖で立ちすくむ男たちへとにじり寄る。

「待て！　私たちはまだ何もしていない！　ここは手打ちといこうではありませんか！　謝罪もする。必要とあらば金だろうが物だろうが何だって用意する。ドラゴンタンからも引きましょう！ポピルの在庫も渡す！　何だったら皮も用意してやる！　だから、だからこの場は武器を納めて頂きたい！」

「『ダメです！』」

元気よく、そして耳鳴りがするほどに。

三体の化け物は口をそろえてヴェスタの提案を拒否した。

「先ほどあなた方はお嬢様がたに暴言を吐きまし

た。これは許されざる大罪です。言葉の暴力は鋭い刃《やいば》となって今もお嬢様の心に突き刺さっています。これはおおよそ人間的行いではない。お嬢様は！　嘆き悲しんでいるのです!!」

「いえ、泣いてないですけど」

「うんうん」

「では許すので？」

「いいえ許しません」

キャリアもまた、酷薄な笑みを浮かべ愚かな男たちに極刑を宣告した。

「この人たちは王さまを侮辱しました。それは何よりも許せないことなのです。キャリーは誓ったのです。お姉ちゃんさんと私を救ってくれた王さまに、どんなことをしてでも恩返しをすると。そして王さまとお母さんに誇れる限り、自由に生きると」

キャリアは語る。己を形作る信念を。

イラ＝タクトによって与えられた、新しい自分を。

そして邪悪な勢力になったことで発露した己の内に蠢《うごめ》く邪悪なる魂の鼓動を。

「キャリーはマイノグーラの敵を許しません。大切な皆を脅かす人を許しません。お姉ちゃんさんを傷つける人を許しません。そして王さまを侮辱する人は許しません。王さまは言いました。悪い人は何をやってもいいと。何をやっても許されると。だからキャリーは王さまが認めてくれる自由のもとに鳥頭さんたちに命じるのです。

――好きなだけやっちゃってくださいと」

それは究極の独善であった。

子供が持つ純粋さと、悪魔が持つ悪質さを丁寧に混ぜ合わせ形作ったような嫌悪を催す主張。

だが行き過ぎた正義と狂気の判断が付かぬように、少女の主張もまたどこか正当性を持っているようにも思える。

「あっ、ちなみに皆さん安心してくださいなのです。先ほど王さまからキャリーに連絡が来たのです。王さまもこの件についてはちゃんと見ていたとのことで、思いっきりやってもＯＫとの言葉を頂いています」

刻限はヒタヒタと歩み寄ってくる。

キャリアの言葉でブレインイーターたちの瞳に歓喜が宿る。

王のお墨付きが得られ、あまつさえ自分たちの行いを見ているとまで言われたのだ。

これほどまでに興奮し、感激する皮剥ぎは他に存在しないと言い切れるだろう。

ごろつきの幾人かがその場から逃げだそうとするが、都市治安の増加能力という名の不思議な力によってその場に釘付けになる。

ヴェスタが先ほどから何かを叫んでいる。

それは命乞いであったり、交渉であったり、降参の言葉であった。

だがその全てがキャリアには届いてなかった。

「じゃあそろそろやっちゃってください」

そして饗宴の幕が開ける。

「では！」

「早速！」

「皮を剥ごう！」

「やっちゃえー」

「「「さぁ！　我らを人間にしてくれっ！」」」

………………

……

…

地獄だ。

ここには地獄がある。

見慣れたテーブル、見慣れた食器棚。見慣れたソファー。

その全てが真っ赤に染まり、真紅に禿げ上がった人間だったものがそこら中に転がっている。

「「人間っ!!」」

「にんげんっ」

ブレインイーターの三体が未だ湯気の出る人皮を羽織り、まるで休日に服飾店で買い物をする若者のように着心地を話し合う。

姉のメアリアが嬉しそうにぴょんぴょんと跳び、そのたびにビチャビチャと床にぶちまけられた血だまりを撥《は》ね上げる。

どこか非現実的な感覚でそれらを眺めていたアンテリーゼは、肩をトントンと叩く感触に涙をこぼしながら小さな叫び声を上げる。

「ひっ！」

「その、アンテリーゼさん。キャリーの部下が本当にごめんなさいなのです」

悲しげな表情でペコリと頭を下げるのは、つい数刻前まで楽しげに再会の約束をした双子の少女だった。

「やりすぎたというか、キャリーもあの鳥頭さんたちがここまでやるとは思っていなかったのです」

ペコペコと、まるでコメツキバッタのように何度も頭を上げ下げする少女。

そういえば自分も昔は仕事のミスを謝罪するためにこうやって頭を下げていたと現実逃避にも似た感想を抱く。

「それでその、お部屋のお掃除代とかの手持ちがないので、今は許してくれると嬉しいのです」

何を言っているのか？　とアンテリーゼは純粋に思った。

この状況を前に、この愛らしい少女は何について謝罪しているのか？　そう疑問に思った。

答えはすぐに分かる。

「せっかく案内してくれたのにお部屋汚しちゃってごめんなさい」

キャリアは部屋を汚したことを謝罪していたの

だ。

「それで、偉い人へのご報告もその、上手に言って欲しいなって、お願いしてもいいです？」

「そ、それは大丈夫……よ」

どこで覚えたのか、上目遣いでねだるように見つめられ、何とか声を絞り出す。

するとぱあっと花が咲いたようにキャリアがその顔を喜びで満たす。

「わぁっ！　ありがとうなのですアンテリーゼお姉さん！」

（ああ、何とも思ってないのね）

アンテリーゼは、なぜかストンと納得することができた。

これが真なる邪悪なのだ。

人を苦しめて喜ぶとか、絶望を糧にするとか、不幸を見て悦に浸るとか……。

そんなもの全て物語だけの話で、本物の邪悪というのはそんな生やさしいものではないのだ。

善意と悪意が同居しており、そのことになんの疑問も持っていない。

朝歯を磨くかのように誰かを殺し、夜は命の輝きを慈しむかのように誰かに愛を囁《ささや》く。

究極の矛盾を内包し、平然と日々を過ごす者。

それが真なる邪悪なのだ。

自分は何を見ているのだろうか？

コロコロと笑う少女。

頭を撫《な》でてやると幸せそうな表情を見せる少女。

やめておけと忠告した名物に挑戦して涙目になる少女。

そんな少女たちと、今目の前の少女たちがどうしようもなく同じ見え、だからこそ脳が混乱しこの現実を受け入れまいと必死に拒絶する。

ああ、どっちも同じなんだ。

裏も表もなく、どちらも本質。

ただそのことだけが胸中を占める。

自分はこれからどのような顔をして彼女たちに

接すれば良いのだろうか。

どうするのが正解なのだろうか。

「メアリアお嬢様っ!!」

力の抜けた身体でぼんやり考えていると、何やら自分の方を見つめて護衛の一人が騒ぎ出した。

「アンティーク都市長は失禁なさっているご様子。これは人間的配慮が必要では!?」

その指摘に、初めてアンテリーゼは自らの股間に生暖かい感触があることに気づく。

女性としては生涯の汚点とすべき失態であろう。だがそんなことすら、この光景の前では色あせる。

「ごめんなさい、ごめんなさいなのですっ!」

デリカシーのない護衛の物言いに慌ててキャリアがペコペコと頭を下げる。

どうやら彼女も気苦労が多い人種らしい。その事実がどうにもおかしく、とりあえず安心させる言葉だけは伝えてやらねばという気持ちになる。

「い、いえ。だ、だいじょうぶよ。へっ、へへへへ……もうお嫁にいけないかな?」

乾いた笑いに虚勢を張ってみせる。

笑ってないと気を失ってしまいそうだった。

冗談を言ってないと狂ってしまいそうだった。

それが笑いか、はたまた引きつった呼吸かは分からなかったが、だが少なくとも自分は彼女たちの友人として大切に思われているという事実だけが、壊れそうになるアンテリーゼの心を最後のところで保っていた。

「これは立派な人間としてうら若きレディに恥をかかせないため、我らも一つお漏らしをして場を和ませるべきですかな!」

「実に良い案ですな!」

「人間らしいぞ!」

「おもらしっ!」

文句を言う気力もない。

だが文句について考える程度には気力が戻って

きているようだった。

隣でビキリと何かがキレる音が聞こえた気がした。

見れば妹のキャリアが笑顔のまま恐ろしい表情を見せている。

ドラゴンの尾を踏みつけた証《あかし》だ。

「ちょっとお姉ちゃんさん、そこから離れてくれますか？」

「……？　はーい」

「そしてブレインイーターの皆さんはそこに一列に並んで欲しいのです。あっ、そうじゃなくて縦に……そうそう、そのまま立っていてくださいです」

笑顔のまま何やら護衛たちに向かって指示を出すキャリア。

やがて彼女は自分の立っている場所から一直線になるよう彼らを並ばせると……。

「いい加減にするのですっ、この鳥頭!!」

勢いよく走り、護衛の三体に跳び蹴りを食らわせた。

「「「ぐあーっ!!」」」

「にんげーんっ！」

派手に転げる三体の化け物。

若干涙目になりながら化け物を介抱する姉。

再度ペコペコ謝罪する妹。

実に滑稽だった。

まるで喜劇だ。

以前クオリアで見たピエロのショーを思い出す。

滑稽で笑いを誘う様はまさに喜劇の演目で。

「あ、あははは……おっかしー」

だが彼女たちが騒ぐたびに地面より跳ね上がり飛びかかる血糊《ちのり》が、アンテリーゼに現実を直視させ、ただただ乾いた笑みを浮かべさせるのであった。

Eterpedia

## ブレインイーター

衛生兵ユニット

戦闘力：3　移動力：1

対人間戦闘　+50%
対人間治療　+50%
人間都市治安　+50%

解説

**～人間！　人間！　人間！～**


ブレインイーターは邪悪国家マイノグーラにおける《衛生兵》の代替ユニットです。基本的な能力として同じスタックの味方ユニットを毎ターン回復させる能力を有しています。

また人間に対して強い執着を持つ彼らは、人間及び近縁種である亜人に対して強力なボーナスを持っています。

ただし人間種が存在しないマイノグーラで運用するためには特殊な戦略が必要となり、その運用難易度は高くなっています。

# 第九話　反省会

　双子の少女が無事初めてのお使いを終えマイノグーラの街へと帰参した翌日。

　拓斗は久しぶりにアトゥの前で正座していた。

「拓斗さま！　なぁんで二人をあそこまで自由にさせちゃったんですか！　監視してましたよね!?　お仕事もせずに監視してましたよね!?　なら注意の念話を送る時間も山ほどありましたよね!!」

　行きとは違う服装の双子の装いに疑問を持ったのが昨日。そして赤黒い染みの付いた服をこっそり洗おうとしている双子を発見したのが今朝。

　拓斗の許可のもと、双子とブレインイーターがドラゴンタンの街でやりたい放題して先方の都市長を失禁させたあげく、そのことをマイノグーラ王の権限によってこっそり隠蔽しようとしていたことが発覚したのが今だ。

　つい先日まで拓斗全肯定マシーンと化していたアトゥだったが、流石にこの状況には頭から角を生やした。

「いや、その……あんまり強く言って嫌われたら嫌だなって。二人とも多感な歳頃《としごろ》だと思うし。できるだけ自由にやらせて自主性を……」

「お父さんですか!?」

　本当にどうしようもなかった。

　今回の件に関する登場人物全員がどうしようもなかった。

　唯一キャリアだけは情状酌量の余地がある気もしたが、ちゃっかり拓斗の隠蔽に乗っかっているあたり同罪である。

　そして何より、破滅の王であるイラ＝タクトが問題だった。

彼は双子を甘やかすあまり、彼女たちの暴走を放任したのだ。あまりにも大きすぎる失態。

アトゥは自らが抱いていた嫌な予感が間違いでなかったことに軽い絶望を覚える。

「どうするんですか!? 聞いた話によると向こうの都市長がブレインイーターの皮剥ぎを目の前で見せられて失禁までしたらしいんですよ！ これ漫画とかアニメだったら完全に悪役の所業じゃないですか!? 前半思わせぶりに強キャラ演じた癖に後半では強化された主人公にあっさり滅ぼされるパターンじゃないですか!?」

「こ、この世界は漫画やアニメとは違うから……」

「だから余計ダメなんですよっ！」

がーっと叫ぶアトゥ。殺した相手がフォーンカヴンに仇《あだ》なす反社会的組織だったことは良いだろう。

アトゥとしてもそこを注意するつもりはない。

だがせっかく快く歓待してくれた都市長の応接室に赤いペンキをぶちまけたあげく彼女に失禁させたのがまずかった。

最低限、礼を失しない行いが調査の人員には求められるのは、今回の件が起こる前に会議にて話し合っていた条件だ。

蓋を開けて返ってきた結果は、これ以上失礼な行為があるだろうかというほどの大問題行動であった。

「やっぱブレインイーターがキャリアとメアリアの二人に悪影響だったのかなぁ……」

「その二人が！ あの鳥頭どもに！ ノリノリで命令していたんですよっ!!」

「う、うちの子がグレた……」

シュンとする拓斗。

何やらこれで話は終わったとの空気を出しているが、アトゥの怒りはまだまだ収まらない。

結局ブレインイーターたち含め、今回のドラゴンタン調査に伴う問題――通称都市長お漏らし事件に関与する者は全員アトゥからキツイ説教を受けることになり、ひとまずこの件は終わりとされたのであった。

「そ、れ、で、は！　ドラゴンタンへの対応に関して協議しますよ！」

ダンと机に資料を叩きつけるアトゥの怒声によって会議の開催が宣言される。

集まったメンバーはもはや恒例となった面々である。

そこに加えて、最近はマイノグーラの幹部候補として認められつつある双子が参加していた。

「飴ちゃんあげる」

「ありがとうなのです王さま！」

「わーいっ」


そう、参加していた……王である拓斗に盛大に甘やかされながら。

「反省しているのですか、そこの三人！」

「「ひえっ！」」

怒り心頭といった様子のアトゥより早速クレームが入る。

流石に自分たちの問題行動を理解している三人は、ビクリと身体を震わせると身を寄せ合うように縮こまって口を閉じる。

双子はともかく、マイノグーラの王からもその威厳は完全に消失していた。

「ア、アトゥ殿……そのあたりで」

「そうですよ。まずは会議を進めることが重要かと……その、お気持ちは分かりますが」

「いえ、王の采配に異を唱えるわけではございませんが、いやはや双子に関しては我々の教育不足ですじゃ」

慌てたようにダークエルフたちがフォローの言

葉を口々に並べる。

流石にバツの悪さを感じたのか、さしものアトゥも難しい表情を見せながら頭を振って気持ちを切り替える。

「むぅ……まぁいいでしょう。確かに私もすこーしばかり平静を欠いていました。まずはドラゴンタンの件が先ですよね」

気持ちは分かるがすでに三人のやらかしについては話が終わっている。

終わった話をいつまでも蒸し返していては貴重な時間を無意味に浪費するだけで話が進まない。

何をもっても重要なのはマイノグーラと拓斗が望む平穏な生活なのだ。アトゥはそのことを忘れてはいなかったゆえに何とか話を元に戻す。

「さて、エルフール姉妹よ。おぬしらの調査結果だが、報告書のとおりで良いかのう？」

「はいです。王さまにも見てもらったのでそれで問題ありませんです。疑問に思ったところとかあれば聞いて欲しいのです」

双子の少女がドラゴンタンの街で見聞きしてきた詳細はその全てが報告書という形で提出されている。

この場にいる全員はすでにその書類に目を通しているので、今後の方針を決定するのが実質的なこの会議の内容だった。

「ふむ。都市内部に関してはかなり荒れているようじゃのう。いやはや、双子の過激な行動ばかり目が行っておったが、この状況ではある意味で仕方がないとも言えるかもしれぬ」

「確かにそうですね。ドラゴンタンの状況を考えれば、遅かれ早かれ何かしらの混乱が起きていたというのは確かかもしれません」

「そうだね」

目の前に置かれた資料を見ながら、ドラゴンタンの状況を検討する。

遠目での調査では分からなかったが、実際に都市に滞在したことでその全容がようやく見えてきた。

そして同時に想像以上に件《くだん》の街の状況が逼迫《ひっぱく》しているという事実も判明していた。

「都市住民の不安は相当なものですから、上手くいけば我が国への移民も望めるかと思います」

「そういえば本国にはダークエルフの同胞が残っているとの情報がありましたのう。これぞ吉報。このモルタールにお任せ頂ければ、必ずやその者たちを我が国家に迎え入れてみせましょうぞ！」

モルタール老が気炎を上げ、ギアやエムルが大いに同意する。

とはいえ同胞を助けたいという彼らの気持ちは理解できるが物事には順番というものがある。

アトゥは仲間を助けんと勇むダークエルフたちをまぁまぁと宥《なだ》め、話を元に戻す。

「気が早いですよ。とはいえ吉報であることは確かですね。移民に関して一定のあてができたというのは良いことです」

「フォーンカヴン本国のダークエルフと、ドラゴンタンからの移民希望者。合わせるとそれなりになりそうだよね」

「そうですね拓斗さま。ドラゴンタンとの折衝に関しても都市長のアンティーク女史と繋がりを得ることができましたので、以後はスムーズに話が進むかと」

拓斗の同意によってダークエルフたちの顔に喜びが浮かぶ。

先の言葉はフォーンカヴン本国にいるというダークエルフたちの受け入れが認められたに等しい。

後は目の前に存在する問題を取り除くだけであった。

だが残念なことに、その目の前に存在する問題とは勢いづいたダークエルフたちであっても解決に悩まねばならぬものだった。

そう。

「蛮族に関してはどうかな？」

フォーンカヴンを襲い、いずれはマイノグーラも脅かす危険性のある蛮族異常発生問題である。

「こちらはブレインイーターから報告が上がっていますね。ざっと見た限りでは我々の知る蛮族とさほど変わっていないそうです。種類としてはゴブリンやオーク、後はヒルジャイアントが時たま出現するとのことです」

「ゴブリンやオークは分かるが、ヒルジャイアントはなかなかに手強いぞ」

思わずギアがうなり声をあげる。

巨大な体躯と怪力を有するヒルジャイアントはこの世界において高い脅威と見なされる。

普通であれば部隊の損耗を恐れて戦闘を回避するのが常道である。

だが都市に襲撃してくる以上、相手をしなければならない。

ゴブリンやオークといった比較的弱い蛮族であればドラゴンタンの都市防衛隊でも対処は容易であったが、こと相手がヒルジャイアントとなると損耗は必須であった。

「数としては日に数体から十数体の襲撃があるといった状況ですのう。襲撃がない日もありますが、全体的に増加傾向にあるとのことなので座視するのは危険かと」

通常であれば都市と防衛隊の回復を待ち、更なる防衛力の強化に都市の生産力を注入するのだが、連日の襲撃下にあるドラゴンタンにおいてはそれも望めない。

本国からの補給もない状態ではいずれどうなるかは火を見るより明らかで、このタイミングでマイノグーラと出会い救援を受けることができるのはまさに奇跡と言えた。

「これらを踏まえてドラゴンタンへの防衛隊の検討ですが……皆さんご意見は」

　アトゥが辺りを見回し問う。

　静かな沈黙が続き、やがてギアが声を上げる。

「とりあえず、双子と衛生兵殿の参加見送りは確実だろう」

「えーっ」

「残念なのです」

「しーっ！」

　第一声に対して可愛らしい抗議の声があがる。

　だが現在の自分たちの立場を良く理解している拓斗は慌てて二人に向けて指を立てると静かにするように促す。

　これ以上藪《やぶ》を突いて蛇を出すのは拓斗としても避けたかった。

「戦士長の言葉は当然として。私としてはあまり戦力を分散させたくないのが心情ですね、ただ生半可な人を送り出すのも問題なので……うーん、難しいところです」

「あっ、ちなみに私は参加決定なのでそこはよろしくお願いしますね」

　ウンウンと唸るエムルに向かって、あっけらかんとした物言いでアトゥが伝える。

　エムルが唖然《あぜん》としていると、その意をすぐさま推察したモルタール老が納得いった様子で顎髭を撫でる。

「アトゥ殿の特殊能力ですな」

「ええ、スキルの奪取。蛮族のような雑魚といえどあれらはそれなりに有用なスキルを有しています。ここで手に入れない選択はあり得ません。そうですね拓斗さま？」

「うん、かなりの強化が見込めるしね」

　アトゥは英雄の特性として撃破した敵のスキルを奪取する能力を有している。

　この能力があるがゆえにアトゥは最強の英雄として君臨することができている。

　逆に言えば能力を奪取できない状態では片手落ちなのだ。

能力を奪取してこその汚泥のアトゥ。

　拓斗もアトゥも、この機会を逃がすつもりは一切なかった。

「となると供回りですな。ふむ――ドラゴンタンの住民をあまり刺激したくないので足長蟲《あしながむし》も控えたいですなぁ」

「となるとギア戦士長の戦士団くらいしか思いつきませんが……」

「いや、彼らはマイノグーラの防衛についてもらい、ワシが出ようかと思っておりますじゃ」

　おや？　という視線がモルタール老に向く。

　意外な提案に皆が疑問を抱いたのだ。

「確かに貴方なら面倒な交渉事なども安心して任せられますが……流石にもう少し人数が必要ですよ？」

　モルタール老が来るのは良い。

　今回は防衛協力という形のため、こちら側の身分を気にする必要もさほどない。

　だがアトゥの言うとおり人数が足りないのは些《いささ》か問題であった。

「弟子を連れて行こうかと。現在建設中の《魔法研究所》の運用のために教育しておりましたが、雑務はもちろん戦闘もゴブリン程度なら問題無くこなせますぞ。それでも数が足りない場合は戦士団の者を幾人かお借りできれば」

「まぁ基本的に敵は全部私が処理するので賑やかしでいいんですけどね」

「同盟国での軍事行動となれば様々な面倒事がございましょう。それら雑事にお使い頂ければ幸いですじゃ」

　つまりは数あわせである。

　拓斗やアトゥの方針としても国民の数が少ない現状、死傷者は何をもってしても避けたかった。

　率先して面倒事や交渉事を担ってくれるのであれば特段問題ないと感じたアトゥは、チラリと拓斗の考えを問うようにその表情を窺うと、自らの主も同じ考えであると判断する。

「分かりました。頼りにしていますよ」

「ではマイノグーラの防衛に関しては我ら戦士団にお任せください！」

「けど防衛に関して少し不安があるような……」

派兵部隊の抽出は完了したが、防衛に関しての懸念がエムルより上がった。

アトゥはその言葉を待っていましたとばかりに頷くと、さぁ聞けと言わんばかりにニヤリと笑みを浮かべる。

「無論その点に関しても考えていますよ。英雄イスラを防衛の要とします」

「「「おおおっ!!」」」

歓声が沸き起こる。

《全ての蟲の女王イスラ》。

《汚泥の英雄アトゥ》と並ぶマイノグーラの英雄の名前が、満を持して告げられたからだ。

「ちょうど、というか完璧なタイミングでイスラの生産が完了しそうなんです。むしろこのことを知っていたかのようなタイミング！　生産を急いで正解でしたね、流石拓斗さまです！」

「新たな英雄ですか……その方がいるのなら心強い！　まさに王の賢察ここに極まれりと言ったところですな」

「流石王さまなのです！」

「ぱちぱちぱち」

偶然とは言え、イスラの生産タイミングは完璧の一言だった。

イスラの生産を急いだからこそ今回のマイノグーラ防衛を任せることができたのだ。

無論、その判断を行ったのは拓斗で、その英断を讃えられるのも拓斗である。

そこまで深く考えていなかったにもかかわらず盛大に褒め称えられることに少々むず痒い気持ちを覚えながらも、拓斗はさも当然のように大きく頷いた。

こういう絶対者プレイが時として必要なことを拓斗は最近学んでいた。

後でメッキが剥がれる危険性もあったが、未来のことはその時に考えるというのが拓斗の基本方針だ。

問題の先送りとも言う。

「昆虫ユニットを強化するイスラに足長蟲をあわせて戦力強化を行います。無論戦士団もいるので防衛力とはしては十分かと」

イスラの加入によってマイノグーラの戦力は何倍にも膨れ上がる。

元々が英雄であるイスラの戦闘能力に加え、彼女が参加することによって全ての昆虫ユニットは戦闘能力増加効果を得られるのだ。

無論足長蟲もこの恩恵にあずかることができ、ただの偵察ユニットから高い移動力を持つ強力な遊撃ユニットへと変貌する。

加えて邪悪な勢力に有利な呪われた大地。

ダークエルフに有利な森林。

これらを合算すると、生半可な勢力では手も足も出ないほどの防衛力を有していると言えた。

その後もいくつか細かいやりとりはあったものの、大まかな方針は変わらなかった。

「拓斗さま。いかがでしょうか？　何かご指導ご指摘があればぜひ」

最終的に拓斗の裁可が必要なためにその可否を問われるが、拓斗としては文句の付けようがない結果となっていた。

特にモルタール老が配下の弟子を派兵部隊に参加させることを提案してくれたことが良かった。

本来なら編入させる予定だった一部戦士団を防衛に回すことができる。

このようなサプライズがあるからこそ、ダークエルフを会議に参加させることは意味があると拓斗も確信する。

「うーん、バッチリだね。よい作戦だよ」

その言葉で全員が頭《こうべ》を垂れ、早速決定事項を実行に移す。

「では英雄イスラの完成をもって、私が出撃することとします」

こうしてドラゴンタン派兵部隊が決定する。

「さて、どの程度スキルを奪取できるか……今から楽しみですね」

自身の強化はマイノグーラの強化となり、ひいては拓斗の目的を達成するための力となる。

まだ見ぬ蛮族への期待に興奮を隠しきれぬ様子で、アトゥはクスクスと笑みをこぼした。

# 第十話　全ての蟲の女王

ドラゴンタンへの派兵部隊が決定した翌日、拓斗は久方ぶりにそれと分かるほどの興奮を見せていた。

アトゥは自らの主が興奮している様子に興奮し、その様を眺めるダークエルフたちもさほど見慣れぬ主たちの姿にやや緊張の面持ちを見せている。

「ついに、ついに生まれるのですね！　新たなる英雄が！　この日をどれだけ待ちわびたことか！　あとどれだけ資源を節約したことか」

「正直かなりの資源だったけど、これで報われるね」

興奮する拓斗とアトゥ。

儀式場に堆《うずたか》く積み上げられた資源――人肉の木から採取された食料や、近隣の木々を間引いて伐採された木材。

地面を掘り起こすことで見つけられた石材などが積み上げられている。

アトゥや足長蟲《あしながむし》などの手伝いもあったためなんとか英雄生産まで漕《こ》ぎ着けることができた。

そこに至る労力は生半可なものではなかった。

自らの部族を救った王に報いるために昼夜を問わず自主的に作業に参加していた人々を思い出しながら、双子の少女、キャリアとメアリアは黒に塗りつぶされた王の側へ、とてとてと歩いてゆく。

「おなかいっぱいになりそー」

白痴の少女、姉のメアリアが眠たげな目を少しばかり大きく広げながら驚いて見せる。

「王さま。これから呼び出す英雄ってどういう者なのです？」

爛れた少女、妹のキャリアが珍しく興味を見せソワソワと観察している。

「うん、それは見てのお楽しみかな」

「召喚する時が一番興奮しますよね！　わくわく！」

双子の少女が拓斗の言葉によって瞳をキラキラと輝かせる。

その横で同じく童女の如き無邪気さで瞳を輝かせていたアトゥに対して、拓斗は二人だけが行えるテレパシーで言葉を語りかけた。

『……アトゥ。イスラについて、どうなると思う？』

『こちら側かどうかってことですよね』

相談する内容は一つ。つまりイスラがイラ＝タクトをどのように認識しているかである。

元人間である拓斗がゲームの設定のまま、この場所で新たな人生を歩んだ。

それが破滅の王たるイラ＝タクトである。

アトゥはゲームプレイヤーとして拓斗と一緒に行動していたことを覚えているが、それがそのままイスラに当てはまるとは限らない。

よしんば当てはまったとしてもそれはそれで懸念が発生する。

全ての英雄に自由意志があるというのであれば、イラ＝タクトを認めず反旗を翻すことも可能だからだ。

『Eternal Nations』は、それぞれの国家をプレイヤーの分身たる指導者が導くという設定だ。

この指導者は複数の中から選択することができ、時として英雄が指導者の役割を担ったり、指導者がユニットとして出現したりすることがある。

そしてイスラは指導者とユニットを兼任するタイプのキャラクター。

マイノグーラの指導者となった時は、研究をほぼ放棄して生産力とユニット作成に極振りして序盤立ち上げ時に敵国家を蹂躙《じゅうりん》するという「蟲ラッシュ」の戦法を使うことを得意としている、一部に人気のあるピーキーなキャラクターだった。

つまるところ、場合によってはイスラはマイノグーラを乗っ取ることができるのだ。

事実『Eternal Nations』のシステムには指導者の変更や乗っ取りといったシステムも導入されている。

なんらかの理由でイスラが拓斗を認めず、マイノグーラに牙を剥くことを二人は危険視していた。

『万が一何か良からぬ動きをした時は私が手を下します。イスラの初期戦闘能力は10。今の私と同等ではありますが、聖剣技を有している分、私に分があります』

『大丈夫だと思うけど、その時は頼むよ』

ここが一つの正念場だ。

この世界にやってきたことがそもそも不可思議な現象なのだ。いくらゲームのシステムが適用されている部分があるとは言え、楽観視はできない。

――否、適用されているからこそ注視しなければならない部分もある。

拓斗はあらゆる戦略に万が一を考慮する慎重さと、時としてリスクのある一手を選択する大胆さを併せ持っていた。

もっともそれを可能とさせる者――彼が全幅の信頼を置くアトゥという少女がいるからではあるが。

『命に代えてもお守りいたします』

『再召喚できないから勘弁してね』

そして儀式は始まる。

この場にはマイノグーラの主要人物全てが参集している。

イスラが謀反する危険性があるのならば、拓斗らで秘密裏に召喚するのが筋とも思われたが、それよりは有事の際にダークエルフたちを囮《おとり》なり戦力なりにしてイスラを鎮圧した方が利が高いと考えたための判断だ。

ダークエルフたちの忠誠心とその力量について

は良く理解している。

謀反の件に関してはいらぬ懸念や忠言をされたくないために伝えていないが、万が一の際にも動揺することなく拓斗の命令に応えてくれるだろう。

すでに足長蟲を呼び出す際に何度か召喚の儀式は目撃している。

ゆえに現象自体は知っていたが、今回の英雄召喚はその規模が違った。

「儀式が始まりました。皆さん打ち合わせどおり命令があるまでその場から動かぬように……」

アトゥの指示にダークエルフたちは無言で頷き、同時にゴクリと息を呑む。

見上げた空は鈍色《にびいろ》に染まり、ぐるぐると雲がうずまいて異様な暗さをもたらしていた。

地面からは不可思議な魔力が吹き出し、辺りを嘗め尽くすように広がっている。

積み上げられた資材の中心から、突如空間のねじれのようなものが発生し、どんどんと吸い込まれていく。

同時に中心から何か赤黒い肉の質感を持つ卵のような物体が生まれ、資材の吸収とともにその大きさを増している。

「こ、これは……」

重要な儀式ゆえに王の気持ちを散らせるようなことはすまいと口を閉じていたモルタール老であったが、あまりの光景に思わず声を漏らしてしまう。

それは彼のみならず他の者も同様で、戦士長のギアや双子の少女、その他付き従う者たちも沈黙を努めようとしながらも声を上げている。

恐れではない、単純な感動が彼らの胸中にあったのだ。

何と素晴らしい光景か。

何と偉大なる現象か。

自らの王が引き起こす奇跡の壮大さと、これから生まれてくるであろう英雄の強力さ、何より王が行使する無限にも等しい力。

それらを目の当たりにし、イラ＝タクトという存在に対する畏怖と尊敬の念を更に増していた。

またアトゥもその光景を見て感動していた。

拓斗と協力してイスラが暴走した場合の対策は立てているが、正直なところその可能性を彼女はかなり低く見積もっている。

それは彼女の中にある主への崇拝心であり、自らが拓斗をここまで敬愛するのだから、他の英雄も当然拓斗に崇敬の念を抱いているだろうとの考えからくるものだ。

加えて彼女自身、なぜか不思議な確信めいたものを抱いており、心の奥底で「何も問題ない」という不思議な納得があった。

ギチギチギチ――

奇っ怪な音が異形の肉塊の中より響き渡る。異様なる生命の、異質なる鼓動だ。

やがて巨大に膨れ上がった肉塊は、ついに限界まで達したのか一筋の亀裂が入る。

ドロリと中身がこぼれ、ドチャリと粘性の液体を伴った巨大な塊が現れる。

まるで繭から生まれ落ちる蛾《が》の様相を見せるそれは、昆虫の羽を広げるとまるで全身の歓喜を表すかのように奇っ怪な鳴き声を上げた。

……………

……

…

顔貌は一見すると蟻《あり》。だがあらゆるものを砕くであろう鋭い顎と角を持っている。

体躯はやはり虫であったが、まるで人を混ぜたかのような分厚い構造をしており節足動物のような華奢さは見られない。

胸部からは人の乳房のようなものをぶら下げており、異質さからくる不快感を増している。

それぞれ伸びる手足も同じで、素早い歩行を主とする構造とは違い、太く、凶悪な爪が伸びてお

り敵を切り裂くために用いることは明らかだ。

羽ばたかれた羽は虹色にきらめいており、濁った深緑の肌と相まって一種の幻想的な光景をもたらしていた。

そこらにある小屋と同じ位の巨体を持つその蟲は、キョロキョロと辺りを見回す。

そうして首を傾げ、まるで自分の状況に思考が追いつかない無知者のような少々滑稽な態度を見せるが、拓斗に視線が移った瞬間に大きくその頭を下げ臣下の礼をとった。

「アア、アアア。偉大なる我が主よ。此度はこのような場所でお会いできるとは光栄のいたり。あらゆる蟲を統べたるこのイスラ。また御身にお仕えできること、心より喜ばしく、感動に打ち震えておりますわ」

昆虫の口より淫靡《いんび》な妙齢の女性を思わせる声音が漏れた。

異形の存在から放たれるあまりにも人間じみた声に、思わずダークエルフたちがぎょっとする。

彼らの動揺にイスラがピクリと反応するが、それだけで特に何か行動を起こすつもりはないらしく相変わらず頭を下げて拓斗の言葉を待っている。

ほんの少しの間、その様子を観察した拓斗は満足げに何度も頷き一歩前へ出る。

アトゥが慌てて自らの主が行う無謀を止めようとするが、本人は意に介さない。

やがてイスラの目の前まで拓斗が到達し、その巨体を見上げる。

「久しぶり。僕のこと、覚えている?」

「……?　あらあらまぁまぁ！　なるほど！　そういうことなのでございますね！　ええ、ええ、存じておりますよイラ＝タクト様。偉大なる破滅の王にして、全てを識《し》る者。加えて『Eternal Nations』のトッププレイヤー――でよろしいのですわね？」

「うん！」

「この状況に少々困惑してしまいましたが、御身にこうしてまた創り出していただけるとは光栄の極み。さて、このわたくしめの力、存分にお使いくださいませ」

大きく頷き、歓喜の嘶《いなな》きをあげるイスラ。

昆虫の顔貌ゆえその表情を読み取ることはできなかったが、なぜか拓斗には彼女の複眼の奥に表現しようのない喜びが含まれているように見えた。

**SYSTEM MESSAGE**

英雄《全ての蟲の女王イスラ》が参入しました
ワールドに存在する全昆虫ユニットの戦闘力が＋２されます。

～参集せよ！　母なるイスラの目覚めぞ！
～讃歌せよ！　母なるイスラの目覚めぞ！
全ての蟲は母なる女王イスラの前に頭を垂れ、新たなる時代の礎となるのだ！

OK

Eterpedia

# 全ての蟲の女王イスラ

戦闘ユニット

戦闘力：10　移動力：1

《邪悪》
《英雄》
《子蟲産み》

※このユニットは世界に存在する全昆虫系ユニットの戦闘力を＋2する。
※このユニットに遭遇した昆虫系ユニットは、即座にイスラを有する国家の支配下に置かれる。

## 解説

**～この世全ての蟲は彼女より産まれ出《い》で、世界に満ちた。小さき子たちは、母なるイスラの号令を今も静かに待ち望んでいる～**


イスラはマイノグーラの英雄ユニットです。

このユニットの特徴は全昆虫系ユニットの強化と、子蟲と呼ばれる昆虫ユニットの生産です。

子蟲はレベルアップせず戦闘力が弱いという特徴がありますが土地の開墾等の労働行為、及び農地・鉱山地区での生産活動を行うことができるという特徴があります。

大量の子蟲を用いた敵国土に対する蹂躙作戦や撹乱《かくらん》作戦などが可能ですが、生産力充実を図ることも可能です。

強力な英雄ユニット《全ての蟲の女王イスラ》。

彼女を無事召喚した拓斗たちは、張り詰めた気持ちを幾分緩めて宮殿にて彼らだけの話し合いを行っていた。

「お久しぶりですイスラ。もしくは、はじめましてと挨拶した方が良いのでしょうか？　先ほどは詳しく聞きませんでしたが、早速問います。貴女は拓斗さまと一緒に『Eternal Nations』をプレイした記憶を持っているということでよろしいでしょうか？」

鋭い視線がアトゥからイスラへと向かう。

臨戦態勢とまでは行かぬが、何かあればいつでも動けるように待機する彼女はまさに忠臣と言える存在であった。

その姿に主の横でキャンキャンと吠える番犬を幻視したイスラは、人とはまた違った顔面の筋肉を用いてニコリと微笑みを浮かべる。

「あらあらアトゥちゃんたら張り切っちゃって。拓斗さまを守ろうと必死なのね。可愛いわ、ナデナデしてあげる」

何が嬉しいのか、ご機嫌にギチチと鳴いたイスラはその副腕を器用に動かすとアトゥの頭を撫で回す。

グシャグシャにかき乱される髪の毛を守るかのようにジタバタと振りほどいたアトゥは、気勢を削がれながらもその端正な表情を歪ませて不愉快だと言わんばかりに頬を膨らませる。

「ええい！　やめなさい！　ってか質問に答えなさい！」

「もう！　お堅い子ねぇ。でもそこがいいのかしら？　ちなみに答えはＹＥＳよ。拓斗さまと一緒にプレイした時間も何もかもわたくしの心にあるわ。それは当然ではなくて？」

頭をぐしゃぐしゃに撫でながら、イスラの視線は拓斗へと向かっていた。

まるで自分は貴方の忠実な下僕だと言わんばか

りに。

　仮想の世界とは言え、重ねた時間こそが決して違《たが》えることのない鋼の忠誠だと言わんばかりに……。

　その態度に拓斗は小さな感動を覚えていた。

　当初拓斗のことを記憶しているのは一緒にこの世界にやってきたアトゥのみかと思っていた。

　しかしながらイスラの話を聞く限り他の英雄も自分のことを覚えているらしい。

　そして彼らは一緒に過ごした時間を大切に思っていてくれて、ゲームの外の世界であるここでもまだ自分を王と慕ってくれている。

　そのことが何かとてもむず痒く、長年来の付き合いである友人に想いを馳せるような、そんな感傷にも似た気持ちが心の内に湧き上がってきたのだ。

　もっとも、マイノグーラの英雄ユニットはアクが強いものばかりなので長年の友人というよりは悪友という感覚に近いが……。

　拓斗はそんな他の厄介極まりない設定と性格の英雄たちから気持ちを切り替え、まずは自らのもとにこうしてやってきてくれたイスラへと視線を向ける。

「イスラはあまりゲームの中では召喚できなかったけど、それでも思い入れのある英雄だからね。というか英雄は全部思い入れがあるよ」

「基本的にわたくしが呼び出されるのはアトゥちゃんを用いた戦略が崩壊した時の話ですからねぇ」

「そうそう！　アトゥの能力を封殺するようなスキル構成だったり、そもそも戦闘力がアトゥ以上だったり、そんな英雄が出ると詰むんだよね！　だからイスラの物量作戦で相手の国力を削ぎ落とすところから――」

　ゲームのこととなると早口になる。

　懐かしい思い出を語り、楽しかった日々の記憶を掘り起こす。

ぐしゃぐしゃにされた髪を必死で整えたアトゥも加わり、その後しばらく『Eternal Nations』についてあれやこれやと言葉を交わした。

だがそんな思い出語りも良いが、まずしなくてはならないことをイスラだけはしっかりと覚えていた。

彼女は盛り上がった会話が一段落し、拓斗やアトゥが一息ついた段階でそれとなくまず自分たちがすべきことを提案する。

「ところで主さま。そろそろ、このイスラめにも状況を教えていただけませんこと？　あまりいけずされると寂しいですわ」

「ああ！　そうだった！　ごめんごめん、じゃあ早速説明するよ」

その瞳――複眼が何を映しているのかはどうにも測りかねたが、困惑しているのは明らかであった。

ゲームの話に花を咲かせていた際にも、時折キョロキョロと確認するように辺りを見回していたのはそのせいだろう。

現在の宮殿はゲーム中のマイノグーラ宮殿とは違って、ダークエルフたちの文化が色濃く表れている。

見慣れないその光景は彼女にとっても少々居心地が悪いのだろう。

とはいえ彼女にも早く慣れてもらわなければいけない。

そう考えた拓斗はなるべくイスラに時間を割いて、早く彼女がこの国に馴染《なじ》めるよう尽力するつもりであった。

「お待ちください拓斗さま！　イスラがまだちゃんと拓斗さまにお仕えするか分からない以上、安易に状況を説明するのは……ここはもうしばらく彼女について調査が必要かと思います！」

「大丈夫よアトゥちゃん。貴方の拓斗さまをとったりしないから。イスラはちゃあんと、わかってるんですよ」

「むがーっ！」

早く馴染めるようになればいいなぁ……。

英雄は基本的に我が強い。設定上もそうであるし、ゲーム中で挿入されるショートストーリーなどでも英雄同士のトラブルは度々描かれていた。

何が気に入らないのか早速イスラに食って掛かるアトゥ。女王たるイスラがその威厳を遺憾なく発揮して余裕をもっていなしているのが幸いだ。

だがまぁ、それゆえにアトゥが更に爆発することになるのだが……。

拓斗は前途多難な英雄たちの手綱握りにため息を吐きながらも、どこか嬉しそうに手を打ち鳴らしその諍《いさか》いを止めるのであった。

………

……

…


「なるほど、そのようなことがございましたのね……」

イスラは拓斗から全ての事情を聞くと、ギチチと小さく鳴きながら驚きの声を上げた。

蟲の女王たる彼女とて驚愕もするし困惑もする。

正直何が起こっているのかはさっぱりであったが、ここに自らが存在する以上、何か意味があるのだろうとそう自分を納得させる。

「ああ、正直良くわからないことだらけだけど、アトゥのおかげで何とかここまで来られたんだよ」

「そんな、私だって拓斗さまがいてくれたからこここまで頑張れたのです。もし一人でこの地に来ていたら絶望のあまり自ら命を絶っていたでしょう」

「アトゥ……」

「拓斗さま……」

「犬も食いませんわねぇ……」

二人の世界に入ってしまった拓斗とアトゥ。

朧気ながら『Eternal Nations』時代の記憶があるイスラも、そういえばイラ＝タクトは英雄アトゥが大のお気に入りであったと思い起こす。

まぁ仲が良いのは素晴らしいと思うが、万が一いつもこの調子だと少々居心地が悪かろうと嫌な予想をしてしまう。

とはいえそのことについてイスラは棚に上げる。彼女には彼女のなすべきことがある。

彼の配下となることについて否やはなかった。目的を遂行するために全ての蟲の女王イスラというユニットは存在するのだ。その力はマイノグーラのために、偉大なる指導者イラ＝タクトのために。

「ともあれ戦略はわかりました。この不可思議な地で平和なる国を築くという主様の願い。矮小なる身ではありますが、その大望成就の一助となれば幸いでございます」

恭しい礼を見せながら拓斗への忠誠心を見せるイスラ。

これならば大丈夫と判断した拓斗は、かねてより温めておいた作戦を彼女に命じる。

「イスラ、君にはマイノグーラの防衛を任せるよ」

「あら？　よろしいのですか我が主よ」

その言葉にて全てを察したイスラは、些《いささ》か不思議そうにその小首を傾げ、主の意を問う。

自分はまだまだ新参であり、アトゥという特殊な事例を除けばゲーム世界ではないこの世界にて初めて召喚された英雄だ。

未知数な部分が多分にある英雄を、国家の防衛などという要職においてよいのか？　と言外に問うたのだ。

もちろんイスラ自身は反逆などといった愚かしい手段を用いる気などさらさらなかったが、この段階で拓斗がその判断を下したことが少々性急にも思えたのだ。

「君を信じているよ」

その表情は読めない。イスラとてイラ＝タクトが何を考えているのかはよく分からないのだ。

彼女もアトゥと同じく、病床の拓斗をゲームの中から認識している。

ゆえに彼女もある程度拓斗の性格や好みなどを理解しており、行動指針や理念を把握しているつもりではあったのだが……。

その全てを知り尽くしているとは、到底言えるものではない。

イスラの目には、イラ＝タクトは黒色に塗りつぶされた人型の落書きに見えていた。

ともあれ彼女の思考はすぐさま自らに下された命令について切り替わる。

イスラがマイノグーラの防衛を任されたことについて、その理由は簡単だ。


彼女は戦闘用の英雄ではないのだ。

もちろんレベルが上がり、レベルアップボーナスなどによって様々なスキルを得ることによって強力になればそれも可能だろう。

だが彼女の真価は無限の戦闘ユニットと労働ユニットを確保できるスキル《子蟲産み》と、あらゆる昆虫ユニットの戦闘力を＋2上昇させるユニット特性だ。

影響範囲が全世界のために自国以外の蟲ユニットも強化することになるのだが、基本的に昆虫ユニットが国家に所属することは稀《まれ》のため、実質デメリットはないに等しい。

よって基本的な戦略は自国にこもって労働用の蟲で国力をブーストし、戦闘用の蟲を産み戦力を数の暴力でブーストさせること。

彼女は守勢においてその真価を発揮する英雄だった。

そして攻勢においてその真価を発揮する英雄が

マイノグーラには存在していた。

「このイスラ、主さまから受ける信頼に感激のあまり震えるばかりですが、となるとフォーンカヴンに向かい蛮族を撃退する戦力は……」

「うう、寂しいです！」

ひとりしょぼくれる少女。

《全ての蟲の女王イスラ》が守りの英雄であるのなら、攻めの英雄は《汚泥のアトゥ》だ。

初期能力は最弱であるものの、相手の能力を奪うその特性は凶悪の一言。

特に蛮族のような比較的戦闘能力に乏しい相手に対しては、低いリスクで一方的に能力を奪うことができるので非常に美味《おい》しい状況といえる。

《怪力》《再生力》《野外活動》などなど、獲得できれば戦闘力の強化に繋《つな》がる便利なスキルを蛮族たちは有している。

万が一フォーンカヴンが裏切ったとしても今の彼女なら大呪界への退却程度は十分に可能だろう。

拓斗とテレパシーも繋がっているため、常に会話ができ、報告や連絡、相談に関しても何も問題ない。

アトゥを派兵戦力として考えるのは当然の帰結であり、ダークエルフを交えた会議以前から二人で話し合って決定していたことだ。

とはいえそのことについて拓斗とアトゥが内心どのような気持ちでいるかはまた別の話だった。

テレパシーで会話ができるとは言え一時的なお別れなのだ。

コミュ障の拓斗は国家の運営において多くの面をアトゥに依存している。

そのアトゥがいなくなることは彼にとって一人で様々な人物に指示を出すというあまりにも大きな挑戦となるし、反面アトゥにとっても敬愛する拓斗と離れ離れになるというあまりにも精神的ストレスの高い環境で作戦行動を求められることとなっている。

まさに二人にとっては崖に落とされる獅子の子の気分であった。

だが試練は避けては通れない。

ここは心を鬼にしなければならない。拓斗はアトゥのために、何より自分のために決断した。

「僕も寂しいよアトゥ。けど君にしかお願いできないことなんだ」

視線が交差し、想いが重なる。

テレパシーなどなくとも、二人は互いの気持ちをこれでもかと理解していた。

そして最高に高ぶった気持ちのまま、二人は互いのもとへと駆け寄る。

「拓斗さまぁ！」

「アトゥ！」

熱い抱擁が交わされる。

今生の別れとも見間違うほどのやりとりであったが、本人たちは至って真剣だ。

何だかんだで不安な部分があるのだ。

もし万が一があれば、という弱い心が鎌首をもたげようとするのを必死に押し留《とど》めるための行為でもあった。

それは主としてコミュニケーションに関する不安ではあったが……。

「犬も食いませんわねぇ……」

その様子を見ながらイスラは、大丈夫だろうかと些か不安になったが、その想いを自らの使命で上塗り意識を改める。

「ふふふ、しかし、腕がなりますわねぇ」

ギチチと妖美に笑いながら、イスラはゲーム上のデータでしかない自分がこうやって生を得た奇跡に感謝していた。

アトゥ同様、自らの身に何が起こったのかは分からない。

だが何をすべきなのかは十全に理解している。

偉大なる伊良拓斗の意のままに。彼の新たなるゲームが存分に楽しめるものとなるように……。

彼女は全身全霊をかけてその存在意義を全うするつもりであった。

「委細このイスラにお任せあれ。この世に遍《あまね》く満ちる全ての蟲を参集し、我が主の願いに応えましょう」

さて此度の遊戯はどのようなものになるか。

自らの主が行うこの遊びがいつまで続くのかイスラには見当もつかなかったが、彼女は母のごとき慈愛をもって拓斗の行いを見守ることにした。

# 閑話　杖持ちたちの決断

　フォーンカヴンの首都クレセントムーンへと帰参したトヌカポリは、羊皮紙に書かれた嘆願《たんがん》を見ながら深いため息を吐いた。

「とんでもないことになってるようだねぇ」

　送り主はドラゴンタン都市長、アンテリーゼ＝アンティーク。

　内容はマイノグーラからの訪問者との友好的なやりとり、そしてその後に続く凄惨な事件のあらましだ。

　加えて都市庁舎の清掃に関する臨時の予算申請と共に、職務に関する愚痴、破滅の王の性癖に関する与太話、そして自身の退職許可を強く求める文言がある辺り、相当に混乱しているらしかった。

　ドラゴンタンが抱えていた問題と都市長という役職にかかる重圧に想いを馳せながら、トヌカポリはアンテリーゼが必死に書き上げた手紙の必要な部分だけを抜き取ってまとめる。

　たとえ文中の退職願いが本気だったとしても、許可する余裕はフォーンカヴンの現状を考えるとどこにも存在はしないがゆえの対応だ。

　後ほど慰めと激励の言葉、そして飴代わりの酒を返送する事を頭の隅に記憶し、トヌカポリは一番の問題であるマイノグーラの訪問団について頭を悩ませた。

「あの双子の子達が……ねぇ。人は見た目によらぬと言うが、悲しい話さね」

　会談の際に言葉を交わし、このような孫が自分にも居れば日々ももう少し彩りがあるだろうと思っていた少女達だった。

　だが蓋を開けてみればそのあり方は邪悪そのも

の。

　悪意あるものの容姿に騙され痛い目を見るなど程度の低いおとぎ話の中だけかと思っていたが、実際に事が起こっては洒落では済まされない脅威がある。

　改めて、マイノグーラと友好的な関係を築けて良かったとトヌカポリは思う。

　ため息を吐きながら、牛頭の老婆は視線を手元の羊皮紙より外して顔を上げた。

「さてさて、お集まりの方々。まーたドラゴンタンより早馬のご到着さね。破滅の王が相手の、とびっきり刺激的な外交案件だよ」

　街の中央にある藁葺きの建物。

　特殊な薬液を混ぜ込ませたロウソクが青白く辺りを照らすその場所で、杖持ちである古老たちの視線がトヌカポリを射貫いた。

「破滅の王……か、事実であれば恐ろしいわい」

　集まる杖持ちはどれもが老齢、そして各々が違った獣の特徴を有している。

　その内の一人……まとめ役を任されている鹿頭の杖持ちがトヌカポリより手渡された羊皮紙に視線を向けながら唸る。

　この世界には様々な超常の存在が跋扈《ばっこ》している。

　それらは通常、人の活動範囲に現れることはめったにないが、時折このように出現しては世界に混乱をもたらしていく。

　ゆえにその存在自体を疑うことは決してなかったが、とはいえ破滅の王と言われてもピンと来ないのがトヌカポリを除く杖持ちたちの感想であった。

「実際目にすると腰を抜かすよ。年老いたアンタラじゃあそのままぽっくりいくかもね！」

「それはごめんこうむりたいのぅ」

「しかし今回の問題はどうする？　どっかの杖持ちの暴走でここまで話が一気に進んじまってるが、これは少々問題ぞ？」

ドラゴンタンで起きた問題に関しての懸念はあれど、トヌカポリの責任を問うものはこの場にいない。

思うところがないと言えば嘘になるが、自分が同じ状況になればどのような判断を下すか分からないとの同情も彼らにはあった。

なにより今はそのようなことに時間を割いていている余裕などない。

老いても指導者。感情を排す術など持ち合わせていて当然だ。

だがそのような経験豊富な指導者を持ってしても、羊皮紙の回覧が終わった後にすぐさま建設的な言葉を発する事は難しかった。

それほどまでにマイノグーラという国家は異質で、今後どのように対応してよいか判断に苦慮するものであった。

やがてぽつりぽつりと意見が出始める。

古くより伝わりし杖持ち達の会議の中でも、有数の長い会議が始まった。

…………

……

「話をまとめるよぉ」

鹿頭の杖持ちがパンと手を打ち鳴らす。

結局日を跨いで行われた会議であったが、マイノグーラからの訪問者が起こした問題を容認し、両国の友好を確認する形で終了した。

些か配慮が効き過ぎている嫌いはあるが、すでにぺぺとトヌカポリがフォーンカヴンの名においてマイノグーラとの友好関係の樹立を行っている。

これに関しても後に報告を受けた杖持ち達の合議によって追認され、フォーンカヴン内において完全に正式なものとなっているのだ。

それを覆すことは信義にもとる行いであり、国家の名誉が毀損《きそん》する事を意味している。

加えて様々な懸念があれど、合理的な判断を下せばこそマイノグーラの協力を受け入れることの利が見えてくる。

感情的な部分はさておき、マイノグーラとの関係はフォーンカヴンの状況を考えれば渡りに船なのだ。

この程度の問題であれば容易にもみ消せるし、許容範囲内だ。

感情を殺し、冷静に国家の利を追求する賢しさが、杖持ち達には存在していた。

「しかし、まさか我らが邪悪な存在と手を組むとは……お迎えが来た後で祖霊になんと申し訳すれば良いやら……」

「どちらにしろ、ぺぺがそう決めてしまったんだ。諦めるんだね！」

「お前がいながら、本当にとんでもない事をしでかしたのぅトヌカポリ」

「ぺぺが普段からもう少し思慮深ければ、ワシらも納得できるんだがのぅ」

「しかり……だがまぁ、振った賽《さい》は元に戻らないからの」

杖持ちたちの話題は自然とぺぺの愚痴となっていく。

気がつけば、全員が全員マイノグーラと協力することを受け入れていた。

本来ならばもう少し紛糾してもおかしくはないはずだ。それだけの衝撃がフォーンカヴンを取り巻く状況と、今までもたらされてきた報告にはある。

だがなぜか彼らの中には不思議な納得があり、マイノグーラとの友好はすでに決断された変更不可避のものであるという確信にも似た感情があった。

特に、自分たちが後継として指名したぺぺの話題になるとその思いが更に強くなっていく。

――彼らは自らの身におこった奇跡的な現象に、最後まで気づくことはなかった。

# 第十一話　国母

アトゥがモルタール老及び幾人かの部下や兵士を連れ立ってドラゴンタンの街へと出立して数日。

全幅の信頼を置くパートナーともいえる存在がいなくなってしまった拓斗は、そのことにより早速絶望に打ちひしがれていた。

「拓斗さまはほぉ～んとに、ご自分では何もできませんわねぇ……」

「うう、ううう……」

場所はマイノグーラ宮殿。玉座の間。

玉座の上で器用に正座する王に、呆れた表情を見せる全ての蟲の女王イスラ。

偉大なる王たるイラ＝タクトは、なぜか自らが呼び出した英雄に説教を食らっていた。

「こんな時間になっても起きてこないだなんて、今まではどうなさっていたのかしら？」

腕を組みながらギチチとため息を吐くイスラ。

アトゥに代わって彼女が王のサポートを行うようになってから拓斗の生活は一変していた。

自堕落で適当な部分において、ある種似た者同士であったアトゥとは違って、イスラはどちらかというと真面目で潔癖な部分がある。

今までは王という権限をもって比較的好き勝手に生きていた拓斗であったが、主を甘やかすことに全身全霊をかけるアトゥとは違い、イスラはそのような生活を決して許しはしなかったのだ。

「王さまお昼まで寝てた」

「それでも起きない時は、アトゥさんやキャリーたちが起こしにいってたのです！」

ぴょこりと玉座の陰から双子の少女、メアリアとキャリアが顔を覗かせる。

主を裏切る重大な謀反ではあるが、この場において拓斗の味方はいない。

仕方ないとばかりに二人を手元に招き寄せ、自らの両隣に座らせて盾とする。

拓斗はとことん情けなかった。

「大きな大きなお子ちゃまですわねぇ……」

「うう、だって」

「だってではありませんわ拓斗さま？　貴方は偉大なるマイノグーラの指導者にして世界に終焉《しゅうえん》をもたらす破滅の王！　そんなお方が昼まで寝ていたあげく女の子に起こしてもらうなんて、どう思いますこと？　今後はちゃあんと朝に起きてもらいますからね」

柔和な物言いだが有無を言わさぬ圧力がある。

完全完璧に甘やかすことによってその忠誠を示すのがアトゥであれば、逆に拓斗の私生活を律し、王たる素質を備えてもらうよう忠言を尽くすのがイスラであった。

どちらが正しいかは言うまでもない。

とはいえ文句を言えるほどの度胸もないし非は明らかに自分にある。

王としての強権をこのようなつまらぬことで使うつもりは毛頭ない。

「うう、努力する」

とどのつまり、拓斗は情けなく頭を垂れるしかなかったのだ。

「王さまがんばって……」

「お姉ちゃんさんもキャリーも手伝いますです」

イスラとは違って拓斗甘やかし組であるキャリアとメアリアがここぞとばかりに落ち込む王を慰めてくる。

二人の優しさにいくらか悲しみが和らいだ拓斗は、感謝の意を示すように二人をギュッと抱き寄せた。

恥ずかしそうにはにかみながら、控えめに抱き返してくる二人。

当初に比べて二人との仲も縮まり一安心だ。

王という立場も実際に体験してみるといろいろ大変だなと感想を抱きながら、拓斗は本日の仕事を始めることをイスラへと告げる。

「よろしい。では早速執務室へといらしてくださいませ。と、その前に部屋の片付けかしら――あら？」

拓斗が立ち上がって隣の執務室へと向かおうとした時であった。

何やらバタバタと慌てた様子で駆け込んでくる気配がし、ややして玉座の間に見知った顔が現れた。

「イスラさん！　イスラさん！　イスラさんはいらっしゃいますか！　イスラさん！」

「あらあらエムルさん。どうしたのかしら泣きべそをかいて、可愛らしい顔が台無しですわ」

なぜか半泣きのエムルは、玉座の間に控えるイスラを見つけるとダッと駆け出しその胸に飛び込んだ。

どうやらイスラの巨体の陰になっており、拓斗の存在には気づいていなかったらしい。

普段とは違うエムルの様子を興味深く思った拓斗は、双子の少女にジェスチャーで何も言わないよう伝えると、静かに異形の女王とダークエルフの女性のやりとりに耳を傾ける。

「イスラさぁん！　またギアさんが軍備品壊したんですよ！　これで何度目ですか！　損耗率高すぎでしょ！　予算計画がぁ！　予算計画がぁ！」

「調練を熱心にやってるとはいえ、ちょっと酷いですわね。よしよし、このイスラがちゃあんと戦士長を叱っておきますからね。後で一緒に計画を練り直しましょう」

「うう、ありがとうございますイスラさん。あっ、もう少しこのままで……」

「あらあら、大きなお子ちゃまですわねぇ」

イスラの副腕に抱きとめられ、至福の表情で目をつむるエムル。

どうやら普段からストレスがたまっているらしい。

ギアやモルタール老は終わりの知れぬ逃走劇から解放されてかなりはっちゃけている。

そんな噂を思い出した拓斗は、元々戦士団の副官としてその有能さを発揮していたエムルが相当苦労しているであろうことに心で涙した。

「だっこ、うずうず……」

「エムルさんぜんぜん王さまに気づいてないです」

「いつもはこの時間寝てるからね」

下手にその場で出ていってもエムルが萎縮するのは当然だ。

拓斗自身は気にしないとは言え、彼女はそれどころではないだろう。

そう考えた拓斗は、エムルに気づかれぬよう双子の少女を伴ってそーっと玉座の間から出ていく。


「…………」

道中の通路にて、ぼんやりと考え事をする拓斗。

どこか上の空で歩く自らの主の変化に気づいた二人は、拓斗の前へ躍り出ると器用に歩きながらその顔を覗き込んだ。

「どうしたの王さま？」

「なんかイスラって、お母さんみたいだなって」

彼女が来てからマイノグーラでの生活は一変した。

今や国母とさえ呼ばれているほどであり、異形の存在でありながらマイノグーラに住む全ての住人は彼女に対して尊敬の念を抱いている。

自分のように自堕落な生活をしたり羽目を外している者はご多分に漏れず叱られていたし、エムルのように悩みがある者に対して相談役も買っている。

女王というだけあって、人心掌握や大規模な人材管理に長《た》けているのだろう。今やマイノグーラに住む全てのダークエルフは、なんらかの形で彼女の世話になっていた。

おそらくあの後も戦士長ギアのところへ向かって軍備品の扱いについて説教をするのだろう。

まるでオカンだ。優しく頼りになるが非常に口うるさく、怒らせると怖いタイプの……。

「わかりますです」

「わかるー」

何やら思うところがあったのか。

二人の少女は拓斗の言葉に何とも言えない表情で同意した。


マイノグーラにおける新たなるヒエラルキーが明らかとなったやりとりから一刻ほど経《た》ったであろう時間。

ギアへの説教を終えたイスラとエムルは次の国家運営計画についてその素案を練っていた。

本来であればモルタール老がその役目を担っていたのだが、あいにく彼は現在ドラゴンタンの街で蛮族襲撃の対処中である。

フォーンカヴンの防衛力が安定するまでの期間を目安としてるが、現状では見通しは立っていない上に蛮族の発生源は不明だ。

長期化する可能性もあるためにエムルがその役を引き継いだ形となる。

本来ならば激務を超えて不可能な量の業務が彼女にのしかかるはずであったが、伊達に女王を名乗っていないのだろうか？　イスラが想像以上に内政面において優秀であったため、彼女の負担はある程度までに抑えられている。

とはいえ国家の運営に関与し、その一端を担うという大任はエムルにとって重責だ。

張り詰めた緊張の糸が切れ、普段であればやらないような過ちをすることもあるだろう。

「まさか王がいらしたなんて……なんて失態」

「別に主様は気にしておられませんわよ。それに、いつもどおり寝室でお休みだと思ったのでしょう？　ならば悪いのは毎日寝過ごしている主様ですわ」

「い、いえ……でも」

処理しても処理しても終わらぬ案件に爆発し、イスラに泣きついたのはよかった。

見た目とは裏腹に慈愛に溢れるイスラに在りし日の母の面影を重ねて少し甘えてしまっていたのも事実だ。

だが王がおわす玉座の間であのような無様な姿を見せたとは、しかもそれを他ならぬ王に見られていたとは。

その事実に気づいた時、エムルは自らがしでかした過ちに顔面が蒼白《そうはく》になった。

だがいくら後悔したところでどうにもならない。

加えてイスラ自身そのことについて特に何も思っていないであろうこともエムルの困惑に拍車をかける。

「それよりも！　今はもっと大切なすべきことがあるのではなくて？　汚名を雪《そそ》ぐというのであれば、功績こそが最も有効な手段ですわよ」

「は、はい！　わかりました！」

イスラの言うとおりだろう。

終わってしまったことはどうにもならないが、これからできることはあるはずだ。

エムルは威勢よく返事をし気持ちを切り替え、イスラもそれを見て満足げに頷いた。

「っと、では早速なのですが、実は次の施設建築についてイスラさんに意見を伺いたいと思っていたのです」

「あら？　次の建築ね。たしか《魔法研究所》が完成したのでしたわね」

建築含め、現在マイノグーラの生産及び研究については通常よりも完成が遅れている。

それはリソースを最大限イスラの生産に回すことによって一刻も早く防衛戦力を拡充させるという拓斗の判断によるものだ。

これによりあれもこれもと並行で作業を行うよりイスラの完成が早まるメリットがあった。

この戦略によりイスラと彼女が生み出す子蟲――労働力を早い段階で投入することが可能になるのだが、とはいえ他の生産研究に遅れが出てしまったのは事実である。

次に選択する施設には細心の注意を払わなければならない。

現在マイノグーラを取り巻く状況。判明している仮想敵国、それらが保有する戦力。世界に存在する未知、それらが内包する危険性。

全てを勘案した上で、イスラは答えた。

「――そうねぇ。《生きている葦《あし》》で万が一に備えたいですわねぇ」

イスラの判断は防衛戦力の拡充であった。


世界の脅威度がかなり高いゆえに軍事関係の施設を選択することは彼女の中で確定ではあったが、その上で《練兵所》よりも《生きている葦》を選択した。

マイノグーラ固有の施設である《生きている葦》。

この施設は都市の防衛でボーナスを得ることができる基本的な施設である。

加えて《生きている葦》はそれ自体が敵ユニットに攻撃する能力を有している。

こと防衛に関しては非常に優秀な施設であった。

## Eterpedia

### 生きている葦

建築物

| | |
|---|---|
| 防衛力 | ＋10％ |
| 追加ダメージ | ＋１ |

《生きている葦》はマイノグーラ特有の施設で、《石壁》の代替えです。
通常の能力に加え、都市防衛時、敵ユニットに＋１のダメージを与える効果を持ちます。

「《学習施設》についてはいかがでしょうか？　国民より多数陳情が上がってきています。マイノグーラの知的生産がダークエルフの最大使命であれば、なるべく早い段階で教育環境を整え、次代に備えておきたいというのは正直私も理解できます……」

「現状マイノグーラの民はその少なさもあってとても重要な位置を占めていますわぁ。労働力に関しては私の可愛い子たちが何とでもしてくれるけど、こと知的作業に関してはダークエルフの力は必要ですものねぇ」

軍事重視のイスラに対して、エムルは内政重視の提案を行った。

現在マイノグーラの防衛戦力はイスラが担っている形となる。加えてイスラの能力によって戦闘能力が上昇した足長蟲。そしてイスラが生み出す戦闘用の子蟲も控えている。

時間が経てば経つほど英雄としてのイスラの戦

闘能力は上昇する上に、その気になればアトゥを呼び戻すこともできるのだ。

正直なところ防衛を考えるならば戦力は十分。ならばイスラの生産に注力したバランスを取るために、内政面に力を入れても良いのではとエムルは判断したのだ。

その提案についてイスラも一理あると納得する。現状どこかの国と戦争状態になっているというわけではないのだ。

極論すれば何も生み出さない金食い虫である軍事に金をかけすぎるのは問題である。

そもそも国力を増加させれば同じ比率で軍事予算を組んだとしてもその効果は目を見て違う結果となる。であれば国家基盤を強固にすることこそ最優先とも思えた。

Eterpedia

## 学習施設

建築物

都市の技術研究力　＋10%
都市の運営コスト　－10%

---

《学習施設》は学業の振興によって都市の研究力を増加させる効果を持った施設です。

高度な教育が必要なユニットの生産や施設の建築に必要不可欠であり、知的生産層を排出することで都市の運営コストを削減する効果も持ち合わせています。

加えて拓斗の目的は内政の充実である。

軍事は基本的に身を護る程度であればよいのだ。

初期の段階、国力の乏しい段階では施設一つの効果がその後に大きな影響を及ぼす。

最終的な判断は拓斗が行うとはいえ、彼らが何も考えなくて良い理由にはならなかった。

ゲームのキャラクターとしては何度も内政を行った経験があるイスラであったが、実際の意思決定として判断するにはまだまだ経験が不足しているらしい。

しかし最終的には拓斗に上申するのだ。中途半端な策を献じて失望されてはたまらない。

「悩むわねぇ」

ダークエルフたちが住まう街の中心、活発に通りを行き交う人々を眺めながら、イスラとエムルは頭を悩ませていた。

その後もいくつかの意見が交わされ、最終的に内政の拡充も重要だがやはり蛮族の危険性がある以上防衛設備を作っておいた方が良いだろう――との意見がまとまった頃だった。

イスラは遠くよりこちらへと駆けてくる人影を見つける。

「イスラさんー。いま大丈夫です？」

ダークエルフの双子少女、その片割れであるキャリアだ。

爛《ただ》れた顔面が痛々しい少女は、そのことをまるで見せびらかすように普段から傷痕を顕わにしている。

少女とはいえ容姿に頓着しない年頃でもないはずの彼女がなぜそのような奇行に走るのかは理解できなかったが、何か事情があるのだろうとイスラは納得し優しく彼女に語りかける。

「あらキャリアちゃん。珍しいわねん、お姉さんは？」

「お姉ちゃんさんは王さま担当です。王さまがイスラさんに相談があるので呼んできてほしいって言ってました。でも急ぎじゃないので用事が終わってからでいいそうです」

元気よく伝えるキャリアにイスラは満足げに頷く。

英雄であるイスラにとって国民とは庇護《ひご》すべき大切な存在である。加えて女王という属性を持つ彼女はその見た目とは裏腹に非常に母性が強く愛らしい子が大好きであった。

これほどまで完璧をもってお使いをこなした子を、どうして愛《め》でずにいられようか。

彼女の中の母性が爆発し、大きく広げた副腕でキャリアを抱きしめる。

「まぁ！　委細承知しましたわ！　ちゃんとお使いできて偉いですわね！　このイスラが良い子のキャリアちゃんをナデナデしちゃいましょう！」

「わっ、ぷっ！　……えへへ」

「いいな～」

エムルが羨ましそうにその光景を見つめ、更にイスラの母性がくすぐられる。

イスラの興奮が絶頂に達し、もういっそ二人まとめて抱きしめてやろうかと思い至った時だった。

ふと彼女はこの小さなダークエルフの少女にも意見を聞くことを考えついた。

「そうだわ！　貴方の意見も聞かなくちゃね、だって大切なマイノグーラの国民ですもの。ねぇ、キャリアちゃんはどう思うかしら？」

「……？　何がです？」

キョトンとした表情のキャリアに高い高いをしてあげながら、イスラはことのあらましを伝える。

政治の場に引き込むには些か幼い彼女にあえて意見を聞いたのにはイスラなりの考えがある。

マイノグーラの基本国民であるニンゲンモドキと違って、ダークエルフは将来の知識階級層としての活躍を求められている。

つまり学者や、研究者、魔法使い、芸術家、哲学者……などといった存在だ。

そのため一般的な国民と違って、ただ文句を言わず従順に畑を耕していれば良いという存在ではない。

彼らには知識と考える力が必要なのだ。

ゆえに幼少よりそのような習慣をつけようと考えたのだ。加えてキャリアとメアリアの双子は将来の幹部候補生として王が指導を行っている。

本人たちもその見た目以上に聡明だ。

今回の質問についてもよく考えてくれると期待していた。

………

……

…

「じゃあ《学習施設》かな。どちらにしろ外せない施設だし。《生きている葦》はその次にしよう」

「かしこまりました主様。担当の者に伝えます」

イスラたちが吟味し、考え抜いた結果を献策する。

そして拓斗がその策について判断を下す。

最終的な決定は《学習施設》となった。

イスラたちが献じた案を拓斗が受け入れたのだ。

彼女たちが《学習施設》を選んだ最後の決め手はキャリアの一言。

もっと王さまのために勉強したいという彼女の言葉に、イスラも教育の重要性を再認識したがゆえの決定だった。

「そういえば主様。アトゥちゃんについてはどのような状況なのでしょうか？　毎晩報告は受けていらしているんですよね？」

「ああ、もちろん――なかなかおもしろい状況になっているみたいだ」

「といいますと、順調に蛮族から能力を収奪できているので？」

「うん、予想以上の収穫だよ」

ニヤリと笑う拓斗。

表情の分からぬ黒色の人形であってなお分かる

その上機嫌。

　イスラはアトゥが想像以上によく働いていることと、自らの戦略と蛮族の状況が上手《うま》く合致した幸運を喜んだ。

　確実に世界は動いている。

　突発的な蛮族襲撃。その原因がどこにあるのかは不明だ。

　だがこの王のもとならどのような問題も塵芥《ちりあくた》の如く吹き飛ばしてしまうだろう。

　そう確信めいた予感を抱きながら、イスラは主とともにギチチと笑った。

**SYSTEM MESSAGE**

建築施設が新たに選択されました。

建築中！《学習施設》

OK

# 第十二話　異変

　拓斗が新たなる英雄イスラによってその生活態度を改善させられていたその頃、アトゥらドラゴンタン派遣軍もまた彼女らの全身全霊をもって忠実に任務をこなしていた。

　だがその日ドラゴンタンで行われていた戦闘行動は、もはや防衛というよりも狩りであった。

「ア、アトゥさん！　斥候より連絡が来ました！　ゴブリンの集団約五！　南西より来ました！」

「はいはい。わかりました」

　悲鳴にも似た報告と同時に巨大な双房がブルンと揺れる。

　ドラゴンタンの街の外、臨時に張られた日よけの天幕の中で、アトゥはこの街の都市長であるアンテリーゼより報告を受けていた。

　もうこのやりとりをかれこれ何度繰り返しただろうか？

　せっかくドラゴンタンで見つけた珍しい茶を飲もうとしていた時の横槍に少々辟易としながらも、アトゥはその内心を決して表情に出さず促されるまま天幕の外から地平線の先を見据える。

　刹那。

　彼女の背後から巨大な触手が生まれ、地面へと突き刺さる。

　ボコボコと土を這う不気味な音が鳴り響き、やがて遠くより骨と肉が引きちぎられた音と絶叫が風に乗って微かに流れてきた。

「グッドハンティング——はい、終わりましたよ」

「ひっ、ひぇぇぇ！　ありがとうございます！　いえ、ほんと、ありがとうございます！」

　プルプルと涙目で震えながら何度もペコペコと

頭を下げて感謝の言葉を述べる都市長。

　あからさまな小物臭に思わず困惑の表情になりながら、アトゥはできる限り穏やかな声音で彼女へと呼びかけた。

「アンティーク都市長」

「ひえっ!!　あっ、な、なんでしょうかアトゥさん！　あっ、そういえば私は御国のエルフール姉妹のお嬢様と懇意にさせて頂いておりまして！　いえ、その、今お伝えすることじゃないんですけど！　ほんと、仲良しなので!!」

　自分が持つコネを総動員してこちらの機嫌と命の安全を取ろうとするその態度にいっそ同情すら覚えながら、アトゥは現在進行形で胃壁を損傷し続ける不幸なエルフへと提案する。

「いえ、都市長は少しお疲れのように見えます。休憩を取られてはどうでしょうか？　こちらは基本待機ですし、また蛮族が出た際には伝令を寄越《よこ》してくれればよいので……」

　先ほどから青ざめた表情で怯えるアンテリーゼを見て流石に気の毒に思ってしまったアトゥなりの思いやりだ。

　都市長ゆえに自分たちの対応を拒否することはできぬことを理解しつつも、少しでも心労が和らげばと気を利かせたのだ。

「で、では少し休憩を頂いても？　お酒――いえ、少し喉が渇いたので！」

「ええ、どうぞごゆっくり」

「はい！　ありがとうございます！」

　脱兎《だっと》とはまさにこのこと。

　あっという間に視界から消え去ったアンテリーゼの脚力に感心しながら、アトゥは彼らの態度を思い出す。

　かなり怯えられているようではあったが、忌避されているわけではないことにアトゥは安堵していた。

　先ほどのある意味で愉快な都市長は己の職務に

対する責任で何とか精神の均衡を保っているようであったが、通常魔の者をそれ以外の種族が受け入れることは難しい。

本来ならマイノグーラ軍の受け入れについてドラゴンタンではもっと混乱があってしかるべきだが……。

それには一つのカラクリがあった。

実のところ、ドラゴンタンの民は都市長などの上層部を除いて、アトゥに関してとある誤解をしているがゆえに畏怖はされど嫌悪まではされないといった状況になっているのだ。

もっともそれがアトゥにとって少々不本意な理由であることが問題ではあったが……。

「もはやゴブリン程度ではなんの足しにもなりませぬかな？」

「モルタール老ですか……」

いつの間にか、彼女が座る簡易椅子の横にモルタール老が立っていた。

視線を向けずに返事をしたアトゥは、少々冷めてしまった茶を飲みながらぼんやりと地平線の向こうへと視線を向ける。

「しかしタコの亜人とはドラゴンタンの人々もなんといいますか……」

そう、これこそがフォーンカヴンの人間がアトゥを受け入れている理由にあった。

彼女たちの案内をした杖持ち隷下の部隊はともかく、ドラゴンタンの防衛隊や都市機構の責任者たち、住人に至るまで彼女のことをタコの亜人だと思っているのだ。

最初に彼女の触腕を見て驚いたぺぺの「タコみたいですね！」との言葉によって電撃的に広まったタコ亜人設定ではあったが、憎々しい反面その有用性が理解できるがゆえに、アトゥはどうにも気持ちに整理がつかなかった。

「業腹《ごうはら》ではありますが……変に忌避されるより良いでしょう。もちろん貴方が同じことを言った日には触手の洗礼を受けるでしょう。タコの」

「ほっほっほ！　そんな恐れ多いことを！」

自らの目の前でニョロニョロ動く触腕を見て大いに笑いながら、モルタール老はどこからともなく持ってきた椅子に座った。

周りは相変わらずフォーンカヴンの斥候が慌ただしく動いている。

アトゥらが連れてきた配下の一部も、そんなドラゴンタン防衛隊とよく連携をとっているように思える。

実戦を踏まえた調練としてはなかなか優秀だなどとアトゥがぼんやり感想を抱いていると、両手で杖をついたモルタール老が静かに尋ねてきた。

「そういえばアトゥ殿。今まで収奪された能力は？」

「ゴブリンが持つ《野外活動》。オークが持つ《体力増強》、ヒルジャイアントが持つ《怪力》《再生》ってところですね。先日ストーンゴーレムを見かけたのでぜひとも《石の皮膚》が欲しいところです」

今回の防衛協力。その成果は現状ですでに最高と言えるものになっていた。

蛮族は戦闘能力も低く、それなりの力を持つユニットであれば容易に対処できる存在である。

本来なら雑兵に等しい扱いではあるが、だからといって持っている能力が有効でないとは言い切れない。

むしろ彼らにしては分不相応な能力を有しており、それらを収奪することによってアトゥは予想以上の強化を終えていた。

モルタール老も能力名を聞くだけでその特性の詳細を思い出し、同時にそれらを有したアトゥが複合的により凶悪な存在へと昇華したことに歓喜を覚える。

「いやはや、予想以上に大漁ですな。これは我らが王もお喜びになっているのでは？」

「ええ！　ええ！　拓斗さまにとってても褒めていただきました！　帰ったらもっともっと褒めてもらうんですすよ」

「幸先良いですなぁ――おや？」

顎鬚を撫でながら、鋭い視線を正面に見える丘へと向けるモルタール老。

彼につられてアトゥがやや気だるげに視線を向けると、丘の上に突如小さな影が現れているのを発見した。

「ヒルジャイアントですね。ふむ、今日は襲撃が多い」

やはり何度見てもそのカラクリは不明だった。

今回の異変における蛮族はなぜか突如現れる。

通常の法則とは違った仕組みで発生しているそれは、現在も彼らの頭を悩ませる難問であった。

当初は転移魔法などの線も考えた。だがモルタール老が行った調査ではその兆候は一切なし。術はおろか魔力のかけらすら感じられないとのことだった。

魔術に関してはマイノグーラでも随一の知識と経験を誇る彼にして否と言わせるのであれば、転移の線は非常に薄くなる。

となれば本当に瞬時に出現しているのだが……その説を採用するのなら極論、物理法則を無視していることとなり、やはり到底考えにくい現象となる。

もっとも魔術なんてものが存在している以上、物理法則など名ばかりの代物と言われればそれまでなのだが。

ドラゴンタンの防衛を目的とした蛮族の駆除、並びにアトゥ強化のための能力収奪に関していうのであれば順調であったが、こと蛮族出現現象の原因究明については停滞の一言だ。

そしてこの状況が続くことは拓斗のもとへ帰参することの遅れを意味し、アトゥにとってそれは耐えがたい苦しみともいえた。

「しかし困りましたね。この調子じゃあ拓斗さまのもとにもいつ戻れるやら……」

「ア、アトゥさん！　すいません！　丘巨人が！　急ぎ弓兵の準備を進めております！　本当にすいません！」

休憩に行ったはずのアンテリーゼが血相を変えて転がり込んできた。

ほのかに酒の匂いをさせているあたりお楽しみだったようだが、その表情は真剣そのものだ。

それも当然、彼らが丘巨人と称するヒルジャイアント。その戦闘能力値は4。

加えて《怪力》や《体力増強》などの強化能力も持つ非常に強力なユニットだ。

通常の軍隊であれば苦戦は必至、損害は免れないだろう。

それどころか気を抜けば壊滅さえ容易にあり得る。

一都市の防衛隊程度では荷が過ぎる相手だ。

「ええ、把握しております。弓兵は邪魔ですので下げてください。私が行きます」

「しかし、それでは！　流石に一人でお願いしたら私が怒られ——ああっ！　待ってください！」

ゆらりと立ち上がったアトゥは、アンテリーゼが止めるまでもなく駆け出す。

その速度は早馬と見間違うばかりで、すでにヒルジャイアントの表情を視認できる距離にまで達していた。

——そして戦闘という名の駆除が始まる。

「グァァァ!?」

「こんにちは。死ね」

会敵一番、アトゥは超人的な跳躍をもって巨人の眼の前に飛び上がると自らの手に持つ聖騎士剣でその顔面に斬りかかる。

突然の襲撃に巨人が自らの急所を守るべく両手を交差するが、強化されたアトゥの細腕から繰り出される剛剣は強靭なヒルジャイアントの肉体を易々と切り裂いた。

「グギャアアァァ!?」

片腕を骨まで切り裂かれ、激痛と怒りで巨大な棍棒を振り回すヒルジャイアント。

地面を打ち付けるたびにガァンと強烈な破壊音とともに地面を砕くそれを曲芸のように躱《かわ》しながら、アトゥはくるくると聖剣技独特の剣捌《さば》きを見せる。

アトゥが今まで切り伏せたヒルジャイアントの数はすでに片手を超えている。

オークやゴブリンといった中型小型の蛮族であればその数知れずといったところだ。

もはや訓練にすらならず、得るものはない。

クオリアの聖騎士から収奪した《聖剣技》を手に馴染ませるつもりで遊んでみたが、その必要もなさそうだ。

さっさと触腕で撃破するか？

タンッ、タンッと軽やかに飛びながらヒルジャイアントの攻撃を躱すアトゥがそのような作戦を考えていると、不意に自分の周辺に破滅の空気が満ちた。

「おや？」

「グギッ？　ゴォォォオ……」

空気が淀み、辺りに瘴気が増す。

地面は変色し、荒野にたくましく生えていた幾ばくかの植物が急速な勢いで枯れ果てていく。

中立属性のヒルジャイアントの動きが明らかに鈍り、苦悶の表情を浮かべる。

反面邪悪属性のアトゥは身体に力がみなぎるのを感じた。

「モルタール老ですか。味な真似をしてくれますね」

チラリと背後を見ると、遠くドラゴンタンにいるモルタール老が魔術を発動しているのが見て取れた。

おそらく軍事魔術である《破滅の大地》を使用

したのであろう。

一定範囲の土地を呪われた土地へと変化させるこの魔法は、邪悪勢力御用達《ごようたし》の非常に便利な魔法だ。

邪悪属性以外の敵国家との戦闘中に使用すれば、自軍の強化と敵軍の弱体化を同時に行える。

更に平時では自国の国境付近で使用することによって国境拡張の効果も得られる。

加えてコストが安いという非常に使い勝手が良い魔法だった。

マイノグーラの宮殿から供給される破滅のマナによって使用が可能になった魔法ではあったが、今まで戦闘面において使う機会はなかった。

おそらく今のうちに具合を確認しておいてくれとのモルタール老の計らいだろう。

アトゥは地にまで落ちていたやる気を回復させると、早速とばかりに強化された自らの身体能力を確認する。


「ギ、グギャアア！」

まるで社交の場で魅《み》せるダンスの如き仕草で攻撃を回避するアトゥだったが、不意に彼女はゆるりと動きを止める。

それをどう捉えたのかは分からぬが、ヒルジャイアントは好機とばかりに巨大な棍棒を振り下ろした。

ガァンと強烈な破壊音が鳴り、巨人の瞳が喜悦に歪むが……。

「ふふふ、軽い軽い」

「ギッ!?」

アトゥは、その細腕一本でヒルジャイアントの攻撃をやすやすと受け止めた。

呪われた土地による補正によって、もはやその実力には天と地ほどの開きがあった。

巨人の表情が驚愕と絶望に歪む。

最初から遊ばれていたのだ。そこには絶望的なまでの現実が存在していた。

「――良い表情ですね。ではさようなら」

自らの全力がちっぽけな生物に受け止められたことの衝撃から抜け出せぬヒルジャイアント。

その顔面にアトゥは全力の剣技を放つ。

縦一文字、胸元まで断ち切られたヒルジャイアントはそのままゆっくりと背後へ崩れ落ち、やがてゴゴゴォンと巨大な地響きを鳴らしながら地面に横たわった。

ふぅとため息を吐きながら、アトゥは膨大な質量を持つヒルジャイアントの死体を見る。

数日もすれば野生動物が食い散らかすが、見た目によろしくないのは明らかだ。

街からもそれなりに近いし、適当に土でも盛った方がよいだろう。

蛮族の討伐とともに毎度発生するこの作業は、場合によっては蛮族撃破よりも骨が折れる仕事ともいえる。

そんなことを考えていたのだが、不意に死体の存在が薄くなっていく。

アトゥの瞳が驚きに見開かれ、思わず数歩距離を取る。

「……え？　消え、た？」

その不可思議な出来事は終わることなく、ヒルジャイアントの死体はまるで手品のようにその場から消失してしまっていた。

今まででは確認されなかった現象だ。

何か新たなる脅威が迫っているのかと警戒したアトゥは、自らの触腕全てを展開し辺りを注意する。

……何も変化はない。

いや、消失したヒルジャイアントの死体があった辺りに、何か陽光を反射して輝く小さな石のようなものが見える。

アトゥは触腕の一つを動かし、慎重にその物体を拾い上げる。

「……金貨？」

それは彼女が見たことのない種類の、金でできた貨幣であった。

………

……

…

「もはやヒルジャイアント程度では手も足も出ませんな。――いや、最初からアトゥ殿の敵ではございませんでしたが」

戦闘を終えて戻ってきたアトゥをモルタール老は上機嫌で迎えた。

崇拝するアトゥの戦闘能力が目にみえて上昇しているということもさることながら、自らの魔法が無事実戦で成功したという喜びもあるのだろう。

「この程度で後れを取っているようでは英雄とは名乗れませんからね。まぁ能力の収奪が順調である証拠でもありますし……してモルタール老、そちらの塩梅《あんばい》はいかがですか？」

アトゥはそんな彼の世辞にひらひらと手を振り答えながら椅子に座り、彼が本来受け持つべき仕事について進捗を問う。

モルタール老に下された命令は龍脈穴の調査とその開発。

だが彼の様子を見る限り問題はなさそうではあったが。

「幸いなことに、こちらも順調に進んでおりますぞ。いやはや、あのような神秘的な土地、本当にあるのですな。年甲斐《がい》もなくはしゃいでおりますじゃ」

龍脈穴は一見すると巨大なすり鉢状の土地だ。

そこに長年吹き出した濃密なマナによって固形化した魔力が水晶のような塊となって林立している。

ドラゴンタンの龍脈穴は隠蔽のために上から土砂がかけられていたが、その規模ゆえに完全な秘匿はできておらず目敏《めざと》い者であればその神秘性に一目で気がつくことができる。

アトゥも実物を目にした時はその幻想的な光景に一瞬心を奪われたほどだ。

モルタール老が興奮するのも無理もない。無論、その真価は見た目の芸術的価値にはないのだが。

「ふふふ、それは僥倖《ぎょうこう》。龍脈穴の純粋マナを利用できれば大規模な土地の改善が可能になります。荒れた土地すら一瞬で豊穣な大地に変化させる魔法があれば、マイノグーラはさらなる発展を遂げるでしょう」

「《軍事魔術》の技術によって使用可能となる魔法はどれもこれも恐ろしいほどの効力を有しております。土地改善に特化した魔法となると、いやはや今から楽しみですわい」

話題に花が咲き、これからの未来に想いを馳せる。

現状マイノグーラは非常に強力なカードを手に入れたと言っても過言ではない。

未だ開発中のそれではあるが、将来芽吹いた時にどれほどの繁栄をマイノグーラにもたらすのか。

今から楽しみでなかった。

「きっと度肝を抜かしますよ、ヴィジュアルだけは無駄に凝ってますからねあれ——っと、そういえばモルタール老、少し聞きたいのですが」

「おや？　何事ですかな？」

会話の途中で近くにいたフォーンカヴンの衛兵が離れたことを察したアトゥは、先ほどの異変についてモルタール老の知恵を借りることにする。

判断に困る現象ではあったが、さりとて無視する理由もない。加えて現段階でおおっぴらに公表することも。

懸念を放置することは愚か者の行いだ。後ほど拓斗にも報告が必要ではあろうが、まずはこちらである程度調査するのがよいだろう。

ゆえに、適当な相談相手としてモルタール老が選ばれた。

「これに見覚えは？」

そう、先ほどヒルジャイアントから手に入れた金貨だった。

「ふむ？　少々拝見して——これは、貨幣ですな？　しかも金貨……これをどこかで？」

「ヒルジャイアントからドロップしました」

「へ？　どろ……むむ？　ヒルジャイアントがこのようなものを？」

「ええ、貴方が知っている国家のものですか？」

通常、敵からアイテムがドロップするようなことはない。

元々その敵が持っていたというのであれば必然的に撃破した時に入手できるが、それでも死体が消えるという現象は不可解だ。

『Eternal Nations』でも実のところアイテムを落とすという現象は存在するのだが、それはゲームに大きな影響を与える伝説級の武具やアイテムのみ。

この金貨がそれらに類するような代物とは思えなかった。

アトゥは金貨をジィと見つめるモルタール老を観察する。

どうやらあまり感触は良くないようだ。

「ふむ？　うーぬ。いえ、見たことも聞いたこともないですな。しかもこの貨幣に使われてる技術……おそらくですが、この大陸のものではございませぬ。差し支《つか》えなければ後ほどドラゴンタンの知恵者などにも聞いてみますが、答えは同じでしょう」

「本当に？　であれば他所から来たものとなるのですが……それに懸念もあります。先ほどのヒルジャイアント、その死体が突然消失したのです。以前とは違う兆候です」

「突如現れる蛮族に大陸外の貨幣。そして突然消える蛮族の死体——少々気味が悪いですな」

アトゥの表情が険しくなる。

当初はヒルジャイアントがどこかの哀れな犠牲

者から入手した貨幣かと思っていたが、どうやら違ったようだ。

　であれば事態は楽観できるものではなくなってくる。

　なんらかの糸が見え隠れするからだ。そこに未知の存在が介在しているのであれば、警戒レベルを最大限に引き上げなければいけない。

　それに消失したヒルジャイアントの死体だ。

　何もなかったのに、突如現れる。

　そしてそれは撃破すると突如消え去る。

　残るのは金貨のみ。

　ふとその現象が、どこかで聞いた何かに似ていることを思い出した。

「ええ。これではまるで、アールピー――」

　刹那、アトゥの表情が驚愕に見開かれる。

「アトゥ殿？」

「まさか。そんなはずは……」

　アトゥは座っていた椅子から立ち上がり、慌てたように自らの手を耳に当て目を閉じる。

　それが彼女が自らの主である拓斗に対して連絡を行う際によくとる仕草だとモルタール老が思い至ったその時、慌てたように防衛隊の斥候が天幕へと転がり込んでくる。

「緊急事態発生！　蛮族の大群が出現です！　な、なんてことだ！　大地を埋め尽くすほどだ！」

　モルタール老がその老齢に見合わぬ俊敏さで天幕より飛び出し地平線の向こうへと視線をやる。

「むぅ……これは！」

　そこには些か落ちた彼の視力ですら優に確認できるほどの大群が、地を埋め尽くさんばかりにひしめいていた。

**SYSTEM MESSAGE**

汚泥のアトゥがユニット撃破により次の能力を取得しました。
《野外活動》
・野外における行軍ペナルティを受けない。
《体力増強》
・ユニットの移動力＋50%
《怪力》
・ユニットの戦闘力＋10%
《再生》
・ユニットが毎ターン 5%ＨＰ回復
・ユニット休憩時 10%ＨＰ回復

OK

Eterpedia

# 魔導師（モルタール老）

魔術ユニット

戦闘力：3　移動力：1

《賢人》
《闇魔術 Lv 1》
《破滅魔術 Lv 2》

## 解説

**～熟練の騎士は一人で戦士百人の働きをするだろう。だが熟練の魔術師は一人で騎士百人の働きをする～**

《破滅の大地》は《軍事魔術》の解禁によって使用可能になるLV 1の破滅魔術です。
対象の土地を邪悪属性に有利な"呪われた土地"へと瞬時に変更します。
この変更は一時的なもので、ターン経過によって消滅する性質があります。
戦闘時の補助、敵対国家領域内での生産力破壊など様々な用途で用いられます。

# 第十三話　胎動

マイノグーラ宮殿。

いつものように玉座に座り、いつものように双子の少女から世話を受ける情けない王。

ありふれた日の、ありふれた光景である。

気を抜けない状況ではあるが順調な、それでいて穏やかと言える時間がその日も過ぎようとしていた。

その瞬間までは……。

「どういうこと？」

突如立ち上がり、やや慌てたように一言呟く拓斗。

王のただならぬ様子に、側に侍っていた少女たちも不思議そうに拓斗を見つめている。

「王さまどーしたの？」

「何かありましたですか？」

「少し、黙ってて」

ビクリと叱られた子供のように震えた二人は、ゆっくり頭を下げて完全に口を閉ざす。

何が起きたのだろうか？　ただならぬ様子に二人は不安を感じる。

重要な問題が発生したことは拓斗の態度から明らかであったからだ。

何があったのか今すぐ知りたい。

だが余計な言葉を発して王の思考を妨げる愚を犯さぬ利発さが二人にはあった。

加えて拓斗も余裕がなかった。

普段であればもう少し気の利いた言葉をかけられるかもしれないが、彼が確認した状況はそれどころではない。

ドラゴンタンの街。その南方に大量の蛮族が出現したとの報を受けたからだ。

（あり得ない出現の仕方だ。イベントか何かでも起こったのか？）

第一報は念のためにとドラゴンタン周辺に一体だけ配置した足長蟲《あしながむし》よりもたらされた。

元々はドラゴンタンへの脅威を発見する目的と、蛮族発生の原因を調査するためだったが……。

それが功を奏したのか、はたまた知りたくもない事実を見せつけられることとなったのか。

ともかく足長蟲の視界から共有されるその光景は、彼の心胆《しんたん》を寒からしめるものであることに違いはない。

（とりあえず足長蟲には敵戦力の詳細な把握と、可能であれば排除を命令しないと……いや待て、敵対勢力かどうかの確認が先か？　いや、この段階で悠長にしている余裕はないな）

元々が斥候ユニットである足長蟲は探査能力に優れている。視覚が広く遠くからでも敵を見渡せるため戦力の把握が容易だ。

加えて昆虫ユニットである彼らはイスラの能力によって戦闘能力がプラスされている。

ヒルジャイアントは厳しくとも、ゴブリンやオーク程度なら優に刈り取ることができる。

コストが多少かかるものの補充が不可能というユニットでもない。ここは攻めに出る方が得策であることは間違いなかった。

（敵の数は……ヤバイな。10スタックはあるぞ!!）

軍団ユニットに換算しておおよそ10。具体的な数で判断すると敵兵数、一万は下らない。

絶望的な数ではあるが、さりとて文句を言っている暇もない。

突発的な事態への対応なら慣れている。

それに、『Eternal Nations』でなら、これ以上のピンチを切り抜けたこともある。

自らの運命が未だ決していないことを確認した拓斗は、配置している足長蟲から情報を受け取りながら冷静に対応を指示していく。

今は少しでも敵戦力を削らなくてはならない。

何が起こっているかは不明だが、突如正念場がやってきたことだけは理解した。

拓斗は立ち上がったまま宮殿の出口へと向かう。

後ろから二人の小さな気配が付き従うのを確認すると、没頭する思考の中、短く一言だけ問う。

「イスラは？」

マイノグーラの王である拓斗は全てのユニットの状態を把握することができる。

もちろんイスラの所在を知ることも、彼女に指令を出すことも可能ではあったが、あえてこの場では双子の少女に質問を投げかけた。

先程ぞんざいに扱ってしまったことを気にかけたという点が一つ。

加えて、二人の存在を確認することで自らが守るべきものの大きさを確認したかったからだ。

「イスラお母さんはまちー」

「ママ――イスラさんはマイノグーラの街で建築物の視察を行っている予定なのです。呼んできた方がいいですか？」

「おねが――いや、いい」

ブゥンと甲高い音が小さく耳に入ったのを確認した拓斗は指示を変更する。

どうやらイスラも事態の異変を確認したようだ。

やがて小さな羽音がスポーツカーのエンジンほどの音量になり、思わず耳を塞ぎたくなるほどの爆音を出し始めた頃。

ちょうど拓斗が宮殿の外に出るのと同じタイミングで、ズゥンという巨大な音とともにイスラが降り立った。

「我が主《あるじ》よ、ご命令を」

その言葉でイスラが配下の蟲、全ての情報を把握していることを思い出す。

ならば話は早い。事態は一刻を争う。

大量に発生した蛮族の対処を誤ればマイノグー

ラにとって致命傷となるだろう。

特にドラゴンタンだ。せっかく手に入れた龍脈穴が失われるようなことがあってはならない。

加えて拓斗はアトゥに関しても心配の念を向ける。

彼女はドラゴンタンの防衛任務についている。現状の能力であればいくら蛮族がいようが対処は可能だと思うが、それでもこの状況が危機的であることに間違いはない。

考えるべきこと、なすべきことは山ほどある。

ゲームであればターンを進行させなければ時間は進まなかったため、長考が可能だった。

だが現実はそう甘くはない。

一刻を争うこの状況において、長考など愚かを通り越して滑稽に等しい。

だがこの世界において拓斗は一人ではない。

頼もしき配下が彼を支えんがために全霊を込めて動いている。


加えて彼には最も信頼すべき者がいる。

拓斗の心配が届いたのだろうか。

彼が最も信を置く英雄の顔を思い浮かべるのと、その本人から連絡が来るのは同時だった。

『拓斗さま。すでにご存じかと思います。ドラゴンタン南方より大量の蛮族が押し寄せております！』

『僕も確認した。とんでもないことになったね。そっちの状況はどう？』

イスラが小首を傾げる。

アトゥと相談しているのか？　の問いだ。

その質問に頷くことによって返答としながら、同時に複数のタスクを頭の中で処理する。

初動対応の遅さはその後に大きな影響を及ぼす。

右往左往する時間など彼には存在しなかった。

まずはできる限り迅速に情報収集に努める。

自分なら大丈夫。この程度の異変であれば十分に解決できるであろう。

拓斗は己の力量を正確に把握し、一切の楽観なく正確にそう判断した。

むしろ蛮族の襲来は英雄を強化させる側面も持つ。

籠城戦が行えるのであればアトゥとイスラに蛮族という名の経験値を食らわせる良いイベントであり、これらを撃破した後、ゆうゆうと原因を究明すればよい。

そのようにすら考えていたのだ。

だがしかし……。

『その前に緊急のご報告が。この大群発生の前にヒルジャイアントを撃破したところ、突如死体が消滅した上、金貨をドロップしました。確認したところこの世界のものではない貨幣です』

「――しまった！」

拓斗は思わず叫んだ。

それは完全に見落としていた可能性だった。

いや、その可能性に気づいてはいたが、思考から追い出していたと言った方がよいだろう。

自分たちがゲームのキャラクターとして世界にやってきているのであれば、同じ境遇の存在だっていてもおかしくないはずだ。

自らの浅慮が招いた事態に拓斗は歯ぎしりする。

（なんて失態だ！　なんでそのことに気がつかなかった！　いや、気にはしていたけど、まさかという思いがあったのかも……くそっ！）

全ての情報が急速に一つに収束していく感覚を抱く。

クオリアは北方の異変によって手を取られていると言う。

その異変が、自分たちのような文明が召喚されたことによるものだったら？

クオリアの聖騎士が大呪界にやってきた聖女の神託とやらも、そもそもが文明発生の兆候を指し示したものであるなら？

そして今まさに、新たなる脅威がドラゴンタン南方に発生したならば。

自分たちがこうして生まれ変わって新たなる国家を築き上げようとしているのだ。

まさに生きた事例がここにいる以上、他の国がそうではないと言い切れる保証など皆無に等しい。

（『Eternal Nations』由来か？　だとしたらグオ＝グオ＝グワゴ大首長一家か天変地異推進委員会アポカリプスが有力候補なんだけど）

頭の中で可能性のありそうな国家をリストアップする。

蛮族――ゴブリンやオーク、ヒルジャイアントといった存在は『Eternal Nations』でも存在していた。

それらを自国のユニットとして生産する文明や、蛮族ユニット等を自国の戦力として取り込むことができる文明も少なからず存在する。

それらが同じく転移している場合の危険度は計り知れないだろう。

どちらも邪悪な文明であり、なおかつ他国と協力するという概念が皆無に等しい存在だからだ。

とはいえ――。

（いや、『Eternal Nations』由来の文明である線は薄そうだ）

その可能性は低かった。

拓斗は瞬時に判断する。詳細とまではいかないが、アトゥから聞いた状況は自分たちのそれとは全く違う。

であれば少なくとも拓斗と同じ状況でやってきたものではないだろう。

今まで集まってきた情報を分析すると、蛮族の発生は段階的に増加していった。

当初は通常の蛮族と同じように撃破するとそのまま死亡し死体も残るのだが、先ほどからアトゥから受けた報告では死体は消失し、その上で金貨まで落としたと聞く。

（定期的に発生していた蛮族の襲来は威力偵察っ

てところかな？　それよりも死体消失現象が発生した時点で召喚されたと見るべきか……蛮族の増加はその予兆？）

頃合いを見たかのように大量の蛮族が出現し、国家に危機が発生し街の防衛を強いられる。

まるでなんらかの物語の始まりを告げるかのように……。

（足長蟲との視界共有で確認できた数は異常だ。転移直後の文明が用意できる数じゃない。かと言って今まで他の文明が存在していた兆候は一切なかった）

これほどの大群を用意できるのであれば、国家の規模も相当になる。

であればその存在を完璧に隠匿するのは不可能に近い。

今まで足長蟲の調査でドラゴンタン南部の未開領域はある程度調査が完了している。

ゆけどもゆけども荒れた土地ばかりであったがゆえに、文明の痕跡があれば見逃すはずはない。

この段階で、拓斗は相手が異世界の敵対的軍勢であることを半ば確信していた。

『アトゥ。その金貨は手元にある？　視界共有をするよ』

『はい、只今』

瞬間、視界が共有される。

脳裏に映し出された鮮明な映像を嘗《な》め尽くすように観察する拓斗。

手抜きは決してできない。少しでも情報を収集しなければ、最悪マイノグーラの滅亡すらあり得るのだ。

拓斗は少々の焦燥感を抱きながら、それでも積み上げられた鋼の如き冷静さを決して失うことなく記憶の書庫をひっくり返す。

『私も全く見たことがない金貨です。「Eternal Nations」由来の文明とは違うもののようですが……おそらくそれなりに高度な文明が作ったもの。

拓斗さまはご存じでしょうか？』

（これは――この文様、どこかで見たことがあるぞ！）

金貨に施されている装飾。

丸い太陽を模したシンボルの中央に、文字らしきものが描かれている。

拓斗は眉を顰《ひそ》める。それは記憶のどこかに引っかかるものであった。

自らの経験した過去の出来事が、まるで映写機を高速で回すかのように流れていく。

今の状況から数日前の記憶、そして数週間前……。

時間はどんどん戻り、ついに彼がこの世界にやってくる前の世界――病室での出来事まで遡る。

病室で医師と行った会話。テレビで見たニュース。暇つぶしで読んだ本。

そしてその内容が過去にプレイした様々なゲームソフトに及んだ時……。


「そうか、この紋章は……」

拓斗はその金貨の正体を突き止め、同時に思わず声を漏らした。

あまりにもできすぎた状況に、やはりイベントのようだなと感想を抱く拓斗。

だがその感想が案外的外れでもないことに気づき、顔をこわばらせる。

否――始まったのだ。この瞬間に、壮大なる物語が。

であれば最悪にも等しかった。

（まずいぞ……相手の能力が未知数だ）

ギリッ、っと歯ぎしりする拓斗。

自らの失態が自分とアトゥを危険な状況に陥らせることに苛立ちを覚える。

だがその程度でみっともなく喚き散らすほど精神的に弱くはない。

拓斗は一旦アトゥに簡単な指示を行い会話を中断することにした。

テレパシーは繋げたままで状況を逐一報告するよう伝え、都市内での防御に専念させる。

まずはイスラを交えて基本方針を固めなくては。

拓斗が思考の海から復帰し、顔をあげると双子の少女が視界から消えていた。

どうやらイスラが気を利かせてエムルやギアを呼びに行かせたことを察した拓斗は、幸いとばかりにイスラへと目を向ける。

「イスラ。まずいことになった――」

「何事でございましょうか？」

普段はその様相に見合わずおっとりとしたイスラの声音に緊張が走る。

拓斗のただならぬ様子に事態の深刻さを見出《みいだ》したのだ。

だが彼女がこの事態をどれほど予期していただろうか。

「敵国家みたい。僕たちと同じ存在がやってきている」

「我々と？　つまり『Eternal Nations』由来ということでしょうか？　対話は可能でしょうか？　交渉ができるのであればなるべく穏便に済ませるのがよろしいかと……」

「無理だ。おそらく対話はできない。そういう仕組みの奴らじゃない。僕らとはまた違った世界の法則で動く奴らだ……」

拓斗の言葉でイスラが息を呑《の》む。

自らの主が放った衝撃的な言葉をその脳内で何度も検証した彼女は、拓斗がこの事態の正体にある程度の推測を立てていることを理解する。

「心当たりがお有りなのですね主さま」

イスラの言葉に頷き返答とする拓斗。

アトゥから見せられた金貨の文様を再度思い出し、答える。

「推測だけど十中八九そうだろうね。敵は――」

「ロールプレイングゲーム《RPG》からだ」

かつて彼がプレイしたゲーム。

確かにそのタイトルに記されてるロゴと同じものが金貨に記されている。

未知の世界を舞台に、本来ではあり得ない世界の軍勢が邂逅《かいこう》を果たそうとしていた……。

第二章：了

SYSTEM MESSAGE

新たな勢力が世界に召喚されました。
《ブレイブクエスタス魔王軍》
〈！〉エラー番号４４７（異常な操作が行われました）
〈！〉自動対応による勇者召喚は保留されました。
世界プロトコルが対応していません

OK

# 閑話　啜りの魔女

一面の銀世界。

クオリア北方州、魔女事変発生地域。

かつては鉱山都市として栄え、今は生きる者が根絶されたとある街にて、《華葬の聖女ソアリーナ》は静かに佇み何かを待つかのように眼前を見据えていた。

街は死んでいる。

かつては人の営みがあったであろう建物はことごとくが瓦礫と化しており、深々と降り積もる雪がこの場所から生命の息吹が消え去ったことを表している。

以前巡礼で訪れたときに見た街の景色、そして過酷な地でありながらも必死で生きようとする人々の力強い生き様を幻視しながら……。

ソアリーナは全てが終わってしまった地を静かに眺めていた。

「…………」

静寂の終わりは、突如訪れた。

「チックタック、チックタック。からんころんからんころん」

鈴の音が鳴るような、可憐な少女の歌声が極寒の地に場違いなまでに響く。

本来なら決してありえない出来事だ。

生命の失われた地に、およそ似つかわしくない者が存在している。

歌声を聞いたソアリーナがその端正な顔を顰《しか》め、手にもつ聖杖《せいじょう》に力を込めた。

「神様はサイコロを振らない♪　夢も希望もどこにもない♪」

聞いたことのない歌詞だった。

リズミカルに奏でられるそれは、軽快な声音とは裏腹に悪意が込められている。

ソアリーナは自らの記憶を探りその歌の由来について考えてみたが、知りうる限りどの文化、曲とも類似性のないものだった。

「人生なんてしょせん暇つぶし♪　神様が作った盤上遊戯♪　死に死に死に死んで、また楽しく死のう！」

歌声が大きくなり、通りの向こうから人影が見える。

まるで麗らかな昼下がりにピクニックに行くかのような足取りで、歌声の主は軽やかにこちらへとやってきている。

やがて題名の知らぬ歌が終わった頃、一人の少女が生命の存在しない銀世界の舞台へと上がった。

「やぁやぁ聖女ちゃん。初めましてお久しぶりぶり。お元気にしていた？」

静かに見つめる聖女ソアリーナ。


相対するは《啜りの魔女エラキノ》。

この少女こそ、クオリア北方州を地獄に陥れ数多《あまた》の民や聖騎士の命を奪った大災厄だ。

その見た目は奇抜の一言だった。

ソアリーナが知るどの種族や部族とも違った、桃色を基調とした衣装に身を包み、ケバケバしい道化にも似た化粧を施している。

無邪気という言葉が孕んだ残酷さを絵の具にし、空想という名の非現実的なキャンバスに無秩序にぶちまけたかのようなその装いと異様さに、ソアリーナは確かに目の前の存在こそが大災厄であると確信する。

嫌な沈黙が訪れ、何が楽しいのかニヤニヤと見定めるようないやらしい視線が無遠慮にソアリーナに突き刺さる。

常人であれば恐怖し恐慌すら湧き起こす異質な視線に晒されてなお、ソアリーナは表情を崩すことなく静かに口を開いた。

「前回の神罰執行よりすでに二ヶ月の時が経過しています」

　エラキノの挨拶を無視して紡がれた言葉は、いささか文脈が伴っていないものだった。

　どちらかというとエラキノに対してのものというよりも、ソアリーナが自分自身に確認するかのような意味合いが取れる。

　ある種の無視にも似た対応を取られたエラキノだったが、とうの本人はどこ吹く風で笑った。

　キャッキャと静寂のみで構成された世界に耳うるさく響くその声音に気分を害するもなく、ただだソアリーナはエラキノを見つめている。

「きゃははっ！　おーっ？　二ヶ月ねぇ！　そんなに時間が経ってるのかな？　いやぁ、時の流れは早い物だね！　エラキノちゃんもびっくりだよ。時は金なりタイムイズマネー。もったいないことしちゃったかな？」

　ばっと両手を広げながら大げさに驚いて見る仕草はやはり道化じみており、服に誂えた数々の鈴がリンリンと彼女の感情を表すかのように激しく鳴り響く。

「啜りの魔女エラキノ。記録する限り貴方への神罰は十七回行われています。そしてそのどれもが犠牲を払いながらも完遂されている……」

　クオリアにおいて神の名を持って遂行される罰――神罰とはすなわち処刑を意味する。

　神の名を用いるが故に命を贖《あがな》いとした究極の刑罰が選択され、そして神の名を用いるがゆえに決してミスは許されない。

　完遂が確認されたということは、すなわち相手の撃破殺害が確認されていたということでもある。

　その回数が十七回。

　神の名を用いた刑罰に間違いは存在せず、あらゆる生命体は殺せば必ず死ぬのが道理。

　ソアリーナが自らの手でなした神罰はそのうちの数回であるが、それでも相手の消滅を確かに確認した。

故にこの状況は奇怪の一言で、であるからこそ目の前の存在が神が定めた法から逸脱した存在であることの証明でもあった。

「はわわわわ！　エラキノちゃん死にすぎワロタ」

情緒不安定気味に大笑いする魔女、その一挙一動を聖女は観察する。

確かに目の前に存在する魔女はソアリーナが何度も殺した少女だった。

装いを同じくしているとか、姉妹や双子であるとか、魔術的な外法による複製だとか……そのような小手先じみた手段を用いているわけではない。

何よりソアリーナが持つ聖女としての超感覚が目の前の存在が二ヶ月前に滅ぼした魔女と同一の存在であると雄弁に語っている。

その前も、その前の前も……。

魔女エラキノは同一の存在なのだ。

殺しても殺してもまた現れる。

それが啜りの魔女エラキノだった。

「エラキノ……貴方はなぜ死なないのですか？」

聖女ソアリーナは己が持つ疑問を率直に相手に尋ねた。

無論まともな返答があるとは考えていない。

いつものように情緒不安定な喋りで彼女がおよそ理解できない言葉を並べ立てられるだけだろう。

だが今回は少しばかり期待が持てる。

いつもならばすぐさま戦闘になっていたのだが、今回はやけに相手が饒舌でこちらをうかがう素振りを見せていたからだ。

ソアリーナとエラキノの戦力差は互いの能力の性質もあってソアリーナに大きく傾いている。

故にエラキノとしてもむやみに戦闘行動に移って滅せられる愚を犯すより、勝機を求めて隙を探しているのだろう。

ソアリーナとしても代わり映えのない戦いを繰り返すより、少しでも情報を収集してこの災厄を本当の意味で滅ぼす手段を得ようと考えていた。

「いや死んでるし？　十七回殺したんでしょ？　なら十七回死んでるんだよ。うんうん」

「ではここにいる貴方は……？」

「私は……十八人目だから。ってこのネタ分からないか！　それ以前に古すぎるっつーの！　キャハハ！」

何がおかしいのか、それとも何かのツボに入ったのか。

突如腹を抱えて大声で笑い出すエラキノ。

なにか彼女だけが理解している道理によって笑い転げていることは確かだったが、それが何かは見当もつかなかった。

馬鹿笑いはピタリと止む。

感情の起伏に脈絡がないエラキノが憮然とした態度でソアリーナに向けて口を尖らせた。


「ってか聖女ちゃん強すぎじゃない？　エラキノちゃんこう見えても結構つよつよなつもりなんだけど、聖女ちゃんとブチ当たったらほぼ確殺されちゃってひっじょーに不満なの。なんなの死にイベントなの？　どうやれば攻略できるの？　なんで毎回14に行かないとダメなの？」

言葉の意味は理解できない。

だが言わんとしていることについてはいくらかの推測をつけることができた。

「聖女は無辜《むこ》なる民の守護者であり、神罰の代行者。貴方のような邪悪なる存在に持ち合わせる慈悲は無く、そして自らの責務に一切の甘えを許すことはありません」

「前の聖女ちゃんならワンチャンあったんだけどなぁ。あの子元気にしてる？」

顔伏せの聖女がエラキノに破れたのは十一回目の神罰が行使されようとした時の話だった。

何が起こったかはおぼろげにしか聞いておらず。

何らかの情報封鎖が働いていることは明らかだった。

北方州の議会はその責任の所在について紛糾しているが、今クオリアが必要としているのはその様なくだらない罵詈雑言の応酬ではないことは明らかだ。

故に尻拭いのような形でソアリーナが出撃し、なんとかその侵攻を食い止めることに成功している。

顔伏せの聖女が敗れ、ソアリーナへと出撃の要請がされるまで滅ぼされた都市は二つ。

失われた命は数えるのも馬鹿らしい。

救えなかったそれら全てへの懺悔《さんげ》を胸に抱きながら、ソアリーナは聖杖を構えた。

彼女が持つ聖女としての超感覚が、会話の時が終わったことを告げたからだ。

「何かをしようとしていますねエラキノ。それが何なのか私にはまだ分かりません。ですが——その力が貴方の正体なのですね」

「あー……」

ぽかんとした、どこか驚いた表情でエラキノが声を漏らす。

次いで。

「……これだからいい子ちゃんは嫌いなんだよねぇ」

嗤った。

浮かべられた笑みは今までのような無邪気さを感じさせるものではなく、どこか残酷で生命全てを憎悪するかのような凄惨なものだった。

戦いが、始まる。

「しかたねぇ！　エラキノちゃん推しのみんなーっ！　でっぱんっだよー！」

その言葉に応えるように、瓦礫の影より突如複数の人影が現れた。

今までその存在に気が付かなかったことを訝しむソアリーナだったが、その人物たちがこの街の住人だった人々であることに気づき表情を変えて眉をひそめる。

人々の頭蓋はバックリと割られ、本来脳が存在する場所はまるで何かに啜られたかのように空洞が広がっていた。

にもかかわらずその瞳には確かに鈍い意志の光が灯り、ソアリーナを害さんと敵意に満ちた視線を向けてくる。

「むごいことを……」

「エラキノちゃんを馬鹿にするのはいい……けど、皆を馬鹿にするのは許さないよ！」

その言葉と同時に緩慢な動きで啜られた人々が動き出す。

喃語に似た意志の存在しない言葉を発しながら、だが明確にソアリーナに向かってその歩みを進めてくる。

その数、ゆうに数百。

ぐるりと彼女を囲むように現れた哀れな人々を見て、その数だけ奪われた生活があったことに少しだけ心を痛めたソアリーナだったが、彼女はすぐさまその痛みを手放した。

「というわけで突撃ーっ！　どうせ脳みそ啜られてもう元に戻れないんだっ、全力でいっけぇー！・」

エラキノがその場に似合わぬ掛け声でどこからともなく取り出した鞭を振るう。

ソアリーナが神へ捧げる祝詞《のりと》を小さくつぶやきながら聖杖を掲げるのは同時だった。

「かつての聖なる民よ。聖神アーロスは聖女に弓引く汝らの罪を許し、その魂の救済を命じられました。静かに眠れ――花葬に処す」

「――ありっ？」

刹那――ソアリーナへと殺到しその脳髄を啜らんとしていたかつての民は、その全てが業火によって灰燼へと帰した。

雪原は一瞬にして炎に包まれ、深く降り積もった雪は哀れな人々とともに沸騰し、爆発的に発生した蒸気によって強烈な突風を巻き起こす。

突然の暴風で思わずたたらを踏むエラキノだったが、慌てて体勢を整える。

ソアリーナがその驚異的な脚力によって眼前へと駆けてきたからだ。

「ってわわっ、たんま！　たんまたんま!!　ってかとりゃああ！」

エラキノが鞭を振るい、未知の能力を用いて何かをしようとした。

だがそれを行う前にソアリーナの聖杖が彼女の腹を突き破る。

聖女が持つ強靭な力によって魔女の臓物はあっけなく撒き散らされ、生ぬるい返り血がソアリーナの頬を濡らす。

「こふっ！　……あっ、え、エラキノちゃん死んだわこれ。やっぱ無理、ゲー、……すぎ」

ドサリと魔女の体が崩れ落ち、地面に赤い血だまりを作りあげる。


「十八回目……これでしばらく時間が取れる」

結局、今回もエラキノが使う力を暴くことは出来なかった。

状況は膠着状態と言って差し支えないだろう。

少なくとも聖女である彼女がエラキノを抑えている限り未だ健在な都市へ被害が及ぶことはない。

だが活路が見いだせないまま、この場でひたすらエラキノの対処をすることも正解とは思えなかった。

思いとは裏腹に解決の見通しが見えない現状に、正義と平和の為にあれと謳われた聖女は人知れず歯噛みする。

「いまだ大呪界の災厄についても詳しい事が判明していない。調査に向かった聖騎士も消息を絶っています。……もしかの地での災厄が魔女だとしたら、一体どれほどの人々が犠牲になるのでしょうか」

ソアリーナは自らの頬をそっと撫でる。

とろりとした感触に瞳をわずかに顰め、眼前に持ってきて初めてそれがエラキノの血であると理解する。

災厄と呼ばれる魔女でも血は赤いのか……などと些か奇妙な感想を抱きながら、ソアリーナは大きなため息を吐いた。

いずれ十九人目のエラキノが現れるだろう。

未だ魔女エラキノの討伐は叶っているが、回数を重ねる毎に相手の力量は確かに増している。

このままでは彼我の力量差が反転し、得体のしれないその力によって自らの正義が膝をつく日もいずれ訪れるだろう。

狡猾な魔女はそれを狙っているのだ。

そして大規模な殲滅神罰を使える自分以上にエラキノに有効な手立てを持っている聖女は少ない。

その日が来るまで、ソアリーナはエラキノが持つ復活の秘密を解き明かし彼女を殺しきらねばならない。

でなければエラキノの魔の手はいずれ聖都まで届き、クオリアの民を殺し尽くすまで止まらないだろう。

ただ無邪気に。まるで稚児がお気に入りのおもちゃで遊ぶかのように、罪のない命はその悪意に晒されることになる。

それだけは、それだけは決して許してはならないことだった。

その為に、彼女は聖女になったのだ。

「私が救わないといけないのに」

燃やし尽くされた世界の中、死した魂を送るかのように花が咲く。

極寒の地に咲き乱れる花々の中で呟かれる後悔にも似た決意。

ただ命の灯火がかすかに残っていたエラキノだけが、彼女の言葉を聞き人知れず笑みを浮かべていた。

# 解説

師走トオル

様々なゲームが実名で登場する師走トオル先生の「僕と彼女のゲーム戦争（全10巻、短篇集1巻）」。解説中の『Sid Meier's Civilization』も数度に渡り取り上げられている。

KADOKAWA 電撃文庫刊

『４Ｘ』というストラテジーゲームのサブジャンルがある。

eXplore（探検）、eXpand（拡張）、eXploit（開発）、eXterminate（殲滅）――これら四つの行動を効率よく行い、あるときは誠実に、またあるときは悪魔に魂を売るがごとき汚い手段を用い、他国の指導者の首を柱に吊るすのが目的のゲームだ。平和勝利？　なにそれおいしいの？

本書はそんな『４Ｘ』の中でももっとも著名な『シヴィライゼーション』シリーズに強くインスピレーションを受けた作品であるという。それを聞いてこう思ったのは私だけではないと思う、「先を越された！」と。

初期位置の資源が豊富で気持ちよく内政していたらいきなり宣戦布告を受け、防戦一方の激戦に。膨大な数の敵軍事ユニットをどうにか全滅させ、これで一安心と思ったら別の国から宣戦布告を受けて滅亡――。

十ターン後に東のA国へ攻め込もうと準備していたら、突然西のB国がC国と戦争に。「普通に攻めるより漁夫の利の方がおいしいので」と矛先を変えてB国に攻め込んだら、同じ事を考えていた他の国々もB国C国へ宣戦布告、たちまち世界大戦の始まり――。

開始したら立地が最悪の上に東西南北どこも強国だらけ。しょうがないので「もう勝てないのであなたの属国になります」などと一国に媚びへつらいつつも、最後の最後で寝首をかく――。

こんなドラマがごく自然に起こるのがシヴィライゼーションに代表される『4X』の特徴であり、もしそういった激しいドラマを小説として描けたらさぞ面白い物語になるのではないか――。そんな考えを抱いたことは、私も一度や二度ではない。だがあの独特なゲームを小説として再現するのは非常に困難だ。

にもかかわらず、本シリーズは独特な世界観と個性的なアイディアでそれをやってのけている。マイノグーラという国は、今でこそ接触した国々も少なく、力を蓄えている段階ではあるが、間もなくは群雄割拠のただ中へ放り込まれるだろう。

そのときこそシヴィライゼーションシリーズで誰もが経験するような地獄の始まりとなる。

しかもここへ来て展開は大きく変わろうとしている。国だけではない、新たに現れた勢力の特徴を一言で示すなら――ＲＰＧと呼ぶしかない。マイノグーラ vs 諸勢力 vs ＲＰＧ。本シリーズは誰もが予想し得なかったバトルロイヤルへ突入しようとしている。今後の展開から目が離せないシリーズだ。

**PROFILE**
**師走トオル**
（しわす・とおる）

作家、ゲームシナリオライター。2003年「タクティカル・ジャッジメント」にてデビュー。主な著作に「火の国、風の国物語」「僕と彼女のゲーム戦争」「無法の弁護人」等。近年はライターとしても活動し、実用書「フリーランスが知らないと損するお金と法律のはなし」の出版や、ゲームシナリオに関する記事を「電撃オンライン」や「電ファミニコゲーマー」に寄稿している。

# あとがき

著者の鹿角フェフです。

「異世界黙示録マイノグーラ」二巻、無事発売となりました。

一巻に続いて手にとって頂いた皆様。本当にありがとうございます
さて、本作をＷＥＢでご存じの方はすでにお気づきかと思いますが、ＷＥＢ版と比べて書籍版では大幅にボリュームアップしています。

ＷＥＢでは表現が不足してた部分や、キャラクターや設定の掘り下げ、新規キャラクターやエピソードも追加で自分でも更にパワーアップしたできだと感じています。

物語もどんどんと次の展開を見せていき、著者ながら執筆しながらワクワクしています。

これからも本作を楽しんでいただければ幸いです。


さて、今回は紙幅に限りがありますので駆け足ですが宣伝などを……。

マイノグーラのコミカライズが始まっています！

緑華野菜子先生が描く漫画版マイノグーラの魅力はなんといってもシリアスとコミカルの切り替えの巧みさ！

可愛らしくクスッとできるシーンがあったかと思えば次には格好良さと物語の深さを感じさせるシリア

スシーン！

本当に自分で作り上げた話かと思うほどに、本作の魅力を何倍にも引き上げてくださっているので是非ともご覧ください。

現在『ニコニコ静画』様ならびに『コミックウォーカー』様にて絶賛連載中です。

見どころは可愛らしくてカッコイイ本作ヒロインのアトゥちゃん。本当にオススメです！


続きましてお世話になった方へのお礼をさせていただきたいと思います。

イラストレーター　じゅん先生。

引き続きありがとうございます。作者の細かくわかりにくいリクエストにもバッチリ応えていただき大感謝です。

今回は女の子が多くてイラスト拝見していてテンション上がりまくりでした。

コミカライズ担当　緑華野菜子先生。

素敵な漫画、本当にありがとうございます。

読者の方の評判も非常に良く、先生のネームを初めて拝見した時に感じた衝撃と確信は間違いなかったと感じるばかりです。

帯文を寄稿して頂いた師走トオル先生。

お忙しい中、依頼を快く受けて頂き大変感謝しております。物語の本質を鋭く突いた名文に思わず唸りました。

デザイン会社様。校閲様。担当編集の川口氏。

ＧＣノベルズ編集部の皆さん。

引き続きご担当頂きありがとうございます。

皆様がいたからこそ本作は世に出ました。

ほんと、いろいろ助けて頂いてばかりなので滅茶苦茶感謝しています。感謝の言葉だけで本が一冊出来そうです。真剣に……。

その他大勢の方。皆様のお力添えがあって本作が世に出せます。数々のご協力、大変感謝しております。

最後に読者の皆様。こうして二巻でもお目にかかれて大変嬉しく思います。

本作は皆様に満足して頂ける出来でしたでしょうか？

次もこうしてご挨拶ができる事を願いつつ。

それでは失礼いたします。

2巻発売,
おめでとうございます!

PG

異世界黙示録マイノグーラ
～破滅の文明で始める世界征服～
Mynoghra the Apocalypsis
-World conquest by Civilization of Ruin- 03
03

SLG
今冬発売予

GC NOVELS

# 異世界黙示録マイノグーラ ～破滅の文明で始める世界征服～ 02

Mynoghra the Apocalypsis -World conquest by Civilization of Ruin- 02


2020年7月3日　初版発行

著者　鹿角フェフ
イラスト　じゅん
発行人　武内静夫
編集　川口祐清
装丁　伸童舎株式会社
本文組版　STUDIO 恋球
印刷所　株式会社平河工業社
発行　株式会社マイクロマガジン社
〒104-0041
東京都中央区新富1-3-7　ヨドコウビル
TEL 03-3206-1641 FAX 03-3551-1208（販売部）
TEL 03-3551-9563 FAX 03-3297-0180（編集部）
URL:http://micromagazine.net/

ISBN978-4-86716-023-7
C0093

ファンレター、作品のご感想をお待ちしています！


【宛先】
株式会社マイクロマガジン社
〒104-0041
東京都中央区新富1-3-7　ヨドコウビル
株式会社マイクロマガジン社 GCノベルズ編集部
「鹿角フェフ先生」係
「じゅん先生」係


■ご協力いただいた方全員に、書き下ろし特典をプレゼント！
■スマートフォンにも対応しています（一部対応していない機種もあります）
■サイトへのアクセス、登録・メール送信時の際の通信費はご負担ください。